ストラスブール
は
霧の中

葉山弥世

鳥影社

ストラスブールは霧の中　目次

ストラスブールは霧の中

（一）

——こうして海外に出かけたのは五年ぶりだな……。

椎名翔子《しいなしょうこ》は機上から遠ざかって行くパリの街を眺めながら、そうつぶやいていた。ニース、マルセイユ、パリの観光を終えて、これからストラスブールへ向かうのだ。五年前に恋人、友浦亮介《ともうらりょうすけ》が病に倒れたので、海外旅行どころではなかったが、この春休みに久しぶりにヨーロッパに出かけて、鬱々とした心が少しは晴れたような気がする。

それに翔子にはもう一つ密かな期待があった。ひょっとしたらストラスブールで憧れの作家、高森智久《ともひさ》に会えるかもしれない……。旅のことを電話で伝えると、高森智久は、こう言ったのだ。

——ちょうどその頃、ぼくも取材と仕事を兼ねてストラスブールに滞在してますよ。椎名さんの泊まるホテル名と電話番号を一応、教えといてください。時間が合えば、お会いしましょう。

多忙な著名人だから、会うのは無理だろう。翔子はほぼ諦めていたが、それでもひょっとしたら、と微かな期待を抱くのだった。

高森智久はもう五十代も半ばを過ぎた著名な作家だが、翔子はその作品が好きで、家には高森コーナーをつくるほどのファンなのだ。半年前に出版社主催の講演で彼が来広した際、その著書を持って控え室を訪ね、サインをしてもらったほどだった。その時に、翔子は勇気を出して言っていた。

——私、先生の御本でずいぶんと慰められ、励まされました。私も見知らぬ人と作品を通して、そんな交わりができたらいいなと思って、及ばずながら小説を書き始めました。同人誌に発表しています。

——そう、そりゃあ素晴らしいことですよ。どんどん書いて、読ませてください。時々書くのではなく、毎日書くことをお勧めします。継続は力ですからね。

彼の眼差しが優しく微笑んでいたので、翔子はふっと涙ぐんでしまったのだ。作家は翔子の心の中を瞬時に察知したかのように言葉をつないだ。

——何か悩み事があるのですか？　いやなことがあったり、くしゃくしゃしたりする時は、ぼくに電話なさっていいですよ。そうすれば、少しは気が晴れるでしょうから。

その言葉に、不覚にも翔子の目から涙が溢《あふ》れ出て、しばらく無言の時が流れた。

——すみません。こんな醜態をお見せしちゃって。恥ずかしいです……。

——そんなことはないですよ。誰にだって、時にはふっと心のネジが緩む時があるものです。さっきも言いましたように、そんな時には、ぼくに電話かけて来られてもいいですよ。

著名な作家の優しい言葉に翔子は驚き、そして慰められた。ここ数年、友浦亮介のことで心が晴れぬ日々を過ごしていたのだ。憧れの作家にそんな言葉をかけられて、翔子はまるで夢を見ているような感覚に陥った。

無論、忙しい作家に翔子は文字通り甘えたわけではない。月に一度ぐらい、近況の報告をしたり、高森の著書の感想を述べたりする程度だったが、時には彼は次の作品の構想などを話してくれることもあった。電話の後は翔子の心に爽やかな風が吹いて、重い気持が軽くなっているのだった。

この五年間、婚約を交わした恋人、友浦亮介が病気のため、翔子はどこにも出かけられない状態だった。と言うより、出かける気になれなかったのだ。彼の病気が快方に向かったから旅に出たのかというと、そうではなく、病状は悪化していた。そんな中で彼と気持の上でもずれが生じて、ここ二年は見舞った後は虚しさに襲われることが多かった。

ある時、少しでも明るい話題をと思って、「庭にスイートピーが咲いたの。ピンクでとっても可憐でしょ。空も晴れているし、そよ風も優しく、いい時節ね」と花を差し出すと、「そんなこと、ぼくとちっとも関係ないね」と、そっけない言葉が返って来て、翔子は深く傷ついたのだった。以前はこんな人ではなかった。夕日の風景を共感して眺め、花々の美しさに二人して感動を覚えたのに……。長い闘病生活がこう言わしめているのだ。理解してあげなくては。翔子はそう自分に言い聞かせるのだが気持が沈みこんで、帰りは涙がこぼれて車が運転できなくなり、しばらく路肩に止めて気持が落ち着くのを待つことがあった。「来なければよかった」とつぶやいている自分が哀れであった。

そんな状態からひと時でも逃れることができたら……。そう思うほど翔子も追いつめられていて、不意に春休みに旅に出ようと思ったのだ。不意に、ではあったが、高森智久の言葉に触発されたせいでもあった。二月の初めに電話した時に、高森がこう言ったのだ。

――ぼく、三月の初めから月末まではパリに行ってます。講義のことでパリ大学と連絡を取ったり、人と会ったり、すごく多忙の日々ですが、四月の初めには取材でストラスブールに行きます。ここでは出来たてほやほやのEUの取材などがありましてね。あなたからお手紙が来てもお返事が遅い時は、そういう事情だと思ってください。パリに行く前にまたご連絡しますから。パリからもお手紙差し上げます。あなたもお仕事があって大変でしょうね。でもお仕事も大事ですから、うまくバランスをとって作品を書いてくださいね。

高森智久のこれらの言葉が、翔子の耳に張り付いて離れなかったのだ。

それから一週間後、彼を見舞ってまたいやなことがあって、その翌日、翔子は仕事の帰りに旅行会社に立ち寄った。フランス旅行のパンフレットを数枚持ち帰って一晩中検討して、今回のツアーに決めたのだ。パリで乗り継いでニースに行き、南フランスを回ってパリに戻り、ストラスブールから帰国するというコースを、当然のように選んだのだった。

そう、椎名翔子にはすでに恋人、友浦亮介がいた。彼と二十五歳で婚約しながら、前半の五年は彼の家庭の事情のため、後半の五年は彼自身の病気のため、結婚できないでいた。翔子は東京の私立女子大を卒業して、地元の広島大学の文学部、歴史準備室で教務助手をしていた。

とても今では考えられないが、この大学もかつて学生によってバリケード封鎖されたそうだ。中国の文化大革命の影響をもろに受けて〈造反有理〉のスローガンが大々的に掲げられ、全国的にもしばしば報道されるほど激しい運動が展開されたという。その文革の後半の指導者の四人組が逮捕され、文革も終了した。そして十一年前には彼らに死刑判決が言い渡され、去年の五月に四人組の筆頭、毛沢東夫人の江青《こうせい》が自殺した。そして同じく去年の八月、あの大国、ソ連が崩壊した。

こんなふうに世の中が大きく移り変わりつつある中で、この大学も分散していた校舎を移転統合して、東の筑波大学に対し、西の総合拠点大学を創造するという大事業を進めつつあった。

大学本部と一キロほど離れていた工学部は十年前にいち早く東広島の西条《さいじょう》盆地へ移転し、教育学部や理学部などが数年遅れてそれに続き、本部には総合科学部、文学部、政治経済学部、図書館が残っていて、キャンパスは次第に淋しくなりつつあった。文学部も二年後には東広島へ移転することが決まっていた。

そんな文学部の歴史準備室に、友浦亮介は研究仲間の中山紀夫《のりお》教授に会うために、しばしば顔を出していた。彼は待ち合わせ時間よりいつも早めにやって来て、この部屋で待っていた。そんな彼に翔子は茶菓の接待をし、自然に言葉を交わすようになったのだった。彼は山の手の私立女子大で教えていて、四十代の初めらしいが、若々しく、行動的で、しかもユーモアがあって、翔子は好感を持っていた。

「いただきものだけど、食べきれないので、こちらで処分してください」

そう言って友浦亮介はたびたび菓子箱を持って来た。後で判ったことだが、高齢の父親が長期入院していて、それらはお見舞いに貰ったものだという。その高級菓子は各研究室から用事や休憩で準備室にやって来る教師たちに振る舞われ、喜ばれていた。

友浦亮介の専攻はイギリス社会思想史だが、広島の研究者として平和学と深いかかわりをもち、その分野の先輩である中山教授と連携を取り、一緒に仕事をしていた。そんなこともあって、文学部のこの部屋にしばしば出入りしていたのだった。

そんなある土曜日の午後、翔子が昼食の弁当を食べて帰り支度をしていると、中山教授との話が終った友浦亮介が歴史準備室に入って来て、呼びかけたのだ。

「椎名さん、これから少し時間ありますか？」

「はい、でも何か……」

「じゃあ、その辺でお茶でもどうですか？」

「ええ、いいですよ」

断る理由は何もなかった。むしろ好感を抱いていたので、素直に受け入れたのだ。

それは大学の筋向かいの、ナンシーという名の喫茶店だった。そこは大学人がよく出入りする所で、翔子も教務助手仲間と何度か入ったことがあった。

友浦亮介は、翔子が入り終るまでドアを手で持って、開けていてくれた。この時、翔子は胸が異常に高鳴るのを覚えた。

窓辺の席に案内された。その出窓に鉢植えの紫陽花《あじさい》が咲いていた。温室栽培なのか、色が綺麗で、その青紫の花に見とれていると、友浦亮介がテーブルのメニューを広げて「何にしますか」と訊いた。

「先生は何になさいます？」

逆に翔子が訊いていた。

「ぼくはコーヒーとイチゴのケーキにしようかな」

「じゃあ私も真似して、コーヒーとイチゴのケーキにします」

そう言って翔子は笑った。

「この次はぼくが真似をしますから」と言う友浦亮介の目が、優しく微笑んでいた。

「砂糖とミルクはどうします？」

友浦亮介がまた訊いたので、「どちらも入れます」と応えると、彼は翔子のカップにそれらを入れ、その後で自分のカップにも同じように入れた。これまで男性からそんなことをしてもらったことがないので、翔子は驚くと同時に、感激していた。

友浦亮介との個人的な付き合いは、こうして始まった。その日お互いの趣味の話などして判ったことは、彼は冬場には何回かスキーに行くこと、また映画を見るのも好きだということだった。映画の方は翔子も時々見に行くので話が合った。

「じゃあ、今度お誘いしますよ」

友浦亮介はそう言った。

「私、こう見えてもクッキーを焼きますの。今日、中山先生を待ってらっしゃる間にお出ししたクッキー、実は私が焼きましたのよ」

「エッ、お見それしました。プロ並みの腕じゃないですか。すごいなあ」

「そんなに言っていただくと、また焼きたくなりますわ」

「ぼくもまた、食べたくなりました」

こんなふうに何でもない話を一時間ばかりして、翔子は歴史準備室で感じる友浦亮介とはまた違う一面を知ったのだ。思っていたよりもくだけた人で、それに優しいので、安心感があった。

翔子は躾《しつけ》がかなり厳しい家に育った。社会人になっても、平素は八時までに帰宅するよう言われていた。勤め先で何か行事がある時や、友達と会って夕食を食べて帰る時は、母に所在と帰宅時間を告げれば、門限は十時までに延ばされたが、いずれにしても最寄りの電停まで大抵は父が迎えに来るか、タクシーで帰るよう指示されていた。そんな家庭内ルールを、翔子は別に不自由とも思わず育ってきたのだった。

これまで女子高、女子大で育った翔子に、ボーイフレンドがいなかったわけではないが、大人びていた彼女には同世代の男性は何か物足りなかった。だから二、三回デートすると、相手の幼さが見えて、ただの友達以上の付き合いにはならなかった。

友浦亮介の場合は、これまでとは違った。年齢からくる包容力、知識の豊富さに、翔子は惹かれた。本気でクッキーを焼いてあげたいと思うのだった。

その日、帰りにデパートに立ち寄った。偶然、中・高時代からの親友、山木弘美《ひろみ》と出会い、またお茶を飲むことになった。彼女は大学時代に先輩と恋愛し、そして手痛い失恋を経験していた。その後遺症で、もう恋愛はこりごり、が口癖になっていた。けれど、適当なところで妥協するような見合い結婚もいやだという。

「ただ、二十五歳になったので親がうるさいのよ。子供を産む年齢があると言って、あれこれ見合い話を持って来るの。毎日のように親子喧嘩で、家に帰るのが苦になるわ」

そう言って弘美は溜め息をついた。

「私にも見合い話が最近よく来るの。一度会ってみたけど、人為的なデートでは相手のこと、よく判らないわね。でもね、こっちがいいなあと思う人は妻帯者だったり、すでに恋人がいたり。結婚はある意味で妥協だと思うけど、それを自分ができるかとなると、話は別よねえ」

「そう。かと言って、愛なき、淋しい独り暮らしにも耐えて生きる自信もないし……。来年は二十六か……。三十はすぐ来るわね」

弘美の口からまた溜め息が洩れた。

「愛は欲しいけど、なかなか相手が見つからないってことね。われらは男運が悪い運命に生まれてるのかしら」

翔子はそう言って笑った。笑いながら友浦亮介のことが脳裏をよぎって行った。彼が妻帯者なのかどうかさえ知らなかったのだ。

彼のことを知ったのは、それから二週間後だった。日曜日に映画に誘われての帰りにレストランに入り、食事を始める前に、彼が改まって言ったのだ。

「ぼくのことを本気で考えてもらえませんか。実は、ぼくは三十三歳の時に料理教室で教えている女性と見合い結婚をして、一年後に離婚しています。うまくいくと思ったのですが、考え方の基本が違っていて、お互いに傷が小さいうちに人生をやり直そうということになったんです……」

翔子はどう対応していいか判らず、一瞬言葉を失ったが、次の瞬間、言葉がほとばしり出ていた。

「私、過去よりも、現在を大切にして生きたいと思います。こうして先生とお話ししている今を、そしてこれからを、もっと大切にしたいと思います」

それだけを憑《つ》かれたように言うと、翔子は言葉が続かなくなった。

「ありがとう。その言葉だけで十分です」

友浦亮介はそう言うと、体をぐっと前に倒して手を伸ばした。翔子も自然に手を差し出して、固い握手を交わした。全身が燃えるように熱くなり、これまで経験したことのない感情に捉えられた。

「じゃあ、ぼくたちのために乾杯しましょう」

友浦亮介がワイングラスを持ち上げたので、翔子も同じようにした。

その夜は、友浦亮介が勤めている女子大のエピソードなど話してくれた。女子学生は意外にまじめで、与えられた課題によく取組み、持続力があるから、これからは女性の時代が到来するだろう、などと語った。

レストランを出て少し歩くと、平和公園の一角にある白神《しらかみ》神社の周りに人が集まっていて、たくさんの夜店が出ていた。浴衣《ゆかた》の祭りである〈十日さん〉だという。人いきれがムンムンする中から歌なども聞こえ、恋人らしい二人連れや、家族連れでにぎわっていた。

「夏が来ましたね」

そう言って友浦亮介は翔子の手を取った。翔子はまた体中を血が走るのを感じた。二人で夜店をしばらく見て回り、綿菓子を買って舐《な》めた。

「綿菓子は子供の時以来だから、何十年ぶりだろう」

そう言って友浦は笑った。

「私も地元のお祭りで、両親とこんなふうに歩きながら綿菓子を舐めた記憶があります」

翔子は共通の感情が持てたことが嬉しかった。何よりも手をつないで歩けたことが幸せを感じさせた。しばらく電車通りを歩き、感じのいい喫茶店があったので、「ちょっとお茶でも飲みますか」と彼が誘った。時計は八時を指していたが、翔子はまだ一緒にいたいと思ったので、彼の言葉に従った。コーヒーを飲みながら、互いに見つめ合っているだけで、心は充足していた。

「来週もまたお誘いします。昼休憩に職場にお電話しますので、その時、日時や場所を決めましょう」

友浦亮介の言葉を、翔子は夢心地で聞いていた。一月前まではこんな付き合いが始まるなんて、考えたこともなかったのだ。

喫茶店を出ると、彼はタクシーで送って行くと言って、流しの車を拾った。市内とはいえ、西の外れにある自宅までのタクシー代を思えば、翔子の気持に遠慮が忍び込んで、

「そこまで甘えたらいけないような気がします」と辞退したが、彼の決意は固く、翔子も受け入れざるを得なかった。いつもは遅く帰る時、家には駅の公衆電話で迎えを頼んだが、その日は連絡しなかった。

車の中でも友浦亮介は手をつないだが、それ以上のことはしなかった。そのことは彼に対する信頼感を深めさせ、翔子はますます好感を持ったのだった。

自宅の門の前でタクシーを降り、去って行く車が角を曲がるまで翔子は見送った。門柱の光で時計を見ると、九時を少し回っていた。インターホンで帰ったことを伝えると、母がドアを開けてくれた。

「遅いじゃないの。こんな時は電話でもかけなさいよ。映画が終って友達と食事すると言ってたけど、八時前には帰って来ると思っていたのよ。お父さんも心配してるわ」

そう言って母は翔子の顔を覗き込んだ。

「偶然仕事仲間と出会って、ちょっと〈十日さん〉に行ってみようってことになり、ついでに近くの喫茶店でお茶を飲んでたの」

翔子はとっさに嘘をついた。これまでそんなことをしたことはなかったけど、別に悪いとは思わなかった。それどころか、思いがけず反抗的な態度に出ていた。

「私も二十五歳よ。大人なんだから、もう少し自由になりたいわ。うちは門限が厳しすぎるわよ。電話しなかったのは悪かったけど、その場の雰囲気もあるでしょ。そんな時は必ずタクシーで帰るから、心配しないで」

「物騒なご時世だから、娘を持つ親としては心配なのよ。とにかく電話一本くらい、かけなさい。一、二分で済むことでしょ」

母は、これだけは譲れないといった口調をした。翔子はこれ以上のトラブルは無益と思い、応酬しなかった。そしてリビングを覗いて、テレビを見ていた父に「ただいま」と声をかけた。父は「お、帰ったか」と言ったきり、何も言わなかった。そのことがありがたかった。

翔子は二階の自分の部屋に上がると、着替えもしないでベッドに仰向けになった。手の中には友浦亮介の温もりが残っていた。

——楽しかったな。私は彼を好きなのだ。

天井を見上げながら、翔子ははっきりとそう自覚した。彼は、来週もお誘いします、と言ってくれた。その言葉は翔子の頭の中を走り回っていた。私は彼が好き、彼に恋をしたのだ。そう思うと、何か叫びたいような気持になり、起き上がってステレオをオンにした。かけたのはモーツァルトのクラリネット協奏曲。心に食い込んでくるその曲に、翔子は明るい未来が待っているような気がするのだった。


あれから十年が過ぎ去った。前半の五年間は友浦亮介と交際することに反対する両親との対立、そして彼の年老いた病身の親の存在、また彼の独身の妹から苛められるなど、いろいろあったけど、それでも楽しい日々だった。五年目の秋も終りに彼の母親が亡くなり、その年の暮れに後を追うように父親も亡くなった。結婚の条件がやっと整ったと思った矢先、翔子は絶望に突き落とされたのだった。

それはその年が明けて三月も終りの頃だった。彼と久しぶりにデパートの十階でフランス料理を食べている時だった。彼が浮かぬ顔をしていて肉を残すので、翔子は「調子が悪いの？」と気遣った。すると彼は言いにくそうに口を開いた。

「実は、肝臓のガンに罹《かか》ってしまって……」

「エッ……」

翔子は絶句した。

「大学での検診を去年さぼっていて、今年も検診の日がちょうど出張だったから、事務局から個人で検診に行ってくれと要請があって、先週日赤に行ったら、肝臓にガンが見つかっちゃって」

彼は冷静な口調で続けた。

「一週間前に宣告されたんだけど、きみが悲しむだろうから、なかなか言えなかった」

「そう……、で、これからどうなるの？」

翔子はやっとそこまで言えた。

「無論、闘病生活が始まるわけだけど、前期の授業も組まれているし、すぐ入院というわけにもいかないな」

「でも、今は体のことを一番優先しなくちゃいけないでしょ」

堪《こら》えていた気持の堰《せき》が切れて、翔子は涙声になっていた。

「うん、そうだけど、大学に迷惑のかけっぱなしもいけないよ。すぐ死ぬわけではないから、そんなに泣かないで。ともかく前期が済むまでは通院治療にしようと思う」

「そう」

言葉がそれ以上続かなかった。涙を拭くのが精いっぱいだった。おそらくは数分、そんな状態が続いていたのだろう。友浦亮介は座席を立って翔子の傍にやって来て、肩を抱いて言った。

「本当に、ごめん。ぼくも伏兵の夜襲に遭ったような気持だ。でも、嘆いてばかりいては免疫力も低下して余計命が縮むので、現実を正面から受け止めて、前向きに、でき得る限りガンと闘うので、そんなに悲しまないで」

泣いていた翔子もやっと冷静さを取り戻し、彼の手を握りしめて言った。

「分かったわ。闘病生活に私も協力するから、遠慮なくいろんなことを指示して」

「うん。ぼくはライフワークとして、もう一冊本を書きたいと思って、資料も集めたところだけど、上下で千ページを超える本を予定している。ようやく大まかな章立てをして、そのために論文を書き始めた矢先に、ガンだなんて本当に悔しいよ。しかも手術ができないところにガンができているなんて……」

「私も悔しいわ。神様ってほんとに意地悪」

翔子はそう言うと、また涙が零れた。

「神様のせいじゃないよ。ぼくが自分の健康を過信して、理由はあったにせよ、職場健診を真面目に受けなかったから、早期発見ができなかったんだ。こうなったからには現実をきちんと受け止めて、前向きに対応策を考えるしかないね。幸い、ぼくにはファンクラブのような会があって、教え子や大学の事務職など数人で作っているんだけど、彼女たちも論文の清書など手伝ってくれると思う。でも、それだけでは間に合わない。だから、きみにも手伝ってもらいたいと思っている」

「もちろんよ。ワープロで綺麗に清書してあげるわ」

「ありがとう。ぼくも妹もワープロができないから、助かるよ。でね、明後日《あさって》からしばらく大学病院に検査入院するので、申し訳ないけど、以前のように一緒に食事には行けないな。肉でも魚でも脂の多い物は避けるよう医者に言われているのでね」

「そんな、食事に行かなくたっていいのよ。私、仕事を辞めてあなたを全面的に支えようかしら。医者にガン対策のレシピを貰って食事を作るとか」

「その気持はありがたいけど、仕事を辞めると収入が入らなくなるよ。それに、ぼくの世話と食事は妹が慣れているので、心配しなくてもいいから」

「そう」と応えながら翔子は一抹の寂しさを味わっていた。彼より十歳下の妹は市内で県立高校の教師をしていて、オールマイティーの人のようだった。正式に会ったことはなかったけど、デパートで偶然会うとか、本通りですれ違った時に、翔子がお辞儀をしても顔をぷいと背けるのだった。

他者から拒否されることのなかった翔子にとって、こんなことは悲しい限りだったが、彼には黙っていた。ただいつもこうだったので翔子も耐えかねて、ある時、彼に事実を伝えたことがある。

「きみのようなすてきなお嬢さんはめったにいないから、嫉妬してるんだ。結婚すれば妹とは別に暮らせば済むことで、だから取り合わないでほしい」

彼はそう言って慰めてくれたが、その後も彼女はどこで出会っても同じように顔を背けた。翔子はその都度悲しい思いをしたが、彼の言葉を胸の内で繰り返して、気にしないよう努めたのだった。

この間、親友の山木弘美には時々愚痴を聞いてもらったが、弘美は「高齢の病気の親がいたり、そんな意地悪な妹がいるのなら、じゃあ彼のこと諦める？　諦められないのなら、そして好きだという気持が強いのなら、仕方ないわね」と、繰り返すのだった。

翔子の両親もそんな妹がいる所へ嫁に行くことはないと、ずっと反対した。それに彼が翔子の家に挨拶に来ないことも心証を害して、両親は男として無責任極まる、と非難した。窮地に追い込まれた翔子は、彼に両親と会ってほしいと気持を伝えたことがある。すると、彼は苦渋に満ちた顔をして言ったのだ。

「病気で、しかも年老いた両親がいて、今きみがあの家に入ると、ただちにこんなはずじゃなかったと後悔するにきまってる。もう少し状況が改善されないと、いくらなんでもお嬢さんと結婚したいと挨拶に行けないよ」

その言葉に翔子は「そうよね」と同意するほかなかった。自分の幸せを手に入れるためには、彼の両親が死ぬのを待たねばならないのか。つまり、他者の不幸の上に自分の幸福は築かれるのか。そう思うと、翔子は後ろ暗い思いにとりつかれ、楽しい時でも気持は晴れなかった。だが、ともかくも、状況が変化するのを待つほかないのだ。そう自分に言い聞かせるのが精いっぱいで、他のことは封印したのだった。

（二）

ストラスブール空港に到着したのは五時前だった。ツアーのバスが迎えに来ていて、荷物を積むとすぐ移動したので、ホテルまで三十分もかからなかった。まだ空には薄紅色の雲が広がっていた。ホテル・ド・ロアンは外観も内装も高級感があり、翔子は大満足していた。部屋の窓から大聖堂が見え、往来を人々が行き交っていた。ぼちぼち明かりも灯り始めていた。いいロケーションに幸先の良さを感じていると、電話が鳴った。もしかしたら高森智久かもしれない。翔子の胸が躍った。

「もしもし、椎名翔子さん、高森です。お疲れさま。今ロビーにいます」

「あら、先生、本当にお目にかかれるのですか？　夢みたい！　すぐロビーに参ります」

そう言って翔子は鏡に向かい、さっと化粧を直して服装を整えた。憧れの作家とストラスブールで、こんな出会いができるなんて。自分は夢を見ているのではないか。翔子はまだ半信半疑だった。頬が紅潮し、心臓がドクドクと音を立てているのが自分にも判る。久しぶりにときめく心。このまま体が天へ浮き上がって行くような感覚だ。

「高森先生」

ロビーのソファーに座っている高森智久の端整な横顔に、翔子は声をかけた。

「やあ、お久しぶり。広島でお目にかかって以来、半年になりますね。パリ経由でこちらにいらしたのでしょ。ぼくもこの一ヵ月、パリですごく忙しい生活を送っていました。パリ大学で秋から日本文学の講義がありましてね、その連絡やら何やらで、てんてこ舞いをしてました。それに、今新聞に連載中の〈黄昏のフランス革命〉に関する作品の補充取材と言うか、確認したいことがあって、朝から晩まで調べものをしていました。こちらには三日前に来たばかりです。次の作品のための取材と、できたてほやほやのEUに関する取材、それに文学仲間との会合がありましてね」

「そんなお忙しい中、申し訳ありません」

翔子は深々と頭を下げた。

「忙しいのは事実ですが、ちょっとは息抜きが無いと人間はだめになりますからね」

そう言って高森智久は声を出して笑った。

「ところで今夜の予定はどうなっています？」

「ここのホテルとは違うレストランで夕食を取るそうです」

「じゃあ、それ、キャンセルしましょう。こんな異国でお会いできるなんてめったにないことですから、夕食はぼくがご馳走します。添乗員にその旨、伝えてください。帰りはぼくが責任をもってホテルまでお送りしますから」

「はい、夢みたいです。大学生の頃から読み続けた、憧れの作家とランデブーできるなんて、夢のまた夢です」

上ずった声でそう言いながら、翔子はロビーデスクの電話を借りて、添乗員に電話をかけた。知り合いが会いに来てくれて、これから一緒に食事をすることになり、夕食はキャンセルする。その人が責任をもってホテルまで送ってくれることなど伝えて、個人行動の承諾を取った。その電話を使って、高森智久がフランス語でどこかに電話していた。

「今、レストランに予約しました。じゃあ、これから旧市街のプチ・フランスに行きましょう。なかなかの水郷で、夜はライトアップするからロマンチックですよ」

「プチ・フランスって、小さなフランスって意味ですよね」

「そうです。ご存じかもしれないけど、この町の成り立ちには面白い話がありましてね」

「どんな? 私、知りませんの」

「ちょっと長くなるので、後でご説明しますね。それにまだ明るいうちに行った方がいいでしょう。朝晩は霧が出て来るのでね。すると、あっという間に風景が変わるんです。その前に出かけましょう」

そう言うと、高森智久はホテルの前のタクシー停まりへと誘導した。彼と一緒に歩くだけで翔子の胸は高鳴り、足は空中を舞っているような感じだった。十年前も、こんな気持になったことがあったなと思うと、翔子の胸は一瞬疼《うず》いた。

高森智久はドライバーにフランス語で行き先を伝えると、「レストランには十分程度で着きますよ」と言った。

車は大通りに出てしばらく走ると左に曲がり、橋を渡って川岸の建物の前で止まった。そこからは道が細くなっていて、徒歩ということだった。おとぎの国のような建物の前で、高森智久が足を止めた。

「ここが夕食のレストラン、《ラ・ルミエール》です。でも予約より二十分も早いので辺りを少し歩いてみますか？」

「はい。ここ、木組みがステキですね。周りも木組みの家ばかり。まるで中世にタイムスリップしたみたい」

翔子は、明かりが灯った木組みの家を珍しそうに見回していた。

「ええ、ここ、アルザス・ロレーヌ地方では、こういう木組みの家が多いですね。なかなか風情があるでしょ」

「そうですね。こういう雰囲気、大好きです」

「あなたらしいな。イル川がここで四本に分岐していて、それにたくさんの運河も加わって、さながら水郷をつくっているんです。水と木組みの家と橋が美しい景観を醸し出しているので世界遺産になり、この地方の観光の目玉になっています。さあ、行きましょう」

高森智久に促されて、翔子も前に歩を進めた。暮れなずんでいた空も薄紫色に変わり、風景もその色に染まっていたが、窓辺の花々はまだ赤やピンクを残していた。

あまり広くない川幅を、天井の低い遊覧船がゆっくりと進んでいた。

「ここは土地に高低差があるので、水門が造られているのです。船が進むと後ろの水門が閉められ、前の水門が開けられて水位が同じになると前進する仕組みです。でね、面白いのは、船が通るためにこの橋が回転し、その間の数分は通行止めになるんですよ。ひょっとするとそれに遭遇するかな」

目前の橋を高森智久が指差して振り返った時、十メートルばかり後ろに遊覧船が現れたのだ。

「グッドタイミングですね。じゃ、通行止めになる前にこの橋を渡りましょう」

翔子は彼の後にくっついて急いで橋を渡った。渡りきると軋《きし》んだような音がして、橋が回転し始めた。居合わせた観光客たちが固唾《かたず》をのんで見つめている中を、遊覧船が悠然と通過していく。船客が笑顔で手を振っている。見ている方も自然発生的に拍手が湧き起こり、高森も翔子も手を叩いていた。

群衆がようやく動き始めると、高森も前に進んだ。見回すと、あたりは明かりが増え、美しい夜景へと変貌していた。翔子は高森と並んで心もそぞろに、その夜景をうっとりと眺めていた。

「さあ、レストランに戻りましたよ」

そう言って高森智久はドアを開け、翔子が店に入り切るまでドアを持っていてくれた。

その時、不意に記憶が蘇ったのだ。友浦亮介と初めてお茶を飲みに行った時、同じようにドアを開けていてくれて、翔子に深い印象を与えたことを。あの時の湧き出るような喜びが、今再び胸に宿っている。でも、今夜だけは過去を忘れて、憧れの人とディナーを楽しみたい。翔子は胸底に激しい痛みを覚えながら、内心でそう言ってみる。

「この辺りの夕食は八時頃だから、今このレストランは恐らく誰もいないでしょう。ぼくたちが独り占めすることになって、お話もゆっくりできますよ」

「まあ、ラッキーですね」

案内されたのは窓辺の席だった。すぐ外は川が流れている。向こう岸にはゼラニュームが咲き乱れていて、街灯の明かりで幻想的な光景をなしていた。

「何になさいますか？」

高森に訊かれて翔子は躊躇《ためら》った。西洋料理は友浦亮介と時々食べたが、いつも安易にシェフのお奨め料理を注文していたので、とっさに料理の名前を言えなかったのだ。

「よく分らないので、先生にお任せします。ただ、一つだけ郷土料理があったらいいなと……」

「じゃあ、シェフのお奨め料理にしましょう。メニューによると、ベックオフと言って鶏肉とジャガイモをオーブンで焼いたのと、キャベツの酢漬けにアルザスワインで煮込んだソーセージや豚肉など添えたシュークルートが入っています。これらは紛れもなく郷土料理だから、あなたの望みは叶いますね。ワインもアルザスワインにしましょう。こちらは白の辛口が主流のようです」

メニューを見ながらそう言うと、高森智久はギャルソンに注文した。

まずはグラスワインが運ばれてきた。

「フランスだから、フランス語で乾杯しましょうか。じゃあ、椎名さんの健康と健筆を願って、ボートル　サンテ！」

高森智久はそう言ってワイングラスを持ち上げた。翔子も同じようにグラスを持ち上げ、「先生のご健康とますますのご活躍を願って、ボートル　サンテ」と応じた。グラスが触れ合う音が澄んでいて、心に響いた。その時、高森智久の顔が友浦亮介の顔と重なって、翔子の胸は激しく疼き、慌ててそれを振り払った。

料理はギャルソンが一皿済むごとに、次の皿を持って来てくれた。ベックオフは日本の肉ジャガに似ていて、ジャガイモなら何でも好きな翔子にはうってつけの料理だった。シックルートはややすっぱかったけど、ジャガイモで中和されて結構おいしかった。ステーキは日本のものより大きくて、食べきれるかなと不安だったが、結局は全部平らげた。

「旺盛な食欲、少し恥ずかしいです」

翔子は、はにかんだように言った。

「そんなことありませんよ。ご馳走する側としては、その方が嬉しいのです。たくさん残されちゃあ、精が無いというものです」

そう言って高森は笑った。

「お話変わりますけど、さっきのプチ・フランスの成り立ち、面白いお話があるっておっしゃってましたけど、どんなお話です？」

「あ、そうそう、そうでしたね。この地は十世紀の後半から神聖ローマ帝国といってドイツの基になる国の領土でしてね。十五世紀からは例のハプスブルク家が代々皇帝を出していたんです。十六世紀の初めにそのハプスブルクの皇帝とフランスの国王がイタリアの支配をめぐって戦争をして、侵入してきたフランス兵がここ、ストラスブールで休息したそうです」

「遠い昔、そんなお話、世界史で習ったような、かすかな記憶があります」

「その際、やはり風紀が乱れたのでしょうね。何せ、死と隣り合わせの兵士たちですから、刹那的になるのは仕方ないのでしょう。で、性病が大流行して、住民からあのフランス野郎たちのせいだと非難され、患者の兵士たちはイル川の中洲に閉じ込められ、つまり隔離されたそうです。だからこの地域は蔑みの目で見られ、あのフランス野郎たちのエリア、つまりプチ・フランスと呼ばれるようになったのです」

高森智久はそう言って一呼吸し、続けた。その顔がいつしか友浦亮介の顔になっていて、翔子は慌てて振り払った。

「ご覧のようにここは水辺でしょ。その後は皮なめし業や漁師たちが住んだようです。そして観光業が成り立つ二十世紀になって、このようなレストランやホテルが立ち並ぶようになったのです。でね、この一帯はドイツとフランスの国境近くだから、その後も幾度か戦争があり、フランス領になったり、ドイツ領に戻ったりの有名な紛争地で、第一次大戦後にようやくフランス領として確定したのです。プチ・フランスの呼称はその後も続きますが、時代とともに蔑みの響きは失せていき、モダンな響きとイメージに変わったようです」

「そうだったのですか。私はロマンティックなイメージしか描いていなかったので、驚きました。ガイドブックにもそんなこと書いてなかったし」

「歴史的事象も、時とともに解釈が変化するのでしょう。フランス革命だって、今じゃあパリ祭として定着し、血なまぐさい匂いは消えてますからね。古くからの係争地のここにＥＵの議会本部を持って来たことは、欧州の平和を考える上でもよかったと思います」

高森智久が言い終った時、ギャルソンがデザートを持って来てもいいかと、訊きに来た。高森智久が「もう少し後の方がいいかな」と翔子に問いかけたので、翔子も「そうですね」と同意した。

静かな曲が流れていた。

「ヴァイオリンの音色は心に沁みますね」

「そう、モーツァルトのヴァイオリン協奏曲ですね。ぼく、若い頃、この曲にのぼせたものです」

高森智久はしばらく目をつぶっていた。どんな追想をしているのだろう。もしかしたら若い日の恋人を偲んでいるのかもしれない。ふっとそんな気がして、見たこともないその女性に翔子はジェラシーを感じるのだった。

「実は私も、この曲、大好きなんです。辛い時、よく聴きます。私のお助け音楽ですの」

「そう。気持が落ち込んだ時には、引き上げてくれますよね。モーツァルトの曲は明るいと人は言うけれど、底流に哀しみが響いているので、聴いている者は無意識のうちにそれに共感し、やがて励まされて、明るい方へと心が転換するのでしょう」

「そうだったんですね。思い当たる節があります」

翔子は高森の話に納得して、頷《うなず》いていた。

「モーツァルトを聴いても元気にならない時は、前に申しましたように遠慮なく、ぼくに電話をかけてください。誰かに話すと、ちょっとは気持が楽になりますからね」

「でも、先生の創作のお邪魔になるのではと思って、やっぱり遠慮してしまいます」

「確かに、お邪魔な時もありますよ。でもぼくはどこでだって原稿を書きますのでね。基本的にはそう思ってますから。ぼくにはすべて、甘えてください」

何という殺し文句だろう。これまでも優しい人だと思ったけど、異国で二人きりになって、翔子の心は舞い上がって、燃え尽きてしまいそうだった。あんなに友浦亮介が好きだったのに……。毎朝目覚めると「私はあの人が好き。他の人と取り換えることなんてできやしない。だから、どんなに待ったっていいの」と、つぶやいていたのに……。私の心に他の男性が忍び込むなんて……。しかも友浦亮介と等分の比重で……。その発見は驚きと同時に、翔子の胸を締め付け、疼かせた。私は高森先生に恋をしたのだろうか。そう思うと、翔子は高森智久の顔を正面から見ることができなくなった。

「どうかなさった？」

「いえ、ただ自分はまだ夢を見ているのではないかと思えて……」

「アハハハ、ほら、現実ですよ。ほっぺをつねってごらんなさい」

高森智久は声を出して笑った。翔子はすぐ頬をつねってみた。

「痛いです」

「ね、現実ですよ」

現実であることは紛れもないのに、なお翔子には夢のように思えるのだった。

「書く方は今、調子づいているのでしょ」

「ええ、先生にお目にかかってからは気持が高揚して、次々とストーリーが浮かんできて、それをメモに終らせないようにするのが、私の宿題です」

「これまで幾つぐらい作品を書かれたの？」

「十二、三ぐらいは。で、最近、本にしたいなと思うようになりました。でも、未熟者がそんなことを考えるのは、あまりに身の程知らずですよね」

「そんなこと、ありませんよ。書く者にとって、本という形にしたいと思うのは、当然の結果なのです。本にすると、また次のステップに上がれますからね」

「じゃあ、出版しようかな、この秋にでも。出来上がったら、先生に一番に謹呈させていただきますね」

「それは楽しみだ。頑張ってくださいね」

そう言うと高森智久は視線を外に向けた。

「あれ、やっぱり今夜も霧が出て来たな。この辺りは朝晩、よく霧が出るんです。しかも深くて先が見えないような。そろそろデザートにしましょうか。その後で、あなたを責任をもってホテルにお送りしますから」

高森智久が手を上げてギャルソンに合図すると、彼はすぐやって来て、デザートのことを了解し、間もなく白い皿を運んできた。いちごのアイスクリームにマカロンが添えてあった。

「フランス人は甘いものが好きでね。料理の締めくくりにどっさり出ることもあるけど、今日は適量ですね」

「マカロンって、美味しいですね。何もかも美味しくて、ステキ過ぎるディナーでした。本当に夢のようなひと時をありがとうございました」

翔子は笑顔で礼を述べながら、ふっと涙ぐんでしまった。ステキな時間が終るのが悲しかったせいもあるが、重い病床にある友浦亮介とはもうこのような時間は持てないことが判っていて、切ない気持でいっぱいになったのだ。

「そんなに言ってもらえて、ぼくもうれしいな。ありがとう」

そう言って立ち上がると、高森智久は右手を差し出して握手を求めた。翔子も自然に右手を出していた。高森智久の温かい手から優しさと励ましが伝わってきて、翔子は身が飛び散ってしまいそうなほど感動していた。

外に出ると霧が深く立ち込めていた。視界はかなり悪い状態で、せいぜい十メートル先しか見えなかった。

「ほんとに深い霧ですね。足元に気をつけて」

高森智久はそう言い終ると、翔子に手を差し伸べた。

湿った風がひんやりと頬を撫でていく。高森智久と手をつないで歩きながら、翔子は夢の続きを見ているような錯覚に陥った。

いつの間にか大通りに出ていた。

「あのライトアップしている所は大きなホテルです。あそこにはタクシーがいますので、そこで捕まえましょう」

高森智久はホテルの方角を指差した。霧のせいでライトがぼんやりと光って見えた。

タクシーに乗ると、高森はドライバーに翔子の泊まるホテル名を言った。

「明日はどちらへ？」

「まずはナンシーへ行って、ガレの美術館などを見学します。そしてストラスブールに戻ってから、市内の観光となっています」

「ナンシーはいい所ですよ。ガレをはじめ、ドームなど、工芸美術のメッカです。じゃあ、明後日は早朝に空港へ向かうのですね。ぼくは二日後にまたパリに戻って、一週間ほど過ごして帰国します。旅の感想など、またお電話で聞かせてください」

そんなことを話しているうちにホテル・ド・ロアンに着いていた。

「じゃあ、ぼくはこのタクシーで自分のホテルまで帰りますので。明日もいい旅を続けてくださいね。ボン・ボワイヤージュ」

もう一度握手すると、高森智久は運転手に行き先を告げた。去って行く車は霧ですぐ見えなくなったが、翔子はしばらくそのまま佇んでいた。

ロビーに入ると明かりがまぶしかった。フロントでツアー仲間たちのことを訊くと、まだ食事から帰っていないということだった。翔子は受付係の男性からメモ用紙を貰い、自分の帰着時間を書いた。彼に、それを添乗員に渡してくれるよう頼んだ。

自分の部屋へと足を運びながら、翔子は、私は幻を見ていたのかもしれない、とつぶやいていた。

（三）

モーニングコールで目が覚めて、カーテンを開けると街は霧で霞んでいた。それでもノートルダム大聖堂は、ぼんやりながらも存在感を示していた。高森智久が言ったように、ストラスブールは霧の街なのだ。

朝食後、部屋に戻ってもう一度窓から外を眺めた。霧はいっそう深くなり、大聖堂の薄い影さえ消えていた。現実がすっぽり消えてしまうなんて……。昨夜、高森智久と食事をしたことも、夢だったような気さえしてくる。人生って、こんなにも不確かなものだろうか。翔子はそんな思いを抱きながら、集合場所のロビーへと急いだ。

バスがホテルを出発したのは丁度八時だった。二十人のツアー仲間は時間を厳守する人の集まりのようで、これまでのところ遅刻が全くない。そのためいつも出発は予定通り。

昨夜は興奮してあまり眠れなかった。それでも朝方少し寝たようだ。

翔子は化粧を終えると、服装を整え、鏡の前に立った。旅とはいえ美術館に行くのだから、オシャレな格好をしたい。薄紫のプルオーバーに萌黄《もえぎ》色のスカーフ、そして淡いグレイのパンタロンに黒のつば広の帽子を被る。美術館では外すけど、寝不足の目を保護するためにサングラスをかけた。

「今日の出で立ちもいいじゃないの。とてもシックだわ」

独り参加の中林清子《きよこ》がややオーバー気味にそう言った。彼女は今日、四十歳の誕生日を迎える。三十代の後半からぐずついていた離婚騒動にやっとケリがつき、自由の身となって、心機一転のために旅に出たという。宝飾品のデザインと創作を生業としていて、今回の旅でヒントを得て新しい作品を創るのだ、と晴れ晴れした顔をしている。このツアーでは独り参加は中林清子と翔子だけだし、年齢も割に近いので、食事のテーブルやバスの座席が隣り合うことが多かった。

「大丈夫かなあ……、こんな濃霧の中を無事に走れるのかしら。見えるのはわずか数メートル先だもの」

中林清子が不安げに言った。

「うーん、この地方は朝晩、霧がすごいそうだから、ドライバーは慣れてるんじゃないかしら。昨夜はタクシーで帰ったけど、上手に運転しましたよ」

翔子はそう言いながら、昨夜のことを反芻《はんすう》していた。人生は思いもかけないことが起こり得る。いつか、本でそんな言葉を読んだことがあるが、今はこの言葉を信じることができるなと思った。出発してしばらくは霧の深さに感心していた翔子だが、やがて寝不足のために睡魔に襲われ、ナンシーに到着するまで熟睡してしまった。中林清子に「着いたわよ」と肩を叩かれて、翔子はやっと目が覚めたのだ。

霧は嘘のように晴れていて、青空がまぶしかった。時計を見ると十時を十分過ぎていた。予定より少し遅れて到着したようだが、やはり前半の濃霧のせいでスピードが出せなかったのだろう。

駐車場でバスを降りて、しばらく歩いた。高層ビルなどもなく、閑静な住宅街を進むと、ナンシー派美術館はあった。主な建物は二階建てで、こぢんまりした美術館だ。もとはガレのパトロン、ウジェーヌ・コルバンの豪邸だったということで、外壁が装飾タイルで埋め尽くされた、おしゃれな建物だった。今年はこの地方にも春が一月早くやって来たということで、広い庭にはバラやアネモネやゼラニュームなど、美しい花々が咲いていた。

地元ガイドの説明付きで主な作品を一通り見て回り、五十分の自由時間が与えられた。翔子は中林清子ともう一度作品を見て回った。ガレと言えば花瓶だと思っていた翔子は、ベッドやテーブルなどもたくさん手がけていることを知り、驚いた。アール・ヌーボーの装飾風な作品はエレガントで、翔子の好みにも合っていた。

「身の周りの草や花や木々、それにトンボなどの昆虫や小動物がガレの手にかかるとこんなに魅惑的になるんだから、すごいわね」

中林清子が溜め息交じりに言った。

「ほんと、すごいわ。ガイドはこの町にはもともとガラス工芸の伝統があったと言ってたじゃない。その上にガレたちが新しい創作を積み上げたのね」

翔子は、緑の背景に茄子《なす》の図柄が描かれた壷に感心しながら言った。

ダイニングルームが圧巻だった。天井、テーブルなどの家具調度品、壷や皿がどれも装飾風の図柄と造形を成していて、素晴らしいとしか言いようがなく、ただ見とれていた。

どの部屋も、溜め息が零れるほどステキな作品が展示されていたが、〈曙《あけぼの》と黄昏《たそがれ》〉と題されたマホガニーの寄せ木細工のベッドは、華やかで、そして何か物悲しげで、延々と続く人間の誕生と死をイメージしているように思えて、翔子の胸に響くものがあった。

「だけどよォ、ガレに一人の日本人が影響を与えたって知って、驚いたわねえ。地質学者としてこの水利森林学校に留学していた高島得三《とくぞう》とたまたま知り合ったガレが、彼から日本人の自然観やアニミズム、日本画のことを教わって、作品に吸収していたなんて。私、この部屋の入口にあった〈コロシント瓜のランプ〉がすごく気に入ったの。帰ったらブローチとペンダントに応用させてもらうわ。ガレは日本人から学び、私はガレから学ぶ。こうして文化は影響し合うのね」

「そうね。あなたはそうやってガレを自分に取り込めるから、いいわね。羨ましいな」

「言われてみれば、そうかもね。ガレとナンシー派を堪能したから、そろそろお庭に出てみない？ 二十分ばかり残ってるわ」

中林清子に促されて翔子も賛同し、庭に出た。個人の邸宅としてはずいぶん広い庭だ。今年は早く春がやって来たということで、アネモネやチューリップなどが彩りよく庭を埋めていた。木蓮《もくれん》や桜の蕾《つぼみ》も膨らみ、アーチを這うバラはピンクの花をつけていて、ちょっとした公園のような景観を成していた。ベンチや椅子があちこちに置いてあり、数多い作品を鑑賞した者たちがガレのエモーションを駆り立てた花木に触れ、その漂ってくる香りにホッと一息できるような配慮がなされているのだ。

「そこらにあるような身近なものをテーマとして、それを芸術の域まで高めたんだから、ガレは偉大だね。ガレよ、ナンシー派よ、よくぞやってくれました、だよ」

「そう、ナンシー派に感謝、感謝だね……」

そう言って翔子は、不意に胸に這い上がってくるものを感じた。勤めている大学がまだ東広島市に移転する前、近くのナンシーという名の喫茶店で、初めて友浦亮介とお茶を飲んだ日のことがまたも鮮明に思い出されて、胸が熱くなり、言葉を失ったのだ。

「どうしたの？ 急に黙りこくって」

「ごめんなさい。昔、好きだった人と初めてお茶を飲んだ喫茶店の名がナンシーだったな、と思い出しちゃって」

「そう。その人とは上手くいかなかった？」

「それが複雑なの。婚約はしたのだけど、いろいろ彼の側に事情があって、ゴールインはできないまま。彼は今現在、ベッドに釘付け状態の重病人で、発病して五年が過ぎようとしているの」

「やっぱり……、そうだったのね。初対面から何となくそんな感じがしてたのよ。毎日が嬉しいばかりの人じゃあないな、何か含みがある人だ、と。私は離婚騒動の修羅場をくぐり抜けて来たから、心に憂いを抱えている人って、何となく判るのよ。どうしようもなく辛い日ってあるでしょ。そんな時は、差し上げた名刺の電話にかけてきてもいいわよ」

「ありがとう。辛い日が多くなってきてるから、そんな優しい言葉、嬉しいわ」

高森智久といい、中林清子といい、優しい言葉をすんなりと他者にかけられる。辛い過去を乗り越えてきたからこそ、得られた優しさなのだろうか。高森智久も売れない作家時代、妻に養ってもらっていたというから、きっと辛い思いをしたに違いないのだ。

時計を見ると集合時間が迫っていた。遅刻者は一人もいない。これから町の中心のスタニスラス広場に向かい、その一角にあるレストランで昼食を取ることになっていた。

バスが発車すると、地元ガイドが説明した。

「これから行くスタニスラス広場はフランス屈指のバロック様式で、国王ルイ十五世の義父、ロレーヌ公スタニスラスが王を称えて造らせました。広場は市庁舎・凱旋門・美術館などの華麗な建物に囲まれ、中央にはルイ十五世の銅像がありました。フランス革命までは国王広場と呼ばれていましたが、その後二度の革命を経てスタニスラス広場と改称され、銅像もスタニスラスその人に代わりました。広場から少し離れた東にはアリアンス広場、北にはカリエール広場が隣接していて、この三つを合わせて九年前に世界遺産に登録されました」

現地ガイドは四十代の綺麗な女性で、その人が流れるようなリズムで話すフランス語に、翔子は聴き惚れていた。

スタニスラス広場まで時間はそうかからなかった。確かに巨大な広場で、大勢の人がいるにもかかわらず、それを感じさせないほど広いのだ。予約した昼食時間まで少し早いので、みんなで散策することになった。

まずは太陽光線にきらめく黄金の門へと進み、しばらく足を止めた。

「この金細工はロココ様式です。流れるような曲線が使ってあって、とてもエレガントでしょう」

ガイドが同意を求めるような口調をした。門の細部や鉄柵の装飾が実に華麗で優雅。みんなも溜め息交じりに観ていた。中林清子が小声で翔子に言った。

「まわりが彫刻装飾を施した白いバロック様式の建物だから、この華麗な門や鉄柵がよく似合うのね。これはやっぱり、西洋の文化だわ。京都の枯山水の庭園とは対照的だな」

翔子も彼女に同意して、この異文化を感心して眺めていた。

二組の若い男が競技用の自転車に乗って、横を通り抜けて行った。前方にあるレストランの位置を確認して、翔子たちも凱旋門の方へと移動した。石造りの凱旋門をくぐり抜けた所が、カリエール広場だった。

「カリエールとは、フランス語で競技場を意味します。広場が縦長に造られているのは、昔はここで馬上槍試合をしていたからです。向こう正面はロレーヌ公スタニスラスの宮殿ですが、現在はロレーヌ歴史博物館になっています」

ガイドの歌うような心地よいフランス語を、添乗員が通訳した。昨夜の高森智久のフランス語の響きを思い出し、翔子は帰国したらフランス語の勉強を始めようと思った。

宮殿の方から年老いた西洋人の男女が肩を組んで、こちらに向かってやって来た。夫婦なのだろうか。

「あんなに人前でも仲良くできるということは、あの高齢でも愛し合っているってことね。羨ましいな」

彼らを目で追っていた翔子がつぶやくと、中林清子が即座に応えた。

「ただの習慣かもしれないわよ。神の愛、いわゆるアガペの愛以外は、そう長く続くものでもないでしょう」

「そうかなあ……」と言いかけて、翔子は口をつぐんだ。友浦亮介に対する愛は、生涯をかけた愛だと信じて疑わなかった。付き合ってこの十年間、その後半は彼が病に侵されて言葉がきつくなり、傷ついて泣く日もあったが、それでも毎朝ベッドの中で「やっぱり私はあの人が好き。他の誰とも取り替えることなんてできやしない」と言って一日が始まるのだった。

「現にフランスでは結婚という制度は崩壊しかかってるでしょ。約半数の男女は同棲という形で一応家庭もどきを作り、子ももうけている。その子は、国が子供手当で養育を手助けする。だから愛が終っても、安心して別れることができる。くっついたり別れたりは、日常茶飯事らしいわよ。今日あんなふうに肩を組み抱き合っていても、数日後には別れて、別の人と同棲が始まるってことだって、珍しくないんだから。それがいいのか悪いのかは判らないけど、簡単そうだから羨ましかったな。日本じゃあ、別れるにも愛憎の修羅場をくぐるのが普通で、相当のエネルギーがいるんだもの」

中林清子は自分の離婚経験を思い出すのか、投げ出すような口調をした。翔子は複雑な思いに包まれて、それ以上何も言えず、黙るほかなかった。

「そろそろレストランに行きましょう」

添乗員の合図で、彼女の後についてスタニスラス広場のレストランへ引き返した。座席は縦長のテーブルに十人ずつ向き合うようになっていた。翔子の隣は中林清子、二人と対面しているのは高齢な桑田さん夫婦で、それなりに仲はよさそうだった。

昼食のメインはロレーヌ地方の伝統料理キッシュ。これはパイ生地で作った器の中にベーコンを敷き、卵とクリームを練ったものを流してひき肉やアスパラなどの野菜を入れ、チーズを載せてオーブンで焼いた、いわばパイのようなもので、三角形に切って食べるという。見た目はケーキのような感じだが、食べるとやはり主食だと判る。

それぞれが乾杯を済ませて料理に手を付けようとしていたら、添乗員が立ち上がって、「みなさま、アテンション　プリーズ」と声を張った。

「実は、今日お誕生日を迎えた方がいらっしゃいます。女性だからお歳は言いませんが、ご本人はきっと生まれて来てよかった、と喜びをかみしめていらっしゃることでしょう。中林清子さんです」

拍手が沸き起こった。添乗員がまた言った。

「折角フランスでお誕生日を迎えたのですから、おめでとうだけはフランス語で言いましょうね。ボ　ナニベルセール、さあ」

みんなが声を合わせて「ボ　ナニベルセール」と言った。そして誰からともなく、英語のハッピーバースデイの大合唱が始まった。歌い終ると、また拍手が鳴り響いた。それが鳴り止むと、中林清子が立ち上がった。

「みなさん、ありがとう。メルスィ　ボウクウ。今日、四十歳になりました。人生のターニングポイントですね。これまで辛いことも多々あったけど、私、今現在、ジュエリーなどのデザインと製作を手がけて、それなりに幸せな日々を送っています。今回の旅は見るもの聞くもの、すべてこれからの作品に役に立ちそうです。それにいいお仲間とご一緒できて、とてもハッピーな十日間でした。本当にありがとうございました」

また拍手が鳴った。そして、誰かが「ほんとに、いいお仲間だよ」と言ったので、大笑いになった。これで昼食はすっかり和やかな雰囲気に包まれた。しばらく楽しそうな会話がそれぞれに弾み、食事が進んだ。

ひと時が過ぎて、翔子と対面している桑田氏がつぶやいた。

「キッシュは前評判ほどのこともないな。ロレーヌ地方で始まった料理が、それほど味もよくないのに今ではフランス全土に広がっているというから、フランス人の舌の感覚も怪しいもんだ」

すると奥方が夫の袖を引っ張って注意した。

「美味しいと思って食べてる人もいるんだから、そんなこと言わないの」

「本当のことを言うて、何が悪い」と、夫が言葉を返した。

「それを言わないのが大人なの。胸の内でひっそりとつぶやけばいいのよ」

「そんなことしたらストレスが溜まるわい」

「もおォ、お子さんなんだから」

奥方は吐き捨てるように言った。翔子は桑田氏がどんな反論をするかと見守っていたが、周りに他人がいることに気付いたのか、「はいはい、何でもあなたが正しいんです」と、あっさり降参した。が、小声で「逆らったら、大ごとだもんな」と、ぼやくのが聞こえた。

こんなやり取りが、結婚生活の現実なのだろう。この夫婦はこうして二人で海外にまで出かけるだけ、まだましな方なのだ。三十代の半ばになって翔子もさすがに結婚にバラ色の夢は描かないが、婚約したまま十年が過ぎようとしている自分たちも、なんだかおかしいのかもしれないと思うのだった。

（四）

ストラスブールに戻ったのは三時半に近かった。これから夕刻まで、世界遺産の旧市街を観光するのだ。

バスを降りて、まずはノートルダム大聖堂へ向かう。ガイドがツアーの旗印を掲げて先頭を足早に歩く。そのすぐ後ろに、一行の中では若い翔子たちが両側の土産物店に気を取られながら続く。突然ガイドが足を止めて、言った。みんなはイヤホンで聞いている。

「大聖堂の正面ファサードは、メルシエール通りでもここから見るのが最高です。お写真を撮るといいですよ。少し待ちますから」

その言葉にみんなはカメラを構え、シャッターを切った。翔子も一枚写して、前方をひたすら見上げた。

「ほんとに、すごい！」

翔子は思わず声を発していた。ホテルの窓から見える大聖堂は霧の中でも影絵で存在感を示していたが、真正面に聳える大聖堂は、それを造った人間の意志と崇高さを強く感じさせてくれる存在感なのだ。バラ色の砂岩で建造された、高さ六十六メートルの伽藍《がらん》とその倍以上はある鐘楼が、午後の光にうっすらと色づき、石なのに温かみを感じさせる。

正面ファサードは言葉もないくらい華麗な細工が施され、さながら石のレースのようだ。正門を飾る聖人たちの彫像群には脱帽するしかない。左右の扉の彫刻〈誘惑者と愚かな娘たち〉〈キリストと賢い娘たち〉にはガイドの簡単な説明があった。

中林清子が笑いながら言った。

「賢い娘たちの何とも取り澄ました顔よりも、愚かな娘の、とくにこの笑っている顔の娘が、愛嬌があってなかなかいいじゃない」

「そうね。愚かな娘に自分が近いのかも」と翔子も笑った。そしてクリスチャンスクールで過ごした中高時代を思い出し、聖書の授業で学んだ賢い娘と愚かな娘の例え話を胸中に手繰り寄せながら、伽藍の中に入った。薄暗がりに一瞬足を取られそうになったが、すぐにステンドグラスの美しさに目を奪われた。午後の日差しが、円形のバラ窓や側廊の窓に嵌《は》め込まれた色ガラスを突き抜けて、床に虹色の揺らめきを投じていた。

「これ、みんな私の作品のヒントになるわ」

中林清子の目が好奇心に満ちていた。

ガイドはこの大聖堂の見どころの一つ〈天文時計〉の所に連れて行った。十五分ごとに仕掛け人形が出て来て鐘を鳴らすという。その十五分に後数分あるから、その場で待つことになった。外国人もたくさん集まって、満員電車のような状況になった。

時計のすぐ横の柱がまた重要な見どころだからと、ガイドが説明した。無論、ツアー仲間はそれをイヤホンで聞いた。

その柱は〈天使の柱〉といって、大聖堂の傑作の一つだという。ほっそりした八本の柱が束になって天井を支え、上、中、下の三段に区切られ、下段にはマタイをはじめ四人の聖書史家が、中段にはラッパを吹く四人の天使が、最上段には玉座のキリストと受難の道具を持つ三人の天使の彫像が置かれ、石なのに優雅な雰囲気を出していた。これらの彫像はシャルトル大聖堂をはじめ、フランス各地の教会彫刻に影響を与えたという。

説明が終った丁度その時、鐘が鳴り始めた。周りにどよめきが起こり、シャッターを切る音が続いた。

「何が何だか判らないうちに、終ってしまったね」

誰かがそう言った。翔子もその言葉のとおりだと思った。あれほどいた人々が、潮が引くように散って行った。

外に出ると二十分ほど、お土産を買い、写真を撮る時間が与えられた。集合はまた大聖堂の正面ということで、その後はみんなで歩いて、周りの歴史遺産を見て回ることになっていた。

翔子は土産用に布製のテーブル掛けを三枚買うと、時間つぶしにぶらぶらした。隣を歩いていた中林清子が訊いてきた。

「ねえ、私、さっきの愚かな娘の彫刻がえらく気に入ったんだけど、あの話って聖書にあるのよね。あなたはそういう学校を出てるんでしょう。もうちょっと詳しく教えてよ」

「私もうろ覚えなのよ。あの話は確かマタイ伝にあったと思う」

そう言って翔子は歩きながら説明した。

――婚礼を前にした娘たちがいて、賢い娘たちは自分の灯りと容器に油を用意していたが、愚かな娘たちは自分の灯りしか用意していなかった。花婿の到着が遅れ、娘たちは居眠りをしてしまった。目覚めた時には、愚かな娘たちの灯りは消える寸前となり、賢い娘たちに少し油を分けてくれと頼む。が、賢い娘たちは、自分のためだけで精いっぱいなので、店に行って買うよう促す。愚かな娘たちはしぶしぶ店に行くが、その間に花婿が到着した。賢い娘たちは花婿と婚礼の部屋に入り、戸が閉められた。そこへ店から帰って来た愚かな娘たちは慌てて、ご主人様、開けてください、と頼むが、私はあなた方を知らないと拒否される。

「ま、こんな話だったと思うわ」

「そうなの。花婿が来る日は、いつも目を覚ましていなきゃいけないのね。相手を好きで、わくわくしてる時は、そうするわね。でも、眠気には私も勝てなかっただろうな。そして何かをする時は、きりきり一杯じゃなくて、余分に用意しなさいってことか」

「そう。それを信仰だ、聖霊だと、先生は何かややこしいことを言っていたな」

「聖書って、面白いね。そんなエピソードが詰まってるんだ。でも、当時の民衆は字が読めないから、ああした彫刻や絵で、分からせようとしたんだね。聖書の知識があったら、ヨーロッパの旅はもっと楽しいだろうな」

「とは思うけど、みんなそこまで分かりゃしないわよ。私だって、たまたまこの話をうろ覚えしてただけよ」

「ふーん。われ、知らぬことだらけなり。その意味で、今回の旅は色々と勉強になったわ。自由の身になって、時間を自分のために使えるって、いいことねえ」

中林清子は本心からそう思うようだった。彼女の言葉に翔子も共感を覚えながら、心のどこかで晴れ晴れできない自分を見つめていた。昨夜、夢のような時間を過ごしながらも、友浦亮介のことを思うとやはり胸が痛むのだ。舞い上がりながらも胸底には疼く感覚があって、彼女のように「さあ、これからだ」というような気持になれないのだった。

集合場所にもみんな時間厳守で集まった。これから一緒に、大聖堂広場の周りを歩いて見学するのだ。この周りは昔の建物を利用した文化ゾーンになっていて、見るものが多いらしい。

ゲーテもよく通ったという薬局や、木組みの豪商の古びた六階建ての家、旧税関だった近代美術館、旧屠殺場《とさつ》だった歴史博物館、哲学者ボルテールやプロイセンのフリードリッヒ大王も泊まったという宿屋など、外から見て回った。

いささか足が疲れたと思う頃、大通りに出るとバスが待っていた。添乗員によると、プチ・フランスまでは割に近い距離だが、みんなが相当疲れているだろうから、ドライバーに迎えに来るよう手配したのだという。

地元ガイドは一日の仕事がここで終ったのか、別れの挨拶をした。一日だけの付き合いでも、別れは気持をセンチメンタルにする。バスが動き出すと、みんなで手を振った。明日は飛行場でチェックインのために、別の人が来るという。

もう五時になっていた。これからプチ・フランスへ向かうのだ。昨夜のことを思い出すと、翔子は今も胸が熱くなる。あのときめきは、久しく感じたことがなかった。改めて高森智久はステキな人だと思った。

そんなことを思っていると、バスはもう到着していた。目前の橋はクヴェール橋だという。昨夕タクシーで通った道とは違うように思う。

前宣伝に違わず、この橋の袂《たもと》からの眺めは本当に美しい。彼方には大聖堂も見える。ここから路地に入り、ぐるぐる散策することになった。町じゅうが木組みの家で、高さもほぼそろっているので、目に快い。ゼラニュームや名を知らぬ花々が家々の窓辺や川べりに咲いていて、これも景観を美しくしている。翔子は立ち止まっては写真を撮ったが、中林清子も負けぬぐらいシャッターを押していた。そして、言った。

「木組みなのに五階や六階まであるでしょ。みな二、三百年は経ってるっていうのに、大丈夫なんだねえ。手工業時代の技はすごいことを改めて認識したわ。こんなに頑丈で、味わい深い家屋を建てたんだから、当時の職人には尊敬と感動を覚えるな」

それは翔子の思いでもあった。日頃は近代建築ばかり見慣れているので、こうしてたまに原点に返ったような光景に接すると、やはり心が和んでいるのだ。ガイドはもういないので、昨夜、高森智久から聞いたこの地区の成り立ちなどの説明はないけれど、水辺の路地をただ歩き、木組みの家を眺めるだけで、みんなは満足しているようだった。

昨夜のレストラン、ラ・ルミエールはどこだろうと探したが、見つけることはできなかった。やはり、夢だったのではないか……。そんなことはない。頬をつねってみて痛かったではないか、と翔子は内心で何度も何度も言っていた。

夕食はやはりプチ・フランスで取った。大きなレストランだがエレベーターが小さいので高齢者を優先して、翔子たちは三階まで階段を上がった。見晴らしはよさそうだが、すでに残照も消え、夜がそこまで忍び寄っていた。四人ずつのテーブルがセットされていて、自然に昼と同じメンバー、高齢の桑田さん夫妻と一緒になった。

メインディッシュは郷土料理のベックオフ。高森智久と食べたあの肉ジャガ風の料理。それにビーンスープと野菜サラダ。そしてアルザス風ピザのタルト・フランベが出され、これはこの地方ではワインのおつまみだという。今宵が旅の最後のディナーとあって、どのテーブルも盛り上がり、アルザスワインで少々酔ったせいもあり、熱気を帯びていた。

「中林さん、四十歳おめでとう。ぼくは来月で七十三歳になるから、あんたはまだ若い！　羨ましいよ。ぼくの四十歳は、まだ戦後という言葉が生きていて、高度経済成長にこれからという時で、海外旅行どころじゃなかったな。その意味でも、あんた、幸せな人だ。ジュエリーデザイナー、頑張れよ」

桑田氏が思いがけないことを言い、前のめりになって手を差し出した。中林清子がそれを受けて、握手した。

「ありがとう、ムッシュ桑田。私、みなさんに祝福されて、やる気がグーンと上がりました。これまで相当辛いこともあったけど、見知らぬ人にこんなに励まされて感動し、元気になりました。これからも桑田ご夫妻の健康と、ますます仲の良いご夫婦であられますよう、もう一度乾杯しましょう」

中林清子はこんな場に慣れているのか、人あしらいが上手だ。四人でまた乾杯をした。ひと時の作為的な時間が、幸せを感じさせてくれる。翔子はこれも人生の一場面なのだと改めて思いながら、自分はもう友浦亮介とこんな時間は持てないだろうと思うと、胸底から淋しさが突き上げてくるのだった。


帰りはまた霧が立ち込めていた。クヴェール橋まで数分を歩くと、バスが待っていた。ストラスブールはほんとうに霧の街だ。朝の経験があるので、みんなもドライバーをすっかり信用して、もう不安がったりしない。ワインのせいでいい気分になってうとうとしていると、バスはホテルに着いていた。

ロビーで、添乗員が明日の予定をもう一度確認した。

「モーニングコールは五時半です。朝食はホテルが弁当を用意してくれます。ロビーに置いてありますので、各自受け取ってからバスに乗ってください。空港でチェックインが済んで食べることになると思います。スーツケースは、六時半にドアの外に出してください。その際、うちの会社のタグがついているかどうかも確認してください。明日はフランクフルトで飛行機を乗り替えますので、タグがついてないと荷物が迷って成田に着かないことがありますから。バスの出発は六時五十分です。一人でもこの約束事が守れないと、飛行機に乗り遅れることもありますので、くれぐれもよろしくお願いします。それでは解散」

みんなは酔いも醒めたような顔をして、注意事項を聞いていた。

翔子はこれまで買った土産類はきちんとスーツケースに入れ、明日着る服も洋服ダンスに掛けてきた。だから荷物の整理整頓はほぼできているので、部屋に戻ると風呂に入って寝るだけだ。

バスタブに浸かると、疲れがスーッと引いていくような感覚になる。いやなことがあった時も、悲しいことがあった時も、風呂に入ると大抵は「これも人生よ」と、少し大きな気分になっている。だから翔子は毎日風呂に入る。もうずっと前から習慣化している。

風呂から上がると、翔子は軽い体操をした。一日じゅう見学でよく歩いたし、やはり旅の最終日は疲れが出て、筋肉をある程度ほぐしておかないと、体の動きが鈍くなるからだ。三十路の半ばともなれば、そんなことも考えなくてはならない年齢なのだ。

高森智久にはご馳走のお礼として、ネクタイを買った。友浦亮介のお土産にはパリで複製の絵、六号のモネの《睡蓮》とエッフェル塔が印刷されたTシャツを求めた。絵はスーツケースの中に大切にしまってある。彼は最近、厳しい、感情的な言葉をよく吐くので、何と言うだろうか。どんな言葉が飛び出しても、怒ったり、嘆いたりしてはいけない、と翔子は自分に言い聞かせている。なにせ、不治の病のために、五年間も闘病生活をしている人なのだ。

他人に対しては彼にも体面があって、見舞いに来てくれる人々には笑顔を向け、まだ元気があるように振る舞うが、翔子には心を許しているせいか、時として感情をむき出しにするのだった。

彼は闘病生活が始まると、まだ力が残っているうちに最後にもう一冊著書を書き残したいと言って、準備に取りかかっていた。入退院を繰り返す中で、病院の個室にも机を持ち込み、体調の許す限り論文を書いていた。仮題は『イギリス近代思想史――ミルからラッセルへ』とした。退院すると、書斎で論文を書き、疲れると傍にあるベッドで休むという生活をしていた。健康な時と違って、ペンの速度はかなり落ちているようだったが、研究者としてそのようなストイックな態度に、翔子は尊敬の念を覚えるのだった。

翔子は入院時には病院に、退院すると自宅に週一度、日曜日に見舞っていたが、その時ワープロで清書した彼の原稿を持参していた。千ページを超える膨大な著書の予定で、仕事を持つ翔子だけではとても間に合わない。だから彼のファンクラブの人たちも総動員で清書を手伝ってくれていた。

その中に翔子より二歳下の事務職、藤波幸子《さちこ》がいた。ファンクラブでは、彼女が中心になって清書や年賀状も手伝ってくれた。小柄だが目鼻立ちがくっきりしていて、感じのいい人だと思った。彼女も独身で、短大を出てすぐ事務職に就いたというから、もう十三年目のベテランで、仕事が終ると献身的にいろんなことを手伝ってくれていて、彼の妹ともいい関係のようだった。

最近、ようやく彼の著書の草稿が終り、初校の段階に入っていた。

一月前のことだった。彼を自宅に見舞うため、門の前に立った。すると、中から楽しそうな女の笑い声が聞こえた。翔子は一瞬立ち止まり、来客中なら引き返そうかと思ったが、呼吸を整えて玄関へと進んだ。すると玄関から藤波幸子が出て来たのだ。久しぶりに出会ったので挨拶をすると、彼の妹と同じようにプイと横を向いたのだ。その態度がいかにも挑戦的で、翔子は女として直感するものがあった。あんなに彼に尽くしてくれるのは、ただ事ではない。彼のことを好きなのだろう。彼もそれを受け入れているのでは……。そんな疑念が生じて翔子はショックを受けた。

思い切って玄関ブザーを押すと、ドアが開いた。開けてくれるのはいつも妹だが、翔子が「失礼します」と頭を下げても、これも無言の業で、冷ややかな視線を向けるのみなのだ。いつものこととはいえ、その日はいやな思いを二度もして、深く傷ついてしまった。

病気の彼に対面する時は微笑を忘れないこと。これが自分の鉄則だったのに、その日の顔は、心を隠すことができなかったようだ。

「どうしたの？　気分でも悪いの？」

ベッドに横たわる病人からそんな言葉をかけられて、翔子はハッとして笑顔を向けたが、所詮作り笑いにすぎず、すぐに破綻した。そして言葉が流れ出ていた。

「今、玄関先で藤波さんと出会ったんだけど、こちらが挨拶してもプイと横を向かれたの。傷ついたわ。あの人、あなたのことが好きなんじゃないかしら……。そんな気がする」

するとは不機嫌な顔をして言った。

「きみの思い違いじゃないのか。彼女は、そんな横を向くような人じゃないよ。ぼくに好意を持っているのかもしれないけど、献身的にいろいろと手伝ってくれている。今はいろんな人の協力にすがらないと、ぼくの著書は出せないよ。たとえ彼女がぼくに好意を持ってくれているとしても、そのことはきみとは関係ないじゃないか」

最後の言い方に、翔子は一瞬言葉を失った。悲しさと腹立ちが綯《な》い交ぜになって、感情が爆発しそうになったが、彼は重病人なのだからと胸の内で呪文を唱えて、やっと自分を保ったのだった。

その日は二人の間にわだかまりができて、その場にいることが息苦しくなり、清書した原稿を渡すと、翔子は早々に引き揚げたのだった。

言いたいことはたくさんあった。藤波幸子の好意に応えてあげることができないのなら、遠ざけるべきではないか。その時、その時に応えてあげているのなら、婚約者としての自分に対して不誠実ではないか……。それらを問いただしたい。でも、瀕死の病人に向かって何も言えず、耐えるほかなかった。

そんな時、親友の山木弘美に愚痴を聞いてもらうのだった。そして「別れないのなら、耐えるほかないわね」と繰り返し諭され、「そうよね。私は彼を愛しているので、あなたが言うとおりだわ」と、自分を無理に納得させるのだった。

だが、本心から納得したわけではなかったから、不満がくすぶっていた。そんな中で高森智久に電話して、彼の著書の感想を述べたり、次の作品の構想を聞いたりすることが、どんなに救いになったことか。

「今日はいやなことがあって、落ち込んでいましたけど、こうして先生とお話ししていると、何であんなことで、とバカバカしくなりました。気が晴れました」

「そう。そりゃあよかった。ぼくは小説の世界においてもそうですが、現実の世界においても、あなたがいっそう幸せであってほしいと思っています。〈今、ここ〉の大切さをつくづくと考えますね」

こうした会話や、高森智久の著書が、ひと時であれ、翔子を現実から空想の世界へと誘って、息苦しさから飛翔させてくれるのだった。そして、高森と少しでも近い所で空気を吸いたいと思うようになり、不意にこのツアーに参加することにしたのだった。

バスは朝霧の中を予定通り空港へ向けて出発した。隣の席には中林清子が座っている。わずか十日間の付き合いなのに、もうずっと前からの友人のような気さえするから、人間の感覚なんて当てにならないのかもしれない。

「飛行機が出発する頃には、霧も収まってるんだろうね。ストラスブールは霧の街だってことがよーく分かったわ」

中林清子がそう言った。

「霧に覆われて、ほとんど何も見えないけど、時間が来ると、嘘みたいに晴れるんだもの。自然界って、不思議よね」

翔子はそう言いながら、明日からのことを考えていた。また、あの重い現実と向き合うのだ。その現実の中にしか生活はないのだと思いつつも、いや、と翔子は胸の内で抗っていた。私は小説を書くことで、その現実を乗り越えられるのだ、と。

目をつぶると、元気だった頃の友浦亮平の笑顔が浮かんだ。自分はその顔にしがみついて、愛を持続しようとしているのだろうか。ベッドに臥す彼の苦しそうな顔の向こうに、楽しかった頃の笑顔を見ているのかもしれない。過ぎゆく時の中で、愛が色褪《いろあ》せつつあることにも気付かずに……。いいえ、ともう一人の自分が即座に否定する。色褪せるなんてありえない。歳月を重ねて、いいも悪いも、すべてをつつみこむ愛なのだから、と。

外に目をやった。霧はいっそう深くなり、数メートル先しか見えない。狭い視界の中を、ドライバーは神経を集中して安全運転を心掛けているのだろう。

ふと、高森智久の言葉が耳元に蘇った。

――〈今、ここ〉の大切さをつくづくと考えますね――

含みのあるその言葉を口の中で繰り返していると、翔子には明日からも何とかやっていけそうに思えてくるのだった。

二〇一六年、夏の日々

（一）

「亮介《りょうすけ》さん、こっち、こっち」

月橋裕美《ゆみ》はそう言って手を振り、ベンチから立ち上がった。山岡亮介も右手を挙げ、笑顔で小走りして来た。

「暑かったでしょ。アイスクリーム食べようか。そこで買ってくるから待ってて」

そう言うと裕美は資料館の中にある売店へと急いだ。バニラにチョコレートがのっているちょっと豪華なアイスを二つ買うと、裕美は亮介の待つベンチへと戻った。そのアイスを亮介が好きだということを、裕美はよく知っていたのだ。

「おいしいね。代金はおれが払うよ」

「いいの、今日は私に払わせて」

「そう。ありがとう。けど、おれの美学ではさ、こういう時は男とか年上が払うほうがいいことになってるんだ。親父もそうだし、兄貴もそうしてる。うちの家風かな」

「うちでも親はそんなこと言ってるけど、それって古くない？」

「そうかもしれないけど、一種の習慣かなあ……。それに、そのほうが恰好よくない？」

「どうでしょう。私はいつも奢《おご》ってもらうのって、気の毒になるの。別に規則はないけれど、財布の中が豊富な方が持てばいいのよ。昨日ママにお小遣い貰ったばかりなの。だから、今日は私に奢らせて」

「わかった」

そう言った時は、亮介はすでにアイスを半分くらい食べていた。

「勉強、はかどってる？」

「うん。担任も塾の先生も東京にしろと勧めるんだけど、おれは京都にしようと思う。あそこの研究所は理系であれ、文系であれ、自由で民主的な感じだけど、東京は権威主義を感じるんだよね。これ、叔父の受け売りだけど。京都のほうがのびやかで、おれに合ってるような気がするな。それに、おれはあの町が好きなんだ。趣味で寺社仏閣を訪ねて、歴史も勉強したいしね」

「そう、きっといい選択ね。頑張って」

「模試では合格圏にいるけど、油断大敵だから、気を引き締めて頑張るよ」

「亮介さんなら大丈夫。信じてるわ」

裕美は心から亮介を信じていた。

「裕美さんの方は、大筋が決まった？」

「まあね。これまでは併設されてる女子大の英文科でいいと思ってたけど、考えが変わってきたの。パパはお前が進みたい方へ進みなさいって、まるで自由放任ね。私のこと、本気で考えてくれてるのかしら、と思いたくなるわ。ママは、親が花嫁修業のつもりで短大しか許してくれなかったので、あんたは自分の考えで決めなさい。ただ、将来の仕事につながる方向がいいかなって言うの。それと、お兄ちゃんが東京の大学だから、できれば県内に留まってくれたらありがたいけど、志望校が県内にない時は、県外でもいいかなって言うの。だから私次第ってことよね」

「で、どうするの？」

「私、将来は美術館の学芸員になりたいの」

「だったら文学部の歴史学科かな。その中で美術史専攻を選ぶんだと思うよ。さらに西洋美術とか東洋美術とかに分かれるのかな？」

「そのあたりと、県内の大学でそんな専攻ができるかどうかも、ネットで調べてみるわ」

「おれも絵が好きだから将来、美術展でおれを案内してよ」

「もちろんよ。亮介さんを案内できるよう、私も本気で頑張るわ」

「じゃあ、指切りゲンマンしよう」

そう言って亮介が小指を差し出した。裕美がその指に自分の小指をからませると、亮介の指に力が入った。裕美は体が急に熱くなって、血流が激しく躍動して皮膚をつき破りそうな息苦しさを覚えた。

その時、亮介が「じゃあ、そろそろ帰ろうか」と言って立ち上がり、小指を離した。裕美も釣られて腰を上げた。体はまだ興奮して動悸《どうき》が激しかった。

「ねえ、帰りながらでいいから、私の話を聞いてくれる？」

そう言うのが精いっぱいだったが、言い終ると意外に気持が落ち着いていた。

「何?」

亮介は裕美の方に顔を向け、足どりをゆるめた。

「今日ね、札幌から北星《ほくせい》学園が平和学習に来て、ボランティアでこの公園を案内したの」

「そう。それは大変だ。でも、梅雨なのに雨が降らなくて、よかったね」

「あちらが十のグループに分かれて、うちの学校が一グループ二人ほど説明役で付いて、主な碑をめぐったの。公認欠課でね。その峠三吉《そうげさんきち》の詩碑もよ」

「ちちを返せ、ははを返せ、Give back my father, give back my mather あの有名な詩だね。ぼくも学校で日本語と英語、両方で習ったよ。彼、たしか三十代で亡くなったんだよね。だとすると、後十四、五年か……。おれ、そんな若さであの世に行くのは絶対いやだな」

「そうよ。亮介さんには長生きしてほしいもの。私のためにも、ね」

「ありがとう。これから大学へ行って、結果的に世の中のためになるような研究をして、人生を十二分に生きなくちゃあね。せっかくこの世に生まれてきたんだから」

「そうね。今日、原爆資料館は午前中にもかかわらず、見学者がいっぱいだったわ」

「だろうな。アメリカのオバマ大統領の来館から、まだ一月も経ってないもの。やはりアメリカの大統領というだけで、大きな影響力があるんだね」

「そう。これまで資料館に全く興味がなかった人々にも関心を持たせたんだから、やっぱりアメリカの大統領の力はすごいわね」

「そういう意味ではね。ただ、オバマ大統領の在任期間があと半年じゃあ、あのすばらしいプラハ宣言の実現は無理だろうね」

「そうね。でも、国内外の多くの人々にヒロシマとか原爆資料館に関心を持たせただけでも、意味があるんじゃないかしら」

「そうだね。おれがいくら大声で関心を持ってくれって叫んでも、誰も振り向かないもん。やっぱりアメリカの大統領の政治力と権力が、平和を創り出す可能性を持つってことかなあ……」

「それなのに、うちのお祖父ちゃんは、オバマが来たからと言ってバカみたいに騒ぐな。あの程度の短い見学で被爆のヒの字も分かるもんかって、全く評価しないの。お祖父ちゃんは、アメリカの大統領が来るのならきちんと謝罪するのでないと、大して意味はない、と吐き捨てるように言うのよ。それに、優しいお祖母ちゃんまでが……」と一瞬躊躇《ためら》って、裕美は続けた。

「総理大臣も県知事も広島市長も謝罪はいらないと人のいいことばかり言うから、国民にもやたら許す雰囲気ばかりが広がってしまい、むしろ大きなマイナス。百害あって一利なしだね。あんな恐ろしい目に遭わされたのに、これまでアメリカから一度も、謝罪の一言もないんだから。この度、折角広島まで来ながら被爆者にも会わないし、謝罪もしない。被爆者のこの悔しさは、どうしてくれるのよ。オバマが来たと言って浮かれすぎだ、って怒ってるの」

「へえ、そんなふうに言うの。変わってるな。たしかに滞在は短いけど、アメリカの大統領は普通の大統領とは違って世界のリーダー格だから、超多忙で仕方ないんじゃないかな。謝罪の件も、アメリカが日本軍国主義から世界の民主主義を救ったという誇りが国民に定着していて、そんな国内事情があるので、勝手に謝れないだろうし、謝ると国内が大騒動になって、収集がつかなくなるんだろうね。ギリギリのところでああいう形をとったんじゃないのかな。ただ被爆者からすると、きみのお祖父さんやお祖母さんの言うことも、また一理あるんだろうけど」

「学校の先生も、アメリカの現職の大統領が　七十一年目にヒロシマに来て、短くても資料館を見てくれたことに意味があると言われたし、私もそう思うの。だから、お祖父ちゃんたちと喧嘩しちゃった。もう七十一年も前のことだし、広い心で許してあげて、これからともに平和を築いていく方が賢明だわ、と」

「そうだね。ただ被爆者の気持からすると、謝罪せよという考えも理解してあげることは大事かもしれないよ」

「だけど、理解して謝罪を要求すると、オバマ大統領は来なかったでしょ。国内事情があって謝罪すれば大混乱が起きて、その後の大統領としての執務が取りにくくなるから。謝罪を強く要求すると、アメリカの大統領は絶対に、そして永久に来ないわよ。来ない方がよかったの？　私がそう問うと、お祖父ちゃんもお祖母ちゃんも黙ってしまい、その後は同じ家にいても、関係がよそよそしくなっちゃったの。あまり口もきいてない」

「そりゃあ、いかんなあ。被爆者は今もあの日の惨状がまざまざと脳裏にあって、許しがたいんだろうね。そう思って、意見は違うけど、理解してあげてよ。まずは笑顔できみから話しかけてみる。お天気のことでも、庭に咲く花のことでもいいから」

「亮介さんは、本当にそう思うの？」

「だって、他にいい方法がある？　きみが二人を完全にやり込めたとして、それで解決する？」

裕美は返事に困って、黙ってしまった。

「それぞれ顔が違うように、意見の違いがあっても仕方ないよ。それはそれ、これはこれ。同じ屋根の下で暮らす限り、平和共存で行くしかないでしょ」

「そうね。亮介さんにそう言われると、そうかなあと思えるから、不思議ね。じゃあ、私から笑顔で話しかけてみるわ。ずっとモヤモヤした気持でいたの。少しモヤが晴れたわ。ありがとう。亮介さんて、大人ねえ」

裕美は春に高校生の平和講演会へ出て、たまたま山岡亮介の隣の席に座ったことを本当によかった、と思った。あの場で亮介さんから話しかけられ、まじめな人であることが判って、こうして友達になれたことを内心でほんとによかった、と思った。

「これからもおバカな私をよろしくね」

「裕美さんはおバカなんかじゃないよ。誠実な人だ。平和公園の碑めぐりの案内だって一生懸命だもの。さあ、あまり遅くなってもいかんから、帰ろうか」

亮介がそう促した。六時を少し過ぎていたが、まだ明るかった。二人は平和公園を出て大通りまではどちらからともなく手をつないで歩き、そこで別れて、亮介は牛田《うした》方面のバス停へ、裕美は己斐《こい》・宮島方面の電停へと向かった。

手に残る亮介の温もりが逃げないように、裕美は左手を大事そうに握った。胸の内にも温かい感情が広がっていくのを感じた。

（二）

「ただいま」

玄関を開けると、「お帰り」と母の声が台所から聞こえた。二、三日前からその声は精彩を欠いている。祖父母、あるいはパパとの間になにかあったのだろうか。

七時のニュースが終ろうとしていた。テーブルの上には自分たち家族分の食事しかなかった。

「お祖父ちゃんたちは？」

「もうとっくに済ませて、お部屋のほうに引き揚げて行ったわ。このところジムから六時には帰って来るので、お腹が減ってるんでしょ。みんなの帰りがまちまちだから、六時半には食べたいと言うので、二人だけ早くしてあげてるの」

「ふーん、それだけが理由？」

「ほかに何かある？」

「さあ……」

裕美は、オバマ大統領のことで数日前に祖父母と喧嘩したことが唇から漏れそうになったが、飲み込んだ。これまで優しかった祖父母が、まさかあんなことぐらいで自分と顔を合わせたくないなど、考えたくなかった。祖父母はそんな心の狭い人ではない。拘《こだわ》っているのはむしろ自分のほうなのだ、と胸の内で釈明していた。もっと自然体になれないものか。亮介さんの前だと、あんなに素直になれるのに……。

「パパ、今日は遅いの？」

「さあ、何の連絡もないけど、仕事なのか、遊びなのか、どうだかね」

母は気のない返事をした。

「私、希望する進路、ほぼ決まりよ。美術館の学芸員になりたいの。だから文学部の史学科か、芸術学部の美術史のようなところで学ぶんだって。詳しくはこれからネットなどで調べるけど、そういうところが県内にあるかどうか。ない場合は県外でもいいんでしょ」

「そのことの決定権はパパが持ってるの。だからパパに聞いてみて。ママは何とも言えないわ」

一瞬、「エッ」と裕美は思ったが、「わかった」と答えながら、これまでママが言っていたことと随分違うニュアンスを感じたのだ。

ママは続けた。

「今日、お兄ちゃんから電話があったの。理系だから四年では学び足りないので、予定通り大学院に行きますって。奨学金を貰うとしても、後四、五年は仕送りをするようよ」

「へえ……」

裕美はいやな予感がした。自分は県外の大学に行けるだろうか？　親にとっては同じ子供だけど、先に生まれたことや男であることが優先されるのだろうか？　パパが帰って来るまでは、答はお預けになってしまった。

「七時四十分になったから、先に食べよう。お祖父ちゃんたち早く食べて、正解だったわね。パパ、連絡ぐらいくれたらいいのに」

そう言うとママはスープをついだ。コーンスープにバジルが添えてあった。焼肉と野菜サラダ、たまご焼き、キムチが並んでいた。

裕美は食べ物の好き嫌いがない。キムチも大好きだ。こんな裕美を祖母はよく誉めてくれたものだ。

食べ物の好き嫌いをするとね、病気になると、医者のお祖父様が言ってたよ。バランスのいい食事こそ健康の源だから、由美は好き嫌いがないから、健康な娘に育つよ、と。

祖父母の生活圏は、一階の八畳の洋間と六畳の和室、それに四畳半のサンルームで、庭に面していて日当たりもよく、ミニキッチンもついていた。祖父が公立病院の内科医をしていたこともあり、患者だった人や部下だった人がよく訪ねて来た。その都度、祖母がミニキッチンでお茶を沸かし、お菓子をふるまっていた。にぎやかな笑声が聞こえてくると、ママは言ったものだ。

「歳をとっても人が何人も訪ねて来て、あんなに楽しそうな声が聞こえてくるということは、幸せなことね」

けれど二人とも八十路を過ぎると、訪ねて来る人も少なくなり、祖母は一年前からキッチンで料理することも止めた。体力が落ち、気力も衰えたと言って、その頃から母の作った食事を、みんなと一緒に食べるようになったのだった。それなのに、このところ、祖父母だけで早目に食べるなんて……。私のせいじゃないよね。裕美は胸の内でそうつぶやいていた。

祖父母は近くのフィットネスクラブで水中ウォークと易しい筋トレ、それにミストサウナに浸って帰るから、お腹がすいて六時半には食べたい、と言うのは自然の成り行きなのだ。裕美たちは七時から七時半に食べるから、これまではそれに合わせてくれていたのだろう。このところパパの帰りが日によって違うので、もっと遅くなる時もある。夕食が六時半というのは、高齢者には当たり前のことなのだ。そう思うことで、裕美はこの問題にけりをつけようとした。

食事をしながら、母が言った。

「このところパパはゴルフ、ゴルフと言いすぎると思わない？　毎週土日でしょ。会社が忙しい、息抜きが必要、と言ったって、度が過ぎてるわよ。出費だって増えてるし、このまま家庭をないがしろにすると、先でツケが回って来るんだから」

ママはいかにも不満そうな顔をしていた。こんなことはこれまでママの口から聞いたことがなかったので、裕美はいささか気になった。両親の間に、何か異変があったのだろうか？

「パパはゴルフでよほど楽しいことがあるのかなあ」

「だろうね。裕美が訊いてみてよ。私が何か言うと、すぐ不機嫌になるんだから」

「わかった。焼肉、おいしかったよ。お店のよりもおいしい」

そう言うと、ママの顔に笑みが刺した。お世辞ではなく、本当においしかった。胸の内にもやもやを抱えているママに、励ましの言葉をかけてあげたかったのだ。


二階の自分の部屋にあがると、裕美はベッドに寝転んだ。天井を見ながら、ママのことよりも亮介さんのことを考えていた。左手が亮介さんの温もりを覚えている。出会ってまだ三月しか経っていないけど、もう前から知っているようにも思える。身長は一メートル七十五センチ、端整な顔立ち。年齢は一つしか違わないのに豊富な知識と包容力があって、ステキとしか言いようがない人。テニスも上手で、高二の時は県大会にも出てベスト8に入ったという。今は受験のためにクラブ活動は引退しているけど、時々息抜きのために友人と放課後のグラウンドでラケットを振っているそうだ。

亮介さんの横顔をちらっと見るだけで、裕美の胸は高鳴る。ああ、私は亮介さんが好き。この気持を大空に向かって叫びたい。

ふっとママの顔が浮かぶ。不満げな顔、そして、悲しそうな顔でもある。なのに、この娘は母のことよりも、好きな男の子のことを考えている。悪い子だと思う。でも、今は亮介さんを一番大切にしたい。パパにもママにも、四月の終りにステキなボーイフレンドと付き合っていることは言っである。今度家に連れて来なさいとパパもママも言うけれど、パパとママの関係が微妙に揺れている時、止めたほうがいいだろう。

パパはボーイフレンドと付き合うことは容認してくれたが、家訓だと思って次のことは絶対に守れと正面切って言った。

「初めに大事なことを言っておく。いいか、付き合いでしていいことは、手をつなぐことまでだ。それ以上は絶対だめだからな。それらは結婚までお預けだ。それ以上を求めるような男は、ろくな奴じゃないから、即付き合いは止めてくれ。これだけは覚えとけ」

「失礼しちゃうわね。亮介さんは、そんな人じゃないわ。男にもいろいろあって、亮介さんは上等の部類に属するのよ」

裕美は腹立ち紛れに、大声で抵抗した。するとママが横から口を挟んだ。

「パパが言うことは尤《もっと》もなことよ。パパは男だから、男のいやらしい気持もよーく分かるのよ。変な男から娘を守りたい一心だから、分かってあげて」

「そうかもしれないけど、人間を動物的な側面だけで捉えるのって、いやだな」

「お前が親になって娘を持ったら、この気持が分かるさ。もう一度言っておく。手をつなぐ以外は絶対に駄目だからな」

「この件に関しては、ママもパパと全く同じ考えだから。いいわね」

「はい、はい、分かりましたよ」

二人に威圧されると、裕美も一応了承のサインを出さざるを得なかった。

学校でも、誰それはどの段階まで行ったとか噂はあったが、裕美はあまり興味がわかなかった。親友の真理《まり》も男の子と生々しく付き合うのは好きでないらしく、難関の志望校を目指して勉強に集中していた。裕美は真理よりも少し軟派で、恋愛を夢見る夢子さん。白馬に乗った王子様に早く出会いたいな、と本気で思っているのだ。そして、世間では高校生はみなエッチしていると言っているようだが、マスコミが作り上げた興味本位の考えだろう。そんな考えは論拠がないし、あまり信用できないと裕美も真理も思っていた。

白馬の王子様、裕美には亮介さんこそがそのように思えた。王子様とこれから先真面目に付き合って、何年か先、もっと素適な大人の女性になった時に純白のウェディンドレスを着て、どこか南洋の島で花々の香りに包まれて、王子様のお嫁さんになることが夢だった。

ああ、実際にそうなったら、どんなにいいだろう。でも、兄のことを考えると、亮介さんも大学と大学院を卒業するまでには、これから七、八年かかるのだろう。長いなあ……。私だって学芸員になるためには大学も出なきゃあならないし、あと数年はかかるのだ。白馬の王子様と手を携えて人生を歩む。なんと待ち遠しいことだろう。けれど、愛する人を待つことは、むしろ愛を深めるための試練の時間じゃあないかしら?

こんなことを考えながら、裕美は深い眠りに落ちていった。

「裕美ちゃん、裕美ちゃん、パパが済んだので、お風呂に入りなさい」

甲高いママの声で裕美は目が覚めた。時計を見ると、十一時前だった。制服も着替えないまま、寝ていたのだ。裕美は急いでパジャマに着替え、階下に降りて行った。冷房の効いているリビングで、パパがパジャマ姿でビールを飲みながら涼んでいた。

「パパ、今日も遅かったのね。体を壊すよ。私の進路のことで相談したいんだけど、これからじゃだめ?」

「まずは風呂に入っておいで。それからだ」

ママは風呂の後始末があるから、いつも最後に入る。主婦って大変だなあと思う。それも愛する人のためなら、何の苦労も感じないのだろうけど、最近のママとパパの間には微妙な揺れがある。恋愛結婚だったと聞いているが、二十数年もたてば愛情も劣化するのだろうか? 私はそんなのイヤだ。王子様とはずっと強い愛情で結ばれていたい。愛が冷えるなんて、考えられない。

私は亮介さんが好き。姿形だけじゃなく、ものの見方、考え方、包容力、すべてがすばらしいのだ。あんな人、滅多にいやしない。

もはや亮介さんのいない私は考えられない。寝ても覚めても亮介さんなのだ。自分は亮介さんと出会うために生まれてきた、としか裕美には思えない。

でも、亮介さんの邪魔はしたくない。あの人が勉強して志望校に入学するまで、私は逢いたいという気持をセーブしなければならない。そして亮介さんに相応しい女性にならなくては。そのためには、ストイックな努力が必要だよ。ああ、つらい、つらい。この自制心。でも、その後に会える楽しみが待っている。ただ顔を見るだけでいい。ただ声を聞くだけでいい。

ああ、亮介さんに逢いたい。

裕美は生まれて初めて、こんなに人を好きになり、深く愛してしまった。

浴槽につかりながら、湯気の向こうに亮介さんを見ていた。この時間、きっと机に向かって難しい数学の問題を解いているのだろうな。その端整な横顔を思い出すだけで、胸がいっぱいになる。

風呂から上がったら、パパに進路のことを相談しよう。以前好きなようにしなさいと言ったので、美術史を学ぶことにした。その専攻が県外にしかない場合、またはより優れた内容を学べる大学が県外にある場合も、本当に県外に出してもらえるか。こんなことを話して、計画的に勉強しよう。


パパはまだビールを飲んでいた。裕美は思っていたことをストレートに話した。パパは渋い顔をしていたが、急に何か思いついたのか、表情を和らげた。

「お兄ちゃんが大学院に行くから、二人が県外はちょっとしんどいと思ったけど、お祖父ちゃんに相談してみよう。結構な年金を貰っていて、あの歳ではもう使い道もないだろうから」

「エッ……」

裕美は胸の内で叫びながら、続けた。

「お祖父ちゃん、きっと私のことを好きでないと思うの。援助してくれないよ」

「そんなことはないよ。かわいい孫だもの。パパが頼んであげるから、心配しないで」

そう言われても、裕美は何か居心地の悪さを感じるばかりだった。だからママから頼まれたことは、今夜は止めとこうと思った。

自分の部屋に上がろうとすると、パパが呼び止めた。

「ボーイフレンドとはどうなってるんだ?」

「パパのお望みの清らかーなお付き合いをしてますから、ご心配なく」

「例の件、ちゃんと守ってくれよ」

「分かってまーす」と答えながら、裕美は口の中でつぶやいていた。大人はどうしてすぐ不純なことを考えるのだろう。ああ、大人にはなりたくないな、と。

（三）

あっという間に七月がやって来た、と友人たちは言うけど、裕美にとってはやっと来た七月だった。あの日から亮介さんとは会っていないし、電話もかけていない。メールは、亮介さんはあまり好きではないらしい。事務的な連絡には使うけど、内面的なことでは手紙のほうがいいと言った。手紙だと行間から相手の思いや息遣いまで伝わってくるし、字を見ながらその人の性格など想像するのが楽しいのだ、と。メールが乱発されている時代に珍しい人だと思ったが、言われてみると、その方が本質を捉えている。だから裕美もメールは送らない。電話も、姿が見えないのに声ばかり拡散するようで、気恥ずかしい。だから二週間じっと我慢した日々だった。

期末テストが間もなく始まる。亮介さんの学校でもそろそろ始まる頃だろう。裕美は学校でも、休憩時間は亮介さんのことを考えてボーッとして過ごしている。友達は、夢見る夢子さんは恋をしたの？　瞳がいつも潤んでいますよ、と冷やかしたりする。裕美はただ黙って微笑み返すのみ。

「少し変だよ、最近の裕美は」

親友の真理にそう言われると、亮介さんのことをうっかり口にしそうになる。でも裕美は「素適な人に出会ったけど、私の単なる片想いよ」と、逃げきる。亮介さんのことを口に出してしまうと、ピュアな思いがするりと抜け落ちて、俗っぽくなり下がるような気がするのだ。

勉強の方は、以前よりはずっと力が入っている。亮介さんと一緒に前に向かって進みたいからだ。人を愛するってことは、その人に少しでも近づきたいと気持を高める。勉強も手につかないような本当のおバカな女の子だと、亮介さんだって好きにならないだろう。裕美はそう思って、できる限りの努力をしている。

祖父母とはあれからあまり顔が合わない。生活の時間帯が違うから、仕方ないのかもしれない。朝食は裕美たちが済んでからゆっくりと食べているそうだし、夕食は早く済ませて自分たちのリビングに引き揚げているので、意図的に顔を合わせようとしない限り、対面することはないのだ。

パパは本当に、進学の援助の件を頼んでくれたのだろうか。もう何日にもなるのに、パパからも祖父からも梨の礫《つぶて》なのだ。確かめようと思っても、パパはいつも朝は裕美が出た後に起きているし、帰りは不規則で、大邸宅でもないのにすれ違いばかりなのだ。まだまだ先のことだと思って、呑気《のんき》に構えているのかもしれない。今日こそは、パパを捕まえて確かめてみよう。

「行ってきます」とママに声をかけて、裕美は電停への足を早めた。ママの顔からこのところ笑顔が消えていることが多く、何か堪えているような表情が見て取れるのだ。パパとママの間には、何があるのだろうか。仲のいい夫婦だと思っていたのに……。

明日から期末試験だ。テストの前日はどの教科も授業の半分は質問の時間で、みんな教師をあの手この手で誘導尋問にかけて、問題を引き出そうと質問する。だが、引っかかる教師は滅多にいない。去年新任として入ってきた英語教師の本田義邦《よしくに》はまだうぶなところがあって、時々引っかかる。

「君たちのお陰で、切羽詰まって問題を差し替えるのに往生しました。最近はぼくも賢くなったので、もうその手には乗りません」

そう言って先生は笑った。すると真理が、

「先生、可愛い！　私たちの王子様」と声を上げたのだ。みんなも口々に「可愛いお兄様」「照れるところが可愛い、ホン様」「先生、ステキ！」と言って大笑いになった。最後にステキと声を張ったのは、また真理だった。

真面目一方の真理がまさかそんなことをするとは誰も思っていなかったので、みんな驚き、そして笑いが倍増した。一番驚いていたのは、裕美だろう。エリート志向で、顔も引き締まっている硬派の彼女が、言ってみれば野次を飛ばしたことに、理解を超えて不思議でならなかった。少々軟派の自分でも、あんな声を最初に張り挙げることは恥ずかしくてとてもできないのに、よくもまあ、真理がやらかすとは……。人は外見だけでは判らないものだ。裕美の心に大きな波紋が渦巻くのだった。

その日はクラブ活動もなく、六限が終ると「テスト前日につき、掃除が済むと速やかに下校して下さい」と校内放送が入ったので、裕美も早々に校門を出た。ちょうど真理と鉢合せたので、電停まで一緒に歩いた。裕美は英語の授業を思い出して、笑いが込み上げてきた。

「何よ、その薄気味悪い笑いは」

「だって……、顔面これ真面目と書いてあるような真理ちゃんが、本田先生に野次を飛ばすんだもの」

「私だって女の子、乙女だよ。大好きな先生に振り向いてもらうために、ああしか方法がなかったのよ」

「えっ……、本田先生が好きなの？　驚いたな、本気？」

「そう、大好き。たぶん、恋してると思う。だから勉強に一層力が入るの」

「ふーん、真理ちゃんが本田先生をねえ。これまでで一番の番狂わせだな。みんなの評判になるかも」

「そんなの、かまへん、かまへん。噂なんてへーチャラよ。私が先生を好きだということは事実なんだから」

そう言いながら真理は、「本当にステキな方。私の王子様よ」とつぶやいた。私の王子様という言い方に、裕美は苦笑しながら言っていた。

「王子様って、あまりにもポピュラーな言い方なのね。女の子の憧れの代名詞なんだ。真理ちゃんは正直で、可愛い人だってことが分かったわ。でも、青天の霹靂《へきれき》だな」

「だって、この瞬間、瞬間はただ一度きりでしょ。嘘ついたり、自分を抑圧しては、もったいないもの」

「それはそうだけど……」

裕美は口ごもりながら、胸の内では違うことを考えていた。——でも、公衆の面前であんなふうに言ってしまうと、ピュアな気持が茶化されたり、面白半分に取り沙汰されたりして、純度が色褪せてしまうのじゃないかしら、と。

「何が言いたいの？」

「別に……、いろんな表現方法があるんだよね。きっと、そう」

自分でも歯切れが悪い言い方だと思いながら、裕美は気持の半分も言えない自分に歯がゆさを感じていた。

八丁堀のデパート前で真理と別れ、裕美は電停で己斐・宮島方面の電車を待った。真理は宇品《うじな》行のバスがすぐ来たので、乗り込んで手を振った。

裕美の待つ電車も間もなく来た。まだ早い時間帯なので座席はあちこち空いていた。いつもはそんな状態でも立っていることが多い裕美も、その日は珍しく座った。期末テストの前日だから少しでも勉強しようとして、英単語帳を出して覚えた。集中すれば群衆の中でも、結構覚えられるのだ。紙屋町《かみや》で多くの客が乗車して来たので、座席はほぼ詰まった。ちょうど子連れの女が裕美の前でぴたりと立ち止まった。いやな予感がした。すぐに幼い男の子が、自分の座る席がないと言ってぐずつき、泣き出した。

こんな時、いつもはすぐに「どうぞ」と言って席を譲る裕美だが、その日はすぐに行動に移すことができなかった。何で私の前に来るのよ。もう一メートルでも逸れてくれたらいいのに。今日はいつもと違うんだよ。テスト前日だから、三十分の乗車時間を有効に使おうと思ってたのに……。そんな内心の葛藤の末、裕美はついに「どうぞ」と言って立ち上がった。若い母親は「ぼく、よかったね」とお礼の言葉もなく、子供を座らせた。

由美はいやな気分に陥ってその場を離れ、後方の狭い空間に移った。立っているので電車が揺れるたびに体も揺れ、眼が悪くなるので単語帳を閉じた。胸の内には不快感が広がっていた。せめて母親がありがとうの一言を発してくれたら気持がなだめられたのだろうが、座るのが当然のような態度をとられて、裕美は傷ついたのだ。

電車は相生橋《あいおいばし》に差しかかった。不意に、二週間前のことが想いだされた。亮介さんと過ごした平和公園のベンチでの出来事が偲ばれて胸が熱くなり、いやな気持がすっーと消えて行った。そして甘美な気持がじわっと満ちて来て、指切りゲンマンをした時の感覚が戻っていた。

ああ、亮介さん、私の王子様。どうしてらっしゃるかしら？　うつむき加減な横顔を思い出すだけで、裕美の胸は切なさでいっぱいになる。亮介さん、ごめんね。さっきは私、いやな子だったでしょ。弱い立場の人から感謝されたいだなんて、おかしいよね。たまたま自分の方が体力がありそうだから、代わってあげた。自然にそう思えるようになれればいいんだけど……。どこか偽善めいて、やっぱりだめね。

元安川《もとやすがわ》は水を満杯に湛《たた》えていた。ちょうど満ち潮なのか、流れは上流に向かっていた。水のある風景って、いいよね。太古の昔、人類は海水の中から誕生したというから、水を見ると郷愁を感じ、癒されるのかしら。猛暑の日でも水の流れがあると、見ているだけで涼感があるよね。

そんなことを考えていると、不意にある光景が浮かんだ。この川には助けを求める無数の人々が飛び込み、その多くが折り重なるようにして絶命したのだ。裕美は小学校以来、夏が来るたびに学校でそんな例を本や映像を通して学んだけど、平素は忘れている。ふっとそれが蘇ったのだ。あの人たちだって生きて、愛して、いろんな夢を描き、それを追い求めたかったに違いない。そう思うと、裕美には、今を一生懸命生きることが何より大事なのだと思えた。

祖父や祖母の顔も浮かんだ。十代だった彼や彼女は、リアルタイムで惨《むご》い光景の只中《ただなか》に置かれていたのだ。戦争で夢を描くことさえままならず、おまけに、あの日に地獄を否応なく見せつけられた青春。そう思うと、彼らが加害者を許さず、謝れというのも解るような気がする。

あんな恐ろしい目に遭わされて、これまでアメリカから一度も正式に謝ってもらったことはない。わざわざ広島に来て、被爆者にも会わず、謝罪もせず、一時間足らずの駆け足で帰る。それなのにみんなよかった、よかったと大喜びしてる。百害あって一利なし。

悔しそうにそう言った祖父母を、半分は解ってあげることはできる。でも、オバマ大統領の来広を全く意味なしとする考え方には、やっぱり賛同できない。亮介さんが言う〈理解〉って、難しいな……。

気が付けば己斐に到着していた。かなりの人々が下車した。あの親子も下りたようだ。この駅で電車は少し待ち合わせ、ここから宮島までの郊外線となる。空席がいくつかできたので、一番近い座席に座った。ものの数分もすると、裕美は眠りに誘われた。

「商工センター前、商工センター前」

車掌の声ではっとして起き、裕美はあわてて下車した。

いつもの道をいつもの歩調で海辺に向かって進み、公園を右折した所に裕美の家はある。珍しく祖父がホースで庭に水を撒《ま》いていた。裕美が帰ったのが分からなかったのか、勢いよく水が飛んできて、ブラウスを濡らした。

「オッ、ごめん、ごめんよ」

祖父が水を止め、詫びた。

「ああ、気にしないで。暑かったので、これで涼しくなった。気持いいよ」

実際、裕美はそう思った。

「すまんな」

「ほんとに気にしないで。それより、お祖父ちゃん、元気だった？　同じ家なのに、滅多に会わないね。お祖母ちゃんは？」

「わしは元気だ。このとおり。祖母ちゃんもまあまあ元気。ただ、最近、腰が痛いらしい。フィットネスも、時々サボってるよ」

「ふーん。私、明日から期末テストだから、それが終ったら、腰のマッサージしてあげるよ。伝えといて」

「うん、言っとく。わしもそろそろ水撒き、終ろうかな」

そういって祖父はホースを仕舞い始めた。

オバマ大統領のことで何か言うかと裕美は多少構えていたが、そのことは忘れたかのように触れず、終始笑顔だった。あの日の怒った顔、怒りに満ちた言葉はいったいどこへ行ったのだろう、と裕美には不思議に思える対面だった。

ママは夕食の支度をしていた。祖父母と自分たちはメニューが多少違う。祖父母の料理は塩分がぐっと少なくしてあり、骨が多い魚はそれを取って、身がほぐしてある。タコやイカは堅いので、食材には使わない。肉も包丁で叩いてずいぶん柔らかくして、煮たり焼いたりする。筍《たけのこ》なども薄切りにして、食べやすくする。こんなふうで、ママは大変だ。ママは祖父母を尊敬している。だから、こんな配慮ができるのだろう。祖父母もママのことが好きで、咲子《さきこ》さん、咲子さんと呼んで、時々「これでブラウスを買う時の足しにしなさい」と金一封を渡している。ママからパパの悪口は時に聞かされることがあるけれど、祖父母を悪く言うのは聞いたことがない。

「裕美ちゃんは、七時半からの夕食だから、それまで勉強しててもいいよ。明日から期末テストでしょ。ヨーグルト飲んだら、二階に上がりなさい。それから、ボーイフレンドから手紙が来てたよ。テーブルの上」

ママの思いがけない終りの言葉に、裕美は内心でドキッとした。分厚い角封筒を手に取ってみると、亮介さんからだった。

「亮介さんから……、何だろう?」

そう言うと、裕美は二階に駆け上がった。

開封するのが怖かった。しばらく目を閉じて心を落ち着かせ、祈るような気持で開けた。中には、ひろしま美術館の絵はがきが一セット入っていた。その一枚を使ったのか、デュフィの《エプソム競馬場》の絵はがきに文字がしたためてあった。

お元気ですか? お互いに期末テストの時節に入りましたね。しばらく根を詰めて勉強したので、一昨日の下校途中、久しぶりに、ひろしま美術館に立ち寄りました。何度見ても本物はいいですね。ドガのペガサスにはいつも勇気をもらいます。絵はがき、感動のお裾分けだと思って、お受けください。では、お互いに頑張りましょう。

山岡　亮介

ありがとう。亮介さんて、何てステキな人なの！　裕美はそう口走ると、絵はがきを抱きしめた。気持が舞い上がって、体が天井を突き抜けそうだった。何度も深呼吸をして気持を落ち着かせ、階下に下りて行った。

「ママ、見てよ。亮介さん、一昨日ひろしま美術館に行ったんだって。テスト前なのに余裕しゃくしゃくだよ。絵はがき一セットプレゼントしてくれたの。嬉しいな」

「よかったわね。偉い人は、気持に余裕があるんだ。裕美も真似しなくちゃあ、ね」

「うん。じゃあ、食事できるまで勉強するね」

そう言うと、由美はルンルン気分で二階に戻った。机につくと亮介からのハガキをもう一度読み返し、それを写真のように立てかけて手を合わせ、「ありがとう。頑張るね」と誓った。

由美は明日の一限目のテスト、英語のテキストを出すと、全文を覚えるぐらいの勢いで読み、テキストを閉じると全文を書いていった。時々、ハガキに目をやり、「私、頑張るからね。きっと王子様に相応しい女の子になるから」と、声に出すのだった。

（四）

その夜、パパの帰りはまた遅かった。だから七時半になるとママと二人で食事した。

「パパ、今日は仕事だそうだけど、サラリーマンの家庭はこんなものかしらね。下っ端時代は割に早く帰ってたんだけど、幹部になると、仕方ないのかしら？　それとも、遊び癖が付いたのかなあ……」

ママは不満げな表情をしていた。そして淋しげでもあった。

「パパには私から言ってみるよ。たまには一緒に夕食を食べようよ、って。ただ、毎日擦れ違いだもんね。私の進路のことだって、あれから音沙汰なしだよ」

「そのことは、大丈夫よ。お祖父ちゃんにとっては、かわいい孫だもの。全部とは言わないまでも、半分ぐらいは出してくれるわよ」

「そうならいいんだけど……。さっき、水を撒いてたお祖父ちゃんに会ったけど、何も言わなかったよ」

「言わずもがなってことでしょ」

「そうかなあ……」と口ごもりながら、裕美はママの言葉を信じようと思った。

夕食のメインはちらし寿司だった。これはお祖父ちゃんたちも同じという。おかずは鯛の煮物、ところてんと白葱の味噌和え、それにお吸い物。

「どちらもお寿司が大好きで、よく食べてくださり、ご機嫌だったわ」

「そう、よかったね。お吸い物も美味しいし、ママが作るものはプロ並みだから」

「その言葉、嬉しいね。ママは煽《おだ》てに乗る方だから、もっと美味しいの、作るわよ」

「煽てだなんて……、これはリップサービスなんかじゃないよ。本心から言ってるんだからね。シェフ・咲子さんの愛情レシピなんて本を出してもいいぐらいよ」

「シェフ・咲子さんねえ。いいかもね」

そう言うと、二人して大笑いになった。

食事が終ると、裕美は新聞を広げた。社会科のテストには、いつも十点分、時事問題が出るので、斜め読みでも新聞には目を通しておいた方がよいのだ。

八時半になると裕美は二階に上がった。

明日のテストは、英語と世界史と化学。英語は食事前に大体済ませたので、あと世界史と化学。

世界史は好きな教科で、中間テストでもいい点が取れた。今回の範囲は中国の古代から大唐帝国まで、そして西アジアはペルシア帝国までだ。人間の歴史はドラマがあって面白い。教科担当の先生がエピソードをたくさん知っていて、一時間に二、三個は紹介してくれるので、割に好きな子が多い。

苦手は化学だ。裕美は平素から化学反応の実験があまり好きではない。というより、怖いのだ。でも、及第点が取れるよう、頑張らなくちゃあ。教科書や参考書、ノートを三回チェックして勉強を終了した。

時計を見ると十二時前だった。パパは九時過ぎに帰ったようだが、裕美はリビングに下りて行かなかった。ママのことと自分の進路のことを持ちかけると、きっと時間がかかるだろうから、テストが終るまでは棚上げすることにしたのだ。

パパは風呂に入ったようだが、ママはいつものようにまだらしい。裕美は急いで風呂に入った。亮介さんから絵はがきが来たから、心は十分満たされていた。


風呂から上がると、ママが脱衣場で待っていた。

「ママ、遅くなってごめんね。こんな時は今度から先に入って」

「そうもいかないのよ。ちゃんと後始末の掃除をしとかないと、カビが生えるでしょ」

掃除は私がするから大丈夫、と言えばいいものを、やはり言えない自分。ずいぶんと甘えてるじゃないか。大きな口を叩いても、自分は電車で駄々をこねていたあの男の子とさして変わらない子供なんだ、と裕美は苦笑いした。

クーラーを切って、窓を開けた。外の風は生暖かいけど、十二時以降はクーラーを切ることになっているのだ。

空を見上げると、まだ星がたくさん出ていた。

天の川の両側で光っているのは、織女星と彦星だ。ギリシア名では何と言うんだっけ。ああ、出てこない。もう老化？　まさか……。

　この星空は、亮介さんの家にも続いているのだ。ひょっとすると、あの人も同じように見ているかもしれない。そう思うだけで、胸がいっぱいになる。明後日は七夕だ。

　そうだ。手持ちの、一番きれいな絵はがきで、お礼を書こう。あすの朝投函すれば、七夕の日に届くはずだ。早速、裕美は勉強机の引出しを開けて、ピンクのバラの写真が写っている絵はがきを取り出し、文字をつづっていった。


　今日は思いがけず、ひろしま美術館の絵はがきを送っていただき、ありがとうございました。本当に、本当に、嬉しかったです！　私もドガのペガサス、大好きです。

　デュフィのはがきでの励ましの言葉、胸にしみました。勇気百倍！　いや、千倍！　頑張ります。

　夏休み、お目にかかれるかしら？　テストが終ってからでいいので、ご連絡をくださいね。お待ちしています。

月橋裕美

　明朝このハガキを、通学の通り道にある郵便局のポストに投函しよう。明後日は必ず届くだろう。

　そう思うと、裕美は安心してベッドに入った。亮介さんからの絵はがきを胸に抱きしめて。

さわやかな目覚めだった。胸に抱きしめて寝たデュフィの絵はがきを、もう一度読む。何て素敵な人。私の王子様、大好き！　口に出してそう言うと、裕美は制服に着替え、階下に降りて行った。

「おはよう」

ママがそう言って微笑んだ。

「パパはまだよね」

「高等官だから、これからお目覚めでしょ」

「進路やその他、パパにはテストが終ってから話すね。伝えといて」

「了解」

朝の食卓にはトースト、ブルーベリージャム、肉団子と白菜のスープ煮、牛乳と梨が並んでいた。裕美は手を合わせると「いただきまーす」と声に出して食べ始めた。

いいことがあると、胃までが元気になるのだろうか。全部平らげたので、ママも久しぶりの笑顔だ。亮介さんのハガキの効力はすごい。ほんのちょっとしたことで人間の心は大きく動き、気持も変化する。人間って面白い存在だ。そして不思議だな、と裕美はつくづく思った。

緊張のうちに三科目のテストが十二時前に終った。テストが実施される四日間は、掃除も簡単でいいことになっている。時間が時間だし、遠方から通学している生徒も多く、食堂は結構賑わっている。

裕美はチャーハンと野菜サラダ、それにコンソメスープを、真理はいなり寿司と味噌汁と野菜サラダを注文した。

「英語は一つだけ間違ったわ。だけど百点はいないだろうから、私のステキな王子様への体面は保てたな」

真理はそう言って満足げな顔をした。

「よかったじゃない。私も頑張って、九割は取れたように思うな。世界史もかなりできたと思う。ただ時事問題が一つ、フィリピンの新大統領の名前、間違ったな。ドゥテルテなのに、ドナルドって書いちゃった」

「バカだねえ、アメリカのトランプ氏とともに、お騒がせ人物として、毎日のようにテレビでも報道されてるでしょ」

「私だってちゃんと覚えてたんだけど、一瞬のうちに勘違いしたの。答案用紙を出してすぐ気付いたけどね。悔しかったな」

「私は理系だから、世界史は八割取れたらいい。問題は化学。得意科目なのに、九割程度かな。ま、九月のテストで頑張るわ」

「済んだことを悔いるより、明日のことね。現国と数学、大丈夫？」

「数学は自信あるけど現国はどうだか……。大体、先生が好きになれないんだもの」

「そういうことってあるけど、好き嫌いを言ってると損しちゃうよね」

「頭では分かってるんだけどね。ま、何とか頑張ってみるわ。さあ、帰ろうか」

そう言うと、真理も裕美も立ち上がって食器を返却棚に返しに行った。

八丁堀までまた二人で歩いた。途中で、西洋人の男女に出会い、広島城までの道を聞かれた。真理が得意の英語で指をさしながら教えた。アメリカのミネソタから観光で来たという。裕美にもそれぐらいの英語は解る。でも、自分には一歩譲る癖がある。

いつものように八丁堀のデパート前で真理と分かれ、電車に乗った。空席があったので座った。今日こそは弱い立場の人が来たら、すぐに席を譲ってあげよう。その覚悟はできていたのに、誰も来なかった。


四日間の期末テストが終った。先生方も採点があるので、授業は午前中の短縮授業となった。クラブ活動も再開された。運動部のはち切れるような黄色い声が、グラウンドから聞こえてきた。文化部にとっては、十一月の初めに行われる文化祭の準備に使えるありがたい時間だった。

裕美は新聞部員として、アンケートづくりに時間を割いていた。オバマ大統領の来広に関する問いをいろいろ考えて、みんなで討議して、最終的に印刷して全校生、全教師、一般市民にも問いかけるものだ。

メンバーのみんなもオバマ大統領の来広を前向きに捉えているが、祖父母のような考えもあることから、問いをよく練った。

①　オバマ大統領の来広を、あなたはどう評価しますか？

イ、大いに意味がある

理由、

ロ、あまり意味がない

理由、

こんなふうに質問を考えていった。全校生徒と私立男子高校二校、女子校二校のそれぞれ二クラスと、社会人にもアンケートをお願いすることにした。用紙は部員がパソコンを打ち、作成した。

翌日、丘の上にある亮介さんの学校に、裕美と一年生の小川奈々がアンケートをもってお願いに行った。下校途中の古江《ふるえ》駅で降り、民家の間の坂道を登って行った。この道は亮介さんが通う道だと思うと、心が弾んだ。運動場でテニスやサッカーをしている生徒たちがいた。亮介さんではないかと見渡したが、見つけることはできなかった。

校門を入る時は胸が震えた。校舎を取り巻く空気さえ亮介さんと結び付けて、愛しく感じる。事務室で要件を言うとすぐに新聞部の顧問の先生を呼んでくれ、こちらの顧問の先生からのお願い状のついたアンケートを手渡した。結果は返信用の封筒で郵送してくれるようお願いした。

電停までの下り坂も、亮介さんの道を踏みしめながら歩いた。路傍の草花でさえ、心を満たしてくれた。

月水金に進学塾に行くので、裕美はこれらの日は部活ができなかったが、塾に行かない日は五時半まで部室で過ごした。教室に展示する資料を調べ、写真をチェックした。真理は、化学部で日頃から実験していることをまとめ、展示発表するようだった。

慌ただしかった一学期も終り、明日から夏休みに入る。成績表は想定通り。文系はよかったが、理系は普通程度。この成績表と模試の結果を資料にして、本人の志望などが話し合われる三者懇談が三日後に控えている。担任は古典を得意とする国語科の大橋基代《もとよ》先生。生徒の話を割によく聴いてくれる先生で、裕美とは良好な関係だ。

夏休みになったのだから、亮介さんに会いたい。だけど三者懇談が済むまでは無理だ、と改めて思う。

真理が英語の本田先生に夏休みの勉強方法で相談したいことがあるから、裕美にぜひついて来てほしいと言う。一人で行ったらと突き放してみるが、どうしてもついて来てほしいと言う。平素は自分の考えをはっきり主張する、真理らしくない。乙女心は微妙なのだろう。分かるような気もするので、結局ついて行ってあげることにした。

本田先生は、丁度弁当を食べ終ったところだった。真理と裕美がドアから覗いていると、顔をこちらに向けて言った。

「何か用？　冷房つけてるからドアを閉めて」

それで私たちは中に入り、真理が「夏休みの、一番効果が上がる勉強方法を教えてください」と単刀直入に言った。

「きみほどの人だったら、すでに勉強のメソッドは身に付けてるはずだよ。今までどおりにやればよい。それで十分だ」

「ほんとですか。でもちょっと拍子抜け。厳しい課題をたくさん頂けると思ったのに」

真理の様子はいつもと違う。恥じらいながら、やや恨めしそうだ。

「欲を言えば、そうだねえ、英語の映画を観てごらん。DVDがたくさん出てるから。俺のを貸してあげてもいいけど。ここにタイタニックを持って来てたかな……」

そう言って本田先生は後ろの戸棚を探し始め、「あったゾ」と声を上げ、「夏休みが終ってから、返してくれたらいいから」と、真理に手渡した。

「映画の中のフレーズをちゃんとマスターしてからお返ししますから」

「そうだよ、マスターしてからだよ」

本田先生は親愛のこもる、やや強い口調をして立ち上がると、「早い人がもう面談室に来てるから」と言葉を残して、部屋から出て行った。裕美たちも後を追うように廊下に出た。胸にしっかりとDVDを抱きしめた真理が、夢見心地の眼差しでつぶやいた。

「私の王子様は本当に素敵な方。大好き」

そして続けた。

「九月に感想を述べるために、しっかり観なくちゃあね。返却の時は、クッキーを焼いて持って行くわ」と。

「よかったね」と裕美は真理の肩を叩きながらも、有頂天になっている真理がちょっぴり恨めしくもあった。ああ、私も亮介さんに会いたい。その気持が突き上げて来て、胸が苦しくなり、「私にも、何かいいことが起こらないかなあ」と思わず言っていた。真理はいい気なもんで、自分の世界に浸りきって裕美のことなど、眼中にないふうで、何の反応も示さなかった。

食堂は、いつもの中高生だけの雰囲気とは違って大人が何人かいた。冷房が効くので、三者懇談に早く来た保護者が、ここで時間をつぶしているのだろう。裕美も真理も冷麵とサラダにした。暑いので、他のメニューには関心がなかった。

その日は真理とは校門で別れて、ひとり近くの県立美術館に向かった。ママの誕生日が明日に控えているので、プレゼントを買うために。美術館の売店には、美術品と関係あるグッズがいろいろ揃えてある。裕美は、絵がプリントされたエプロンを買うつもりだ。ママはゴッホが好きだから、ひまわりのプリントがあればいいのだが……。

美術館に入ると、冷房の効いた空気が肌に突き刺さってきた。すぐ左手の売店に行き、エプロンのコーナーの前に立った。サマーセールでどれでも二割引きという。いいものを安く買えるなんてラッキー！　つぎつぎに柄を見て行き、ついにひまわりをみつけた。二千四百円の赤札がついている。お小遣いで買うので、これでも裕美にとっては大きな出費だが、ゴッホのひまわりだから、ママはきっと喜ぶに違いない。

裕美は品物をもってレジに行った。その時、レジの隣に並んでいるファイルの絵に目が留まった。青いターバンを巻いたその女性の、後ろを振り向きぎわの目が自分の目と合い、釘付けになったのだ。裕美はとっさに亮介さんにあげたいと思った。

「それ、素敵でしょう。フェルメールの『真珠の耳飾りの少女』という絵です」

女店員がそう説明してくれた。裕美はそれも買うことにして、合計三千円を支払った。お小遣いはぐっと減ったが、心は満たされていた。プレゼントを手渡す時のママと亮介さんの顔を思い浮かべると、足取りも軽くなるのだった。

(五)

「ありがとう。私の誕生日を覚えてくれてるのは、裕美だけよ」

ママは包装をすぐ開けて、一目見るなり声を上げた。

「ステキ！　大好きなゴッホのひまわりじゃないの」

そう言うと、すぐ試着した。

「ほんとによく似合うわ。ママは私にとってひまわりみたいな人。いつも私を守ってくれてありがとう。これからも元気でいてね」

「そんなに言ってくれて、泣けてくるわ。新婚時代はパパもいろいろ誕生日にプレゼントしてくれたけど、ここ十年は日にちさえ覚えてないんだから」

ママはちょっと恨めしげに言った。

「それはね、もう気を遣わないでいいほどの関係になったってことじゃない？」

「そうかもしれないけど……。でも、ママはもう少し気を遣ってほしいのよ。その方が嬉しいわ」

先頃のママの浮かぬ顔の原因は、パパのちょっとしたことへの配慮の足りなさなのかもしれない。家族は遠慮のない関係、一々気を遣わなくてもいい関係だとは思うが、それでも少しは気を遣わないと関係が崩れるのだろうか。亮介さんに対しても、馴れるとパパとママのようになるのだろうか。ああ、いや。私は、愛する人の気持に生涯寄り添いたい。


夏休みは盆前までは日曜以外は塾に通う。亮介さんとは違う塾なので、とても残念。今の塾をやめて亮介さんと同じ塾に変えようかとも思ったが、指導の継続性を考えると、そうもいかなかった。

亮介さんに会いたい。この気持を抑えるのは並大抵ではない。数ヵ月後に難関の大学を受験する亮介さんの邪魔はしたくない。好きだから相手の時間を大切にする。それに亮介さんは、ききわけのない女の子は好きではないだろう。だからその時が来るのを私は待つ。裕美は自分にそう言い聞かせて、苦しい時間をしのいでいた。

三者懇談の日がやって来た。会場は三階の自分の教室だ。廊下までは冷房がないので、二十分待って順番がやって来た時には、かなり汗が出ていた。ママにはもう成績表を見せているし、希望する進路も伝えている。

担任は親から見た家庭での生活状態や勉強への姿勢、本人の志望に対する親の考えなど聞いてきた。

「親としては地元の国立大学へ入ってほしいのですが、本人が望むところが地元にない場合、県外でもいいと主人も言っています」

この発言で、裕美の考えはいっそう固まった。東京や京都には美術系の大学が多くあり、学芸員の資格も取りやすい環境にあるだろう。また美術館や博物館も多く、平素からそれらには出入りしたほうが勉強にもなる。自分は地元ではない大学を選ぶだろう、と。

担任からは学校での生活態度や学習態度についても意外に褒められて、ママはいい気分だったようだ。

三者懇談の帰りに、デパートの八階のティールームでお茶にした。イチゴケーキと冷たいコーヒーをママがおごってくれた。

「結婚前後はね、パパとよくこんな所でお茶を飲んだものよ。大した話はしなかったけど、日常のちょっとしたことでも意味があり、一緒にいるだけで楽しかったな。毎日会いたかった。今のように携帯電話がなかったから、家族に遠慮して電話だってそうたびたび掛けられなかったのよ」

ママは懐かしそうな表情をしていた。裕美は何と言って応じたらいいか戸惑いながら、訊いていた。

「婚約時代のこと？」

「そう。新婚時代も。将来のことも話したな。子供は何人ほしいとか、お父さんとお母さんになっても、恋人でいようとか」

「へーえ、そうなのか……。で、話し合ったこと、実現できたの？」

「多少はね。ま、結婚前は夢を語るものなのよ。現実の生活はまた別。毎日の食事を作ることであたふたしたり。子供ができると、おしめを換え、お風呂に入れ、夜中に泣き出すと抱っこしてあやしたり、などなど一つ一つの現実に追われて、夢はあまり語れなくなったな」

ママは嚙みしめるような言い方をした。

「お兄ちゃんと私が、パパとママの夢を奪ったってことなの？」

裕美は原因が自分たちにあると思うと悪いような気がして、訊かずにはおれなかった。

「そうじゃあないわよ。子供の誕生は新しい喜びを作ってくれたわ。そう、家族ができ、家庭ができ、それはステキなことよ。ただ、結婚前後のように二人の男女がわくわくしながら生きることは、やっぱし無いものねだりなのね。そのうち惰性に流されて、感動の少ない日々になるのかなあ……」

ママはだんだん歯切れが悪くなった。

「大恋愛した人でもそうなるのかなあ……」

裕美は亮介さんを頭に置いて訊いていた。

「ごめん、ごめん。これから恋愛し、結婚もしようという人につまらないこと言っちゃったね。やはり、人によるのよ。当人たちのたゆみない努力と、理想をどこまでも求める姿勢を持ち続けることができるか、ってことかなあ」

「理想の追求と努力ねえ、分かるような、分からないような……」

「裕美も歳を重ねると、分かるわよ。だんだん智慧《ちえ》もついてくるから、心配ないわ」

ママは微笑んでそう言った。

「ねえ、今もパパを愛してる？」

「急にそんなこと訊いてくるなんて、不意打ちだよ。かつては、いつも一緒に居たいと思うほど愛してたな。多分、今も愛していると思うけど……」

「そうなんだ」と言いながら、裕美は心淋しい感情を抱いていた。そして、やっぱし、大人になりたくないな、と呟いていた。

お茶を済ますと、デパートの地階に降りて、いくつかの食料品を買った。その中には裕美の好きなローストビーフも入っていて、今夜のおかずのメインだなと思うと、嬉しくなった。高野豆腐とチーズケーキは祖父母の大好物だし、延しスルメと干しホタテはパパの酒の肴《さかな》だ。ママは買い物をする時も、自分のことよりも家族の好みを念頭に置いて品物を選んでいるのだ。これもやっぱり愛なんだろうか。恋人時代の熱烈な愛とは違うけど、静かな大人の愛。よくは分からないけど、そう思うことで裕美は折り合いをつけようと思った。

三者懇談から二日後、亮介さんから珍しくメールが来ていた。

お元気のことと思います。こちらの三者懇談もやっと終りました。で、お目にかかりたいので、今度の日曜日の二時、中央図書館でどうでしょう? 裕美さんのご都合もあるでしょうから、メールにてお返事ください。

亮介

裕美はメールを何度も読み直した。短い、たったこれだけの文章が、どんなに心を震わせてくれたことだろう。裕美はすぐ返信した。

メール、ありがとうございました。私の方も三者懇談が二日前に終りました。今度の日曜日、オーケーです。二時に中央図書館にてお待ちしています。

裕美

亮介さんはメールがあまり好きではないが、事務連絡などは早いから使うと言っていた。このメールはずっと消さないでおこう。自分がへたばった時に、励ましてくれるような気がするから。

あと五日したら亮介さんに会える。夏休みだから制服ではなく、私服にしよう。そうなると、どれにしようかと心が弾んでくる。去年の誕生日に両親に買ってもらった花柄のワンピースがいいかな。ピンクの小花が散っていて、パパもよく似合うと言ってくれた。ハンドバッグは、靴は、アクセサリーは、などと考えただけで裕美はわくわくする。

ママには早速、亮介さんからメールが来たことを伝えた。

「そう、よかったじゃない。でも、デートは二時間程度にしなさいね。彼は難関の大学を志望するんだから、この夏が勝負どころでしょ。くれぐれも勉強の邪魔はしないのよ。それと、パパの鉄則も忘れちゃだめよ」

「はいはい、分かってますよ。休み中だから私服にするわ。去年の誕生日に買ってもらったワンピース。あれ、大好きな服だから」

ママはただ笑っていた。そして「若いって、いいなあ、羨ましい」と言った。

その夜はなかなか眠れなかった。亮介さんの顔が脳裏に蘇って、素敵な人、と言っては気持が舞い上がって、この状態では朝まで眠れないのではないかと思ったほどだが、いつしか眠りについていた。

その日、裕美は二十分早く中央図書館に到着した。クーラーの効いたロビーで亮介さんを待った。待つって、こんなにもわくわくして、気持が高ぶるのかしら。この前の平和公園で待った時も、そうだった。この状態って、一体何だろう。他の人を待つ時とは全然違う。まるで魔法にかかったような感じなのだ。

亮介さんだ。颯爽《さっそう》と歩いてきて、右手を挙げた。裕美も手を振る。初めて見る亮介さんの私服姿。ブルーのポロシャツに白いジーンズ。ああ、私の王子様。裕美はすっかり舞い上がっている。

「待った？」

「ほんの少しだけ」

「今日の裕美さん、すごい変身だね。制服もステキだけど、私服もいいよ」

「亮介さんも、私服がとってもお似合いよ」

裕美は感極まって、そう言うのが精いっぱい。

「そう、ありがとう。ところで何か飲み物が欲しいよね」

「ええ、ちょっぴり喉が渇いちゃった」

「自動販売機もいいけど、隣の美術館のティールームに行かない？」

「そうしましょう」

木々の繁る小路を亮介さんと並んで歩く。体が宙に浮くように軽やかだ。

「ティールームを利用します」

亮介さんが受付でそう言うと、彼女は目でどうぞと示した。裕美はティールームだけ利用できるなんて知らなかったので、亮介さんが大人に見えて、ますます好きになった。

ウエイトレスが水の入ったグラスを持って来て、「何になさいますか」と訊いた。

「ぼくは冷たいコーヒーがいいけど、裕美さんは何にする？」

「私も亮介さんと同じもの」

「じゃあ冷たいコーヒー二つですね。かしこまりました」

そう言ってウエイトレスはカウンターのマスターに「冷コー二つ」と伝えた。コーヒーを待っている間に、裕美はフェルメールのファイルを取り出して、差し出した。

「これ、使って。ママの誕生日プレゼントを県立美術館の売店に買い行ったら、目に留まったので」

「フェルメールの『真珠の耳飾りの少女』じゃない。これはステキだ。ありがとう」

「亮介さんはその絵の題名も知ってたんだ。私は知らなかったの。店員さんに教えてもらったのよ」

「たまたまだよ。うちに美術全集があって、ときどき息抜きに見てるから、知ってただけ」

「えらいなあ」

裕美は亮介さんに敬意を感じ、いっそう素敵な人だと思った。

「ぼく、ここから見える庭が好きなんだ。童話に出てきそうな大きな木があって、芝生の中にブロンズの彫刻がさりげなく置いてある。お茶を飲みながらホッと一息つけて、気持が安らぐんだ」

「そうね。私もここ、好きになりそう。都心なのに静かだし、その気になれば絵を観ることもできるし、心のオアシス的な場所ね」

「ここ、年に何回かは来るね。ま、美術館で絵を観て、ついでに寄ることが多いけど」

「お友達と来るの？」

「そんな時もあるけど、大抵一人。みんなあんまり関心ないらしい。ぼくは母が子供の頃からたびたび連れて来てくれたので、自然に足が向くのかな」

丁度その時、グラスのコーヒーが運ばれてきた。クッキーが三個ついていた。

「クッキー付きなんだ、嬉しいわ」

裕美はそう言うと、グラスにシロップとクリームを入れた。亮介さんも同じようにして、ストローで飲み、「美味《うま》いね」と言った。裕美はクッキーを食べ、コーヒーを口にした。

「このクッキー、美味しいわ。いつもクッキー付きなの？」

「そう、ぼくが知ってる限り。ところで」と亮介さんが話題を変えた。

「三者懇談、どうだった？」

「理系は並の成績だけど、文系の進路を取るので、あまり追及されなかったわ。親も将来学芸員を目指す方向での進路を認めたし、場合によっては県外でもいいと言ってくれたの。先生もその線で頑張るようにと励ましてくれて、あとは私次第かな」

「ぼくは前言ったとおり、京都が第一志望。担任が、今の成績で頑張れば何とかなる、と言ってくれた」

「よかったね。ぜひ成功させて。京都に行った時、亮介さんに案内してもらいたいもの」

「ああ、分かった。きみにも夢を実現してほしいな。美大でもいいし、総合大学の文学部の美術史専攻でもいい。国公立、私立大学に関わらず、学芸員の資格の単位が取れるところはインターネットで検索すれば結構あるよ。やはり東京には美術館、博物館がたくさんあって情報も得やすいし、チャンスもあるのと違うかなあ。その次は京都だろうね」

「合格するには成績が関係してくるから、本気で頑張らなくちゃあね」

「それはお互いさまだよ。ところで、八月六日はどうするの？　春の講演を聴いてから、頭のどこかで、あの日の過ごし方を考えていたんだ。講師は、自分が一番やりたいことをしなさい、と言ったよね。犠牲になった人たちは、それができなかったんだから、と」

「そうね。オバマ大統領も来てくれたし、今年は平和式典に行ってみようかな」

「ただ、すごい人らしいよ。テレビで見た方が、全体像が摑めるかも」

「そうね。じゃあ式典はテレビで見て、行くのは前日にしようかな」

「それで決まり。塾の帰り、四時半に原爆ドームの前で待ち合わせしよう」

「えっ、一緒に行けるの？」

「もちろん。だって、あの講演を一緒に聴いたんだもの」

「あれは偶然隣り合っただけだけど」

「そう。でも、ぼくは必然だと思いたいね。成るべくしてそうなったって」

「必然……」

「そう思った方が、ピュアになれるな」

裕美は亮介さんと話していると、ハッと気づかされることが多い。

「そう、そう、お祖父さんお祖母さんとの関係は、その後どうなった？」

「同じ家でも生活の時間帯が違うので、あまり顔が合わないの。でも、顔が合った時は、普通の関係かな。ただ、あの問題にはお互いに触れないようにしてるのかなあ……」

「まあ、若い孫が言うことに、本気で怒ったりはしないだろう。浮かれている社会に対して、それでいいのかと問題提起してるんだろうね。しばらく自然体でいればいいよ」

「うん」

裕美は亮介さんに言われると、どうしてこんなに素直な気持になれるのだろうと思った。

文化祭のことに話題が移ると、亮介さんが「文化の日は午後からなら行けるかな」と言ってくれた。裕美は嬉しかったが、受験生の秋はそう余裕もないだろうと思い、

「休日は勉強の書き入れ時だから、ちょっと覗いてくれるだけでいいのよ」と遠慮がちに言った。

結局、ティールームには二時間近くいて、美術館を出てバス停まで一緒に歩いた。数分もするとバスが来たので、裕美は亮介さんを見送ることになった。

（六）

「ごめんなさい。塾の授業が今日に限って十分も延長したので、遅くなっちゃった」

そう言って裕美は頭を下げた。

「気にしない、気にしない。待ってる間に、明日のためにいろんな人が広島に来てるのがよく分かっ

たよ。日本人はもとより、肌の色の違う人も多く行き交い、ヒロシマの国際性を実感したよ」

亮介さんにそう言われて、裕美も改めて自分の傍を通り過ぎて行く黒人や白人など、外国人がいつになく多いことを認識した。

五時前の平和公園はまだ明るく、人が多い。明日の式典に参加する平和団体の人々なのか、Tシャツの腕や背中に組織や都道府県を示す腕章やゼッケンをつけていた。

裕美も亮介さんも、今日も私服だ。二人とも、今時の若者の定番スタイル、Tシャツにジーンズといったラフな格好だ。樹陰の小路を歩きながら、裕美は慰霊碑前の広場に目を見張った。テントが張られ、椅子がぎっしりと敷き詰められているのだ。その数、数千はあろうか。

「驚いたな。いつか式典をテレビで見た時、大勢の人がいるなあとは思ったけど、実地でこの椅子の数を見ると圧倒されるわ」

「きみの言うとおり。映像で見ているのと、実際に見るのとでは大違いだね。こんなに大勢の人が原爆犠牲者を追悼し、平和を真面目に考えてるんだ。何だか、すごい」

亮介さんが驚きと感嘆の交じった口調をした。

慰霊碑の前にも、結構な人が頭を垂れて祈っていた。裕美たちも同じように頭を垂れ、手を合わせて祈った。

「改めて、椅子の数に圧倒されるな。明日はここから世界に向けて、広島市長が平和へのメッセージを発信するんだね。原爆の悲惨さを体験したことによって、この街は世界平和が実現する日まで、発信し続けなきゃあならないんだね。大変なことだ」

終りの言葉は呟きのようでもあった。

ふと右を見て、裕美は声にならない声をあげていた。数人の向こうに祖父と祖母が手を合わせて祈っていたのだ。まさかこの日、この場所で祖父母と出会うなんて、思いもよらないことだった。裕美は驚きのあまり、しばらく茫然としていた。祖父たちは裕美に全く気付いていないらしく、声をかけようかどうしようかと逡巡《しゅんじゅん》しているうちに、祖父が祖母の手を引いて通りに向かって歩き始めた。

「どうしたの？　気分でも悪いの？」

亮介さんが心配そうに訊いた。

「ううん、今、お祖父ちゃんとお祖母ちゃんが数人向こうで祈っていたの。不思議な偶然に驚いて呼びかける間もなく、私に気付かず行っちゃった。あそこ」

裕美が去って行く祖父母の後ろ姿を指差すと、亮介さんが「ほんとに声をかけなくていいの？」と訊いた。

「却《かえ》ってびっくりするんじゃないかしら？　それに仲がいい二人が折角外出したんだから、私が割って入ると、邪魔じゃないかしら？」

そう言いながらも、裕美は自分を偽っているような気がした。本当は亮介さんともう少し二人でいたいのだ。それに、アメリカ大統領の来広を否定的に捉えている祖父母と亮介さんや自分が話し合ったとして、もし意見が対立してもっとこじれるようなことがあったら、と不安だったのだ。

「邪魔ではないと思うけど、裕美さんがそう判断したのなら、仕方ないな」

「悪かったかしら……」

「何とも言えないけど。あ、タクシーに乗られたよ。待たせていたんだな。いつも前日にいらっしゃるの？」

「以前は式典にも出てたけど、最近は高齢だから家でテレビを見て済ませてたようよ。確か去年はテレビだった」

「六日は人が多すぎて、いやなんかなあ。若いぼくだってそうだから」

「今度、訊いてみるわ」

そんな会話をしながら慰霊碑を離れて、木陰のベンチに座った。五時になっても陽はまだ高く、往来を人が行き交っていた。

「お若い方、さっき慰霊碑でお祈りをしてましたね。身内にどなたか原爆に遭われた方がいるのですか？」

隣のベンチから老女が声をかけてきた。

「はい、祖父と祖母が被爆しました」

不意の質問に、裕美は戸惑いながら応えた。

「ぼくは伯母さんが女学校の二年の時、建物疎開に出ていて被爆死しました」

亮介さんの口から、裕美は初めてその事実を聞いた。

「そうですか。私も六歳の時、白島町《はくしま》で被爆しました。父は南方に出征していて、母と弟と三人で郊外の祖父の家まで何とか逃げましたが、三歳の弟は五日後に亡くなりました。可愛い弟でしたから、忘れることができません。母も私が中学三年生の時、白血病で死にました」

「まあ……、おばさんはその後もお元気で」

そこまで言うと言葉が詰まり、裕美は黙るほかなかった。

「そうでもないんですよ。やはり放射能を浴びた体ですから、それに父は運よく生きて帰りましたけど、戦後は食べて行くために親子で苦労しましたから、体を痛めました。だからいろいろ病気がありまして、十一年前に亡くなりました。私、八・六が近づくとこの公園に足が向き、あの日を偲んで、核兵器廃絶を祈るんです」

亮介さんも裕美も、ただ黙って聞くばかりで、どんなコメントもできなかった。

「で、式典には何度も出席してますが、年々立派すぎるものとなり、また騒々しくて、どこか違う気がして、ここ数年は前日に独り来ることにしてるんです。市長さんが毎年平和アピールを出しておられるのに、核兵器は無くならないし、民族紛争などの戦争は世界のあちこちで起きているし、人間の愚かさに虚しくなります」

老女は溜め息交じりに言った。

「でも、オバマ大統領がこの地に来られ、平和へのメッセージを出されましたよね」

亮介さんが助け舟を出してくれた。

「ええ、来てくれたこととは画期的なこととは思うけど、謝罪がなかったし、資料館の見学だって十分程度だし、被爆者との面談もなしでは、私ら被爆者は何か釈然としないものを感じるんです」

ああ、言葉は柔らかいが、うちの祖父母と同じようなことを言っている。裕美は直接原爆に遭った人はオバマ大統領の来広をそれほど評価していないのだと、改めて気づかされるのだった。

「つくづく、戦争は絶対にしちゃあいけんと思いますよ。人間を殺し、人類が築いてきた文化や歴史遺産を破壊するのみ。いいことは一つもないですからね。物は修復できても、失った命は取り戻せないもの。だから核兵器廃絶は必ず実現しないとね。若いあなた方のパワーに期待してますから、頑張ってくださいね。お願いしますよ」

そう言って見知らぬ老女は頭を下げ、「それでは失礼します」と、ベンチから立ち上がり、去って行った。その後ろ姿を見送っていると横から声がした。

「エクス　キューズ　ミー」

その声にハッとして、裕美も亮介さんも横を見た。二人の白人の若い男性が質問してきたのだ。

「ホエア　イズ　ザ　スタチュウ　オブ　ゲンバク　ノ　コ？」

「ヤー、イッ　ザット」

裕美が樹間からも頭部が見えるその像を示すと、二人は「オー、アイ　シー、サンキュウ」と礼を言い、握手して別れた。亮介さんが「高校生？」と背後に声をかけると、彼らは振り向いて「そう。広島に一週間ホームステイしている。サダコのことを勉強して来たので、どうしても折り鶴の像に行きたかったのだ」と笑顔を向け、手を振った。裕美が通訳したのだ。

「裕美さんは英語の強い学校だから、さすがだね。通訳が巧い。同じ世代の者がこの地に来ているだけで、不思議な連帯感のようなものを感じるな」

亮介さんがそう言った。裕美も同じようなことを感じていたが、にもかかわらず、胸の内にはまたもやもやが生じていた。

それは祖父母のことだ。うちの祖父母も、さっきのおばあさんみたいに立派すぎる式典を、そして騒々しい八・六をわざと避けているのだろうか。では、どんな式典ならいいのだろう。地味で、ピュアに平和を求める人たちだけで、静かに祈ることがいいのだろうか。立派な式典を行って平和アピールを発しても、核廃絶は成し得てないのに、地味に行えばさらに効果がないのではないか。

こんなことを亮介さんと話し合ったが、

「ぼくにも判らないな。組織や政治も絡んでくるのだろうし、多大な犠牲を蒙った自治体としては式典をしないわけにはいかないだろうし」

そう言って少しの間、沈黙が流れ、再び亮介さんが言った。

「春の講演で講師が言ったことが、妙に心に残ってるんだ。色んな考えがある中で、八・六の日はそれぞれが一番やりたいことをすればいいって言ったよね。式典に出席したい人は出席する。絵を描きたい人は絵を描く。スポーツをしたい人はそれをする等々。あの日の犠牲者はしたいこともできなかったのだから、と。ぼくも同感なんだ。もっとも、ベースには平和のために自分なりに何ができるか、今すぐでなくても将来、何を成そうとしているのかぐらいは考える日でありたいけどね」

「そうなのか……」

やっぱし亮介さんは大人だ。裕美は尊敬の眼差しで亮介さんを見て、訊いた。

「のどが渇いたでしょ。ジュース飲む？」

「飲みたいけど、今日は止めとこうよ。飲みたかった水さえ飲めなかった、あの人たちとせめて気持を共有するため、我慢しよう」

そう言われて裕美はハッとし、羞恥心でいっぱいになった。

「分かったわ。本当に、そうよね。私って、やっぱりおバカさんだなあ」

「そんなことないよ。さあ、陽も翳《かげ》って来たから、そろそろ帰ろうか」

亮介さんはそう言うと立ち上がり、裕美に手を差し出した。また手をつないで電車通りまで歩いた。途中、原爆の子の像の前を通り過ぎる時、あの青年がまだいて、裕美たちに気付くと、「ハーイ、先ほどはありがとう」と手を振った。

亮介さんとはこの前と同じ、電停の近くで別れた。喉は渇いていたが、心はしっとりと潤っていた。

帰宅すると、ちょうど祖父母が食事をしていたが、もう終りに近かったようだ。

「デザートのスイカです。食べやすいように切ってあります。どうぞ」

ママがガラスの器に盛られた赤いスイカを、祖父母の前に差し出した。裕美は言うべきか言わざるべきか迷った挙句、言わないのは不正直のように思えて、言ってしまった。

「五時ごろ、慰霊碑の所でお祖父ちゃんたちを見かけたけど、声をかける間もなく、お祖父ちゃんたちタクシーに乗っちゃった」

「へーえ、そうか。あそこに行ってたの？」

「そう。六日は人でごった返すから、前の日に行こうとお友達が言うので。しばらく公園のベンチで休んでたら、被爆したと言うおばあさんが隣にいて、いろいろ話してくれたの。三歳の弟が亡くなって、可愛い弟だったから、今も忘れられないんだって」

「あの時代に広島市に住んでいた者は、大なり小なり同じような経験をして、みな辛く、悲しい思いをしたんだよ」

祖父が思いの外、穏やかな口調をした。

「その人ね、やはり六日は式典が立派すぎて、また騒々しいので、最近は前日に来るのだと言ってたよ」

「その気持よーく分かる。式典が整って立派になればなるほど、全国や世界から多くの人が来てくれればくれるほど、嬉しい反面、私らのような者の気持とはどこか違うような気がするんだね。だからこのところ式典には参列しなかったの。歳をとって足腰も弱くなったので、今年が最後かもしれないと思って、出かけたのよ。六日の雑踏に比べれば、五日はあれでも静かな方かな。ねえ」

祖母が祖父に顔を向けると、「そうだな」と祖父が同意した。

「そのおばあさんね、オバマ大統領のことで、お祖父ちゃんやお祖母ちゃんと同じようなことを言ってたよ。謝罪がなかったし、資料館の見学が十分という短さだったたし、被爆者との面談もなかった。被爆者としては釈然としない面があるって」

「そうだよ。結局、何も変わっちゃいないんだから……」

祖父はやや投げやりな言い方をした。

「でも、全国や外国から資料館に来る人は相当増えたんだよ」

裕美もややムキになった。

「本気で平和を考えてくれるのなら、いいことかもしれないけど。観光の一環なら、あまり世の中は変わりゃしないよ。北朝鮮の核開発を考えても、却って状況は悪くなってる」

「そう、そう」

祖母が語調を強めて同感の意を表した。

「日本政府にも広島県や広島市にも、ひいては世界中に、もっと本気で核廃絶を考えてほしい、ということだ。そのためには市民や国民にお祭り騒ぎではなく、事の本質を考える人間になってくれ、ということだ」

祖父の語調はだんだん強くなり、裕美はやはり言わなければよかったと、悔いていた。

「それはそうだけど……」裕美にはもう言葉がなかった。

「でも裕美は、その歳で平和についていろいろ考えようとしているから、祖父ちゃんはいい子だと思ってるよ」

祖父は優しい口調に変わっていた。

「まあ、いろんな考え方があるってことね。裕美はそれを学んだだけでも、成長したのよ」

今まで黙って後片付けをしていたママが、横から言葉を添えた。

「そうだよ。こうして家族と話ができることが、いいことかもしれないね」

祖母も態度を和らげていた。

「長居をしたね。裕美もお腹がすいたろう。われらはそろそろ退散するか」

そう言うと、祖父は立ち上がり、祖母もそれに続いた。

「祖父ちゃんたちと話し合いができて、よかったじゃないの。それにしても、パパは今日も遅いね。先に食べようか」

ママに促されて、その日も二人だけの夕食となった。進路のことや遅い帰宅のことなど、パパとは近いうちに話し合わないと、と裕美は本気で思った。

その夜、勉強が済んで寝る前に、亮介さんに話したくて、手紙を書いた。


やっと勉強が終りました。今日のうちに（と言っても、時計を見ると午前一時が過ぎていますが）お話ししたくて、ペンを取りました。

あれから帰ると、祖父母が夕食を済ませ、デザートのスイカを食べていました。慰霊碑の所で祖父母を見かけたことを黙っていようと思いましたが、それでは不正直に思えて、言ってしまいました。あのおばあさんのことも。

祖父母は割に穏やかに対応してくれましたが、オバマ大統領のことになると、核廃絶に向けては何も変わっちゃいない、と語調が強くなりました。私もややムキになって、資料館の来館者が増えたことを言うと、本気で平和を考えるのならいいことだが、ただ観光の一環で来館するのではあまり意味がないと言います。

要するに、祖父母は、政府も県も市もアメリカの大統領が来てくれたと浮かれずに、本気で核廃絶を考えて欲しい。市民も国民もお祭り騒ぎではなく、平和のために本質的なことを考える人であってほしいのだ、と言いました。

私はそういうことであれば、祖父母の考えをある程度受け入れますが、でも、アメリカ大統領の七十一年ぶりの、というか初来広をもっとおおらかに受け入れられないことを、やはり悲しく思いました。悲惨な出来事を実体験した者とそうでない者の埋めることのできない溝なのでしょうか……。

終りに後片付けをしていた母までが、話し合いに加わり（ほんのちょっとですが）、祖母が「こうして家族と話ができることが、いいことかもしれないね」と締めくくりました。自分とは違う考えもある、ということをおバカな私はやっと了解できる段階に達したのでした。

文化祭のアンケートを夏休み中にまとめて、二学期に分析することになるでしょう。私もようやく、いろんな意見があるだろうなと思えるようになりました。受験勉強で大変な時期ですが、文化祭にはちょっとだけでもいいので、来て下さいね。

夏休み中にもう一度お会いできますか？

お勉強の邪魔だけはしたくないけど、亮介さんとお話ししていると、自分の心が深く大きくなるような気がするのです。ご連絡をお待ちしています。

カーテンを開けて窓から夜空を見上げると、星の煌《きら》めきは少なくなっていますが、まだ輝いている星もあります。亮介さんの部屋の上にも同じ星が輝いていると思うと、心が落ち着きます。

お休みなさい。

月橋裕美

八月六日午前二時半

亮介さんへ

書き終えて、気持が本当に落ち着いた。書くことによって、冷静さを取り戻せるということなのだろうか。

あと数時間で八月六日の八時十五分を迎える。今年はどんな平和式典になるのだろう。あの膨大な数の椅子を思い出し、取りあえず雨が降らないでほしい、と裕美は祈るような気持で床に就くのだった。

潮風の吹く町にて

（一）

——この海の向こうはイタリアなのだ。あの頃は、深刻な悩みなどなかったよな……。

野崎文平《ぶんぺい》はドブロヴニクの城壁の上から海を見つめながら、深い溜め息をついていた。大学三年生の夏休みに、イタリアを旅したことがある。アルバイトをして資金を作り、なお足りないので父母に援助してもらって、思い切って旅に出たのだ。絵画好きな父母の影響で、文平もその年代にしては美術館に足を運ぶほうで、美術全集で見た絵を実際に見たかったことと、将来の建築家として古代ローマの遺跡に興味をもっていたことが、イタリアの旅を選ばせたのだ。

あの時の旅は二週間だった。本来はユースホステルを利用して個人旅行をするつもりだったが、初めての海外旅行なのでツアーのほうが安全で効率がいい、と先輩からアドバイスされて、ローマ、フィレンツェ、ミラノ、ベネチアを中心に、イタリアを周遊したのだ。それぞれの都市に三連泊して、一日目がいわゆる観光、二、三日目は自由行動だったので、一人であちこち出向いて、個人旅行の気分も味わったのだった。

文平は今現在、叔父の建築事務所で一級建築士として設計図を書いているが、ふと手にしたパンフレットを見て、急に旅に出たくなったのだ。旅程の六月の下旬には、ちょうど請け合った仕事が一段落ついている。盆休みの前倒しと年休をとれば六泊八日のツアーは何とかなる。文平は叔父の了解をとると、五月の初めにそのツアーに申し込んだのだ。

無論、妻も誘ってみたが、妻はパリなら行ってもいいけど、クロアチアなんて知らない国には興味が湧かない、とにべもなく断った。文平が知り得たことをていねいに説明しても、妻は主張を変えなかった。二年前の新婚旅行の時も、文平はイタリアを提案したのだが、妻はパリとロンドンがいいと言うので、妻の希望を容れたのだった。今度は文平も譲らなかった。骨休めとはいえ、古代や中世の建築に興味を持っている自分が、旅先にその地を選ぶのは理に適っていると思えたからだ。今ごろ妻は実家で両親に甘え、一人で旅に出た夫を勝手な男だと詰《なじ》っているだろう。文平は海を渡る風に吹かれながら、また溜め息をついていた。

「ねえ、野崎さん」

涼やかな声に振り向くと、ツアーのメンバー、安田さんが問いかけてきた。

「集合時間は十二時で、場所はオノフリオの噴水前でしたよね」

「ええ、おれもこういうことはあまり自信ないけど、覚え易い時間だから、今日は自信があります。あそこだから十分前に下りればいいでしょう」

文平はそう言って城壁の下の噴水を指した。

「一人参加は気楽だけど、集合時間と場所をこうして確認しないと不安ですわ」

「そうですね。これからお互いに声を掛け合って確認しましょう。それにしても、みんなどこへ行っちゃったのかなあ」

「十二名だから散らばると、大勢の観光客に飲み込まれて分からなくなりますね」

「ほんとですねえ。人は多いし、道は迷路だし、角を曲がるともう見失いますね。添乗員の注意事項をメモしておかないと、迷い子になることまちがいなしだな。ハハハ」

そう言って文平が笑うと、安田さんも「大人の迷い子だなんて、格好悪いですよね」と声に出して笑った。笑い声も涼やかな人だ。

このクロアチアの旅は催行が決定されてからキャンセルが四名でて、十五名の定員を三名も割っての出発となった。参加者としては人数が少ない方がバスに乗るにもゆとりがあっていいに決まっているが、旅行会社としては営業上痛いらしい。だが一度決めたことを覆すと信用問題となるので、予定通り催行となったという。

ツアーのメンバーは三組の夫婦者と四人の女性グループ、そして一人参加した文平、同じく一人参加の安田さんの十二名だ。夫婦者はいずれも六十代で、関空での自己紹介によると、四年前に小学校教員を定年退職して、松江から参加した鈴木夫妻、この春大手商社を定年退職した大阪人の大谷夫妻、そして来年古稀なので、子供たちからのお祝いの前倒しでやって来たという調剤薬局の丸山夫妻だ。

丸山夫妻は姫路から、安田さんは京都から、文平は岡山から、四人組はこのツアーでは一番遠方の広島からやって来たという。彼女たちは名前を述べたのみ。曾野さん、長井さん、木村さん、古《ふる》中《なか》さんだ。「謎めいていた方がお互いに楽しいでしょ」などと言って、年齢も職業も内緒だそうで、ともかくパワフルなおばさんたちだ。五十代の主婦、いや、独身貴族かもしれない。

三十代の文平と、おそらく二十代後半の安田さんがこのツアーではダントツに若い存在なのだ。もう一人、若いと言えば、添乗員の桜本さんだ。彼女はこの仕事は十一年目というから、文平とほぼ同世代だろう。

「昨日のザグレブは、見た目にもウィーンの影響が強いなって判りますけど、ドブロヴニクはやっぱりベネチアの影響が濃厚ですね」

「おれ、ウィーンには行ったことがないから何とも言えないけど……。ベネチアは大学時代に歩き回ったことがあるんです。建物が似てますね。ここは、中世はベネチアの一種の植民市だったらしいから」

文平はさっき見学したスポンザ宮殿や総督邸などを思い出しながら言った。

「そのようですね。ここもいいけど、昨日のザグレブが意外によかったと思いません？　あの聖マルコ教会はちょうどサッカーのワールドカップで日本とクロアチアが対戦するので、何度もテレビに写しだされましたでしょ。だから親近感が湧きましたわ。タイルの屋根に国旗と市旗が描かれてるなんて、なかなか粋じゃありませんか」

「そう、あれは印象に残りますね。そうそう、おれ、ザグレブで興味深いものを見つけましたよ。昼食後に少し時間が与えられたでしょ。ぶらぶら歩いてたら、ナイーブアート美術館ていうのがありましてね、入ってみたんです。ご存じです？」

「いえ、知りません。クロアチアのガイドブックって、ないでしょ。インターネットで調べたけど、あまり観光のことは出てなかったんです。ま、行って自分の目で確かめればいいやと思ってやって来たので、ほんとに何も知りませんの」

安田さんは正直な人だ。変に気取ったりしないところがいい。

「おれだって、同じですよ。パンフレットを見ていて、ただ惹かれたんです。ギリシア・ローマや中世の世界遺産がたくさんあるじゃないですか。それに一九九一年に旧ユーゴから分離独立したけど、しばらく内戦があり、平和を手にして十年そこそこだというから、復興中の国を見てみるのもいいかなと思って」

「私もパリ、ロンドン、ローマなどの所謂《いわゆる》中心地はもういいかなって。少し外れたところを見てみたくなって。あら、話がそれてごめんなさい。さっきの美術館の件に戻しましょう」

「ああ、そうですね。ナイーブアートっていうのは、透明なガラスに絵を描いて裏側から見るんです。元々は農民画家たちが冬の農閑期に描いていたのが発端らしいけど。これが素朴で、なかなか味わい深いんですよ。説明文によれば、去年東京でも展覧会をやったようです。日本人の画家で原田泰治《たいじ》ってのがいますでしょ。童画的な風景画を描く」

「いつかテレビで見たことがある、あの画家かしら。足の悪い」

「多分、そうでしょう。パンフレットによると、彼はかなり前からこのガラス絵の影響を受けたそうですよ。で、ナイーブアートの画家たちと交流をもっていて、その関係で原田画伯の絵もその美術館に展示されていました。時間がないのでさっと見ただけですが」

「へーえ、そんなの、全然知らなかったな。私は土産物店で時間を過ごしてたから、ソンしちゃった」

「まあ、また来なさいと言うことでしょう」

「そんなに簡単には来れませんよ。野崎さんは度々海外旅行されるんですか」

「いいえ、いいえ、カネが続きませんよ」

「家庭持っていらしたら……無理かもね」

安田さんは文平の左手薬指の指輪をちらりと見ながら言った。文平は何か苦いものが喉元に這い上がってくるような気持を味わっていた。

「奥様もご一緒なさったらよかったですね。友達夫婦が言いますには、一緒だと帰ってから会話が弾むんですって」

安田さんは無邪気にもそんな追い討ちをかけた。文平は何と答えていいか戸惑っていると、

「私、悪いことを訊きました？」と、安田さんはさも申し訳なさそうな顔をした。

「いいえ。家内はパリとかロンドンが好きで、クロアチアは誘っても興味が湧かない、とパスしたんです。今ごろは実家に帰って、大いに羽を伸ばしているでしょう」

文平はそう言って笑った。

「こんなにすばらしいところなのに、残念ですね。でも、次はパリにご一緒すればいいんだから、羨ましいな。一緒に旅ができる相手がいるってことが」

「ええ、まあ」

文平はそう言って微笑むしかなかった。結婚二年目で、文平にはまだ子供はいない。先立つものさえあれば、妻と一緒に毎年でも海外旅行に出かけたいと思っていたが、目的地を選ぶのにも一苦労あるとは、思ってもみなかったことだ。

去年、結婚一周年の記念旅行には、妻の願望で三泊四日の沖縄を選んだ。リゾートホテルでゆっくり過ごせたのはよかったが、文平には後半が退屈だった。それで戦跡めぐりをしようと持ちかけたが、妻は折角の休暇だから、のんびり過ごしたい。難しいことは考えたくないと言った。そういう考えもあるかと文平は聞き流して、ショッピングやビーチに付き合った。しかし三日目はどうにも退屈で、建物を見てまわるからと言って、一人で戦跡めぐりをしたのだった。

新婚旅行の時も心の底に微かなもやもやが残った。パリではルーヴルにもオルセーにも行ったが、妻は絵や彫刻にはあまり興味を示さず、ゆっくり見ていたおれに早く出ようと促した。おれは他の美術館にも行きたかったが、妻はディズニーランドやブランド物のショッピング街へ行きたがった。おれは自分を抑えてそれらに付き合ったが、あの旅行の時から二人の間には行き違いがいくつかあって、これから一緒に生活して行くことに不安を覚えないわけではなかった。しかし新しい生活が始まったばかりで、それらはこれからの話し合いによって互いに理解すれば支障ない、と思ったのだった。

文平は彼方の海を見ながら、そんな思いに取り巻かれていた。

「あら、十分前ですよ。そろそろ下りましょうか」

安田さんのやや驚いたような声に文平も我に返って、腕時計に目をやった。

「ほんとだ。下りましょう」

「お昼は魚介のリゾットですって」

「ここは、海に囲まれた土地ですからね。大いに期待しましょう」

「シーフードだから白ワインが似合いそう」

「お昼からワインだなんて、やっぱり海外ならではの独特な雰囲気ですね」

そう言うと文平が先立って、城壁の上を来た方向に戻って行った。

（二）

体に衝撃を感じて文平は目が覚めた。しばらくは自分がどこに居るのかさえ状況が摑《つか》めなかったが、やがて旅行中のバスの中にいることが判った。衝撃は、バスが前の車を追い越した際にバウンドしたことによるらしい。

初めのうちは珍しい風景をこの目に納めておこう、と文平も車窓から外を見ていたが、昼食時のワインが効いてきたのか、いつの間にか寝たらしい。

バスは海沿いの断崖を走っていた。眼下にはアドリア海が広がり、前方には大きな島が横たわっていた。アドリア海には意外に島が多い。出発したのは一時半すぎだから、もう二時間半は走っている。予定では、あと三十分程度でスプリットに到着することになっている。スプリットこそ、文平がクロアチアの旅で一番期待しているところだ。パンフレットによると、古代ローマの皇帝、ディオクレティアヌスが退位して暮らした壮大な宮殿遺跡が残っているのだ。とくに古代ローマ人は土木建築の天才で、しかも快適な生活を求め、水道橋にみられるように願望を現実化していったので、文平の建築家としての興味は尽きないのだ。

それにしてもクーラーの効いた大型バスに、乗客は添乗員も入れてたった十三人しかいない。がら空き状態の座席を見まわしながら、文平はいささか贅沢をしすぎているように思えて、罪意識に似た感情を抱きながらも、やはりぎゅうぎゅう詰めでないバス旅行をラッキーだと喜んでいる。

今日は六月二十一日、旅も三日目を迎えている。空は青く、雲一つない。ドライバーの話では、午前中すでに三十度を越していたという。時計を見ると四時前だが、こちらはまだまだ日が高い。気温も三十五度に上がっている。

海辺の風景を見ながら、文平はふと、妻が一緒に来ていたらいいだろうなと思う。この蒼《あお》いアドリア海を一緒に眺め、古代人や中世人の努力の跡をともに語り合えたら、人間に対して少し違った見方ができるようになるかもしれない……、と。

ただ、妻はブランド物が好きなので、免税店に立ち寄らない、遺跡を巡るツアーはやはり向かないだろう。《一心同体》などと言う言葉は、あらまほしと願う理想に過ぎないのだ。自分も未熟で欠点だらけの人間なのだから、他者の未熟さや欠点を受け入れ、そして他者に対してある種の諦めをもつことが肝心なのだ。口の中でそうつぶやきながら、なお文平は砂を嚙むような虚しい思いを味わっていた。

「お目覚めですか？」

そう言って、前方の座席から安田さんが立ち上がって、通路をよろけながら菓子袋を持ってきた。

「これ、鈴木夫人から回ってきましたの。ゼリーだけど、美味しいですよ。幾らでも取っていいそう」

「じゃあ、三ついただこう」

「欲がないのね。私なんか手で握れるだけ握ったら、何と八つもありましたの」

安田さんはそう言って笑い、残りを鈴木夫人に渡すために前に戻って行った。文平が「いただきます」と大きな声で応じると、鈴木夫人が振り向いて手を上げた。それからまもなく添乗員の桜本さんの声がマイクから呼びかけてきた。

「すでにスプリット市内に入っております。これから中心街で下車して、三世紀に作られた世界遺産、ディオクレティアヌス帝の宮殿へご案内いたします。バスを降りて約二時間、自由時間となっておりまして、それからまたバスでホテルまで行き、ホテルで夕食をとるというスケジュールになっています。今日はみなさまで、お散歩のつもりで街をざっと見てください。明日の午前中、宮殿を含めてスプリット市内を徒歩で観光します。これから市内地図をお配りしますので、二ヵ所ほど印をつけてください」

地図は日本語で書かれていた。

「バスは青空市場で下車します。そこから南門までみんなで歩き、これは銅の門とも呼ばれていますが、ここで解散しましょう。この南門からディオクレティアヌスの宮殿に入ります。集合場所はもう少し西に行った所にプラチ・ラディッチ広場がありますね、ここです。両替したい方はこの広場に両替所があります。集合時間は六時四十分です。遅れないようお願いします。さあバスが到着しました」

文平は地図に赤いボールペンで丸印をつけ、集合時間をメモした。

往来には人が多く、地元の人だけでなく、観光客もかなり多いようだ。青空市場には鞄から洋服、靴や帽子、ブドウやサクランボなど、所狭しと並んでいた。

見上げると確かにローマ時代の建物と現在の建物が混在していて、一種独特の雰囲気を作っている。文平は地図を見ながら往時の宮殿を想像してみた。縮尺からみて、正面の壁の長さは百六十メートルぐらいだろう。奥行きは二百メートルはある。皇帝の引退後の住居にしては桁外れに巨大な宮殿だ。この宮殿の南門は海に直に接していたらしく、訪問客は船を門の前に接岸させて上陸したのだろう。豪華な櫂船《かいせん》が波音を立てながら宮殿に近づく様子を想像して、文平は皇帝も粋な計らいを思いついたものだと感心した。

文平の記憶では、ディオクレティアヌスは衰退の一途を辿っていた帝国と弱体化していた皇帝権力を建て直し、そのためにキリスト教を迫害し、専制君主制を樹立した皇帝だ。文平はこの宮殿跡を見上げていて、さすがに専制君主だった人だけはある、と納得した。

南門で解散する前に桜本さんが振り向いて「みなさん」と呼びかけた。

「明日の見学には大聖堂の鐘楼に登ることは入っていません。何せ高さ六十メートル、急な階段が百七十三段もありますので、時間もかかります。それで、体力のある方は今日のうちに登っておかれるといいと思います。タイムリミットは、確か六時だったと思います」

「じゃあ、先ずは鐘楼に登ろうよ」

そう言って先頭に立ったのは四人組の女性たちだ。彼女たちは飛行機の食事も残さず食べたようだし、ワインだジュースだと乗務員から貰っては飲んでいた。隣の座席に座っていた文平は圧倒され続けたものだ。ザグレブやドブロヴニクのホテルでも、あの人たちのバイキング料理の食べ方には、どんな胃袋をしているのだろうと思うほど迫力があった。おそらくは自分の母と同世代だろうが、母にはあんなエネルギーはないので、文平はただ驚くばかりだ。

元小学校教員の鈴木夫妻は、足腰も心臓も丈夫だから鐘楼に登るという。元商社員の大谷夫妻と調剤薬局の丸山夫妻は急な階段には自信がないから、鐘楼はパスするという。

「その代わり、遺跡の中を通って海岸に出て、オープンカフェで冷たいコーヒーでも飲みながら海を見るわ。ここ、ニースに似てるから、いい雰囲気ね」

大谷夫人が黒い鍔広《つばひろ》の帽子に縁取られた色白の顔を、なぜか文平の方に向けた。目が合ったので何か言わないと格好がつかない。

「ニースに模すとは、優雅ですね。おれもあとでジュースを飲みに行きますよ」

「オー　マイ　ボーイ、きっとよ」

そんな言い方をされたのは初めてなので、文平がすっかり照れていると、

「ミー、トゥギャザー」と安田さんが大谷夫人に対応したので、文平はいっそう赤面した。

「私も一緒にとすぐ言えるなんて、若い人はいいなあ……」

鈴木さんがそう言って微笑んだ。優しい雰囲気が周りを包み、これが旅の非日常性というものだろうか。文平も楽しい気分に浸っていた。

南門で解散しても、みんなその門をくぐって行った。そこには絵や工芸を売る画廊が並んでいたので、立ち寄る者もいて、この辺りからグループはバラバラになった。気がつけばまた安田さんと二人になっていた。

「あの階段を上がると、右に大聖堂と鐘楼があるようですよ。登ります？」

安田さんが聞いてきた。

「勿論です。タイムリミットがあるので、これからすぐ鐘楼に登りましょう。しかし、あのおばさんたち、もう見えなくなりましたよ。鐘楼に一番乗りするつもりだな」

「私もあの歳になっても、あんな風にパワフルでありたいな」

安田さんがそんなことを言っているうちに、鐘楼の前に来ていた。地元のお金を五クーナ払ってチケットを貰い、狭くて急な階段を文平が先導しながら上って行った。ほんとに狭くてしかも一段

が三十センチもあれば、三十四歳の文平にもらくではない。次第に息も荒くなり、首筋に汗も滲《にじ》んでくる。チケットの写真では六層になっていたので、狭いながらも踊り場が五ヵ所はあるはず。ならば五回は一息入れることができる。そんなことを考えながら文平は、息遣いが荒くなってきた安田さんを励ました。

「もうすぐ踊り場だから、そこで一息入れましょう」

「ええ、段が高いので、きついですね。体力がこんなに衰えているとはショックです」

「おれも同じことを考えてました。さあ踊り場ですよ。降りてくる人がいるので、少し壁側に身を寄せましょう」

降りて来た青年男女は英語圏の人間なのか、「ソウリー」「サンキュウ」と言ってすれ違って行った。文字通り一息入れると、また急な階段を上って行き、数分後にやっと頂上に辿り着いた。そこにはすでに四人組のおばさんたちが眺望のよさに嘆声をあげ、写真を撮り合っていた。他には誰もいなかった。文平は息を整える間もなく、リーダー格の曾野さんに呼びかけられた。

「オー、マイ　ボーイ、ちょうどよかった。四人の集合写真を撮ってよ」

「こっちが、背景がいいかな」

スリムな古中さんがみんなを手招きした。文平は言われたとおりにシャッターを押した。

「万一写ってないことがあったら困るので、私のカメラでもお願いね」

そう言ったのはウエットな雰囲気をもつ長井さんだ。長井さんは「デジカメでないのよ」と弁解しながら、カメラを差し出した。写し終ると、曾野さんが「二人を撮ってあげるわよ。カメラをかして」と手を出すと、メガネがよく似合う木村さんが「そんな写真は、後で困るよね」と、文平の方を向いて笑った。

「別に……」と文平が言い淀んでいると、安田さんが「私のカメラでお願いします」と言って、カメラを曾野さんに渡した。

「オッ、これはデジカメ……。大丈夫かな……」

曾野さんはいつもに似合わず自信なげであったが、安田さんがそばに行ってなにやら説明すると、「何だ。シャッターを押すだけなの」と、意外に早く自信を取り戻したようだった。

写真を撮り終えると、四人組は「お先にバイバイ。またね」と手を振って鐘楼から降りて行った。

歳の割には可愛い人たちだ。

鐘楼の頂上は風がよく吹くので、気温が三十五度の割に涼しい。四人組と入れ替えに、白人の親子連れが登って来た。話している言葉はフランス語のようだ。父親が中学生ぐらいの娘に指差しながら説明している。彼らの会話を音楽のように聞きながら、しばらく文平も安田さんも黙ってパノラマの風景に見入っていた。

南欧独特の赤い屋根瓦の町並みが美しい。こんな美しさは日本の都市にはない。自分の住んでいる団地も、屋根も壁も色とりどりでばらばらだ。西欧は都市の条例で規制しているから美しいのだ、つまり、意識して都市の景観を美しく保っているのだ。やはり西欧はギリシア以来の美意識と、合理主義が今に根付いているのだろう。

北側の丘に目を移すと、意外だと思えるほど高層アパートが立ち並んでいた。この街は造船業やセメント工業が発展しているらしいから、そこで働く人々の住宅団地なのだろう。彼らはどんな間取りの部屋で生活しているのだろうと、つい職業意識が顔を出し、文平は苦笑した。

海側に回った。港には白い豪華客船が二隻も停泊している。観光客が街に溢れていたのはそのせいだったのだ、と文平は納得した。

「すばらしい眺めですね」

そう言って安田さんは、アドリア海の彼方をじっと見つめていた。何気なく安田さんの横顔を見て、文平は驚いた。涙が頬を伝って流れていたのだ。こんな時は知らぬふりをするのがいいのだと思いながらも、やはり放置できなかった。

「どうされました?」

「すみません。海とあの親子連れを見てたら、父のことを思い出してしまい……。実は、父は三ヵ月前、心臓発作で亡くなったんです。それも母は旅行中、兄も私も家を出ていましたので、父はたった一人であの世に旅立ち、私たちはまる一日、父の死を知らなかったのです」

「そうでしたか……」

文平は次をどう言っていいか分からず、黙っているほかなかった。

「私はいい娘ではありませんでした。父に逆らってばかりいた、親不孝者です」

「何があったか知りませんが、あまりご自分を責めない方がいいと思います。いらぬことを言ってしまったかもしれません。ごめんなさい」

「こちらこそ、楽しい旅行中に無様なところをお見せして、申し訳ありません」

安田さんは深く頭を下げた。文平は不意に、この女性を保護してあげたいような衝動に駆られた。

「そろそろ下りましょうか」

文平の言葉に安田さんも従った。

「さあ、下りは危ないから、必ず手摺を持ってくださいよ。踊り場で小休止しなくてもいいでしょう」

そう言って文平は下り階段の一歩を踏み出した。

上りのきつさに較べて、下りは何の苦もなく、あっという間に出口へ到達していた。

ともかく、集合場所の近くまであれこれと見ながら行こう。そして、プロムナードに並ぶオープンカフェに入ろうということになった。

石造りの建物と建物の間の狭い石畳道を歩きながら、文平はさっきの安田さんの涙がやはり気になった。けれど、他者の私生活に深く立ち入ってはいけないと自分に言い聞かせ、気持を左右の建物に集中させようとした。

そう、ここはディオクレティアヌス帝の街なのだ。皇帝がローマ軍の軍営をモデルにして建てた宮殿も、彼の死後三百年ぐらいして、つまり七世紀になると、スラブ系の民族が南下して来たので、周辺にいた人々が廃墟となっていた宮殿に逃げ込み、勝手に住み着いて、街は次第に広がっていったのだ。この街の随所に宮殿跡が残り、それを現実に利用して生活している様相は、文化財保護のため、遺跡にタッチしてはいけない日本とは大いに違う。石の文化と木の文化の違いを文平はつくづく感じていた。

いつの間にかプラチ・ラディッチ広場に来ていた。集合場所はここだと確認して、文平も安田さんも両替所で一万円ほど現地のクーナに両替した。そしてプロムナードに出てしばらく歩き、どのオープンカフェに入ろうかと立ち止まって品定めしていると、

「マイ　ボーイ、カモン。ここよ」と大谷夫人が手を振った。丸山夫妻も一緒だった。三十四歳の文平にとって「マイ　ボーイ」と呼ばれるのはいささか恥ずかしくもあるが、旅先だし、敢《あ》えて目くじらを立てるほどのこともない。文平にはこうしたことでは妥協性があった。よく言えば寛容でもあった。

「折角だから、行きましょうか」

そう言って文平が促すと、安田さんも「そうしましょう」と賛同した。妻ならばきっと拒むだろう。安田さんの素直さが文平は気に入った。

「あっちのカフェでコーヒーを飲んで、こっちへ移ってチェリージュースを飲んだの。コーヒーもジュースも美味しいわよ。ねえパパ」

大谷夫人はそう言って夫に賛意を求めた。

「ええ、美味しいですよ。ママが喜んで飲んだだけじゃなく、丸山夫人も美味しいって言われまして」

大谷さんは歳に似合わず、派手な色物のシャツを着て、奥さんをママと呼んだ。丸山夫人も即座に反応した。

「ほんとに美味しいですよ。うちの主人は甘すぎるって言いましたけど」

「おれはどちらかと言うと辛党で、本来ならばビールがいいけど、奥方から、旅の間は昼食前と夕食前、それから寝る前しかダメだって束縛されてるんですよ。ま、八日間だから我慢しますけど」

丸山さんは観念したような口調をした。

「じゃあ、我々もチェリージュースにしますか？」

文平は安田さんに問い掛けた。

「そうですね。それ、飛行機の中で飲んで、美味しかったですよ」

安田さんがすぐ反応した。数刻もするとボーイが濃い赤いジュースを持ってきてくれた。

「あら、ほんとに美味しい。機内の時とはまた違って、甘さもちょうどいいわ」

「同感。鐘楼に上がったり、少々歩いたせいで、喉がかなり渇いてたんだな」

ジュースが文平の喉を通る時、周りに聞こえるほどググッと鳴った。

「ああ、美味かった。それにしても、いいですね。潮風に吹かれながら、こうしてのんびりと異国の蒼い空や海を眺められるなんて」

そう言った後で、文平は胸に這い上がってくる苦い思いを飲み込んだ。結婚一周年の沖縄旅行で、妻が何も考えずにただビーチでのんびり過ごしたいと言ったのに、三日目は退屈でどうにも応じ切れず、街の建築を見ると言って、自分一人で戦跡めぐりをしたのだった。

「そうねえ。ここはほんとにステキ。銀婚旅行で南仏プロヴァンスに行った時、ニースに二泊したんだけど、あそこの海岸線がこのプロムナードによく似てるのよ。思い出すなあ。ねえ、パパ」

「そう、そっくりだね。ママが喜んでくれて、このたびの旅行、ほんとによかったと思います」

大谷さんはそう言うと、みんなに向かって頭を下げた。文平はこんな夫婦もあるのだな、と新鮮な驚きを感じていた。自分の父親は関白亭主で、物言えば命令口調になり、嫌だなと思う反面、いつしか自分もその血を受けていると、日常的に自覚しつつあったからだ。妻の父親は、見た目はいかついが、大谷さんのような優しい人らしい。妻はそんな男に憧れ、そんな男が夫であるならば……、と思っているのだろうか。これから先のほうが長い自分たちの結婚生活を思うと、文平は人知れず溜め息をついていた。

(三)

「ぼくはねえ、スプリットの市内観光も宮殿内部も、トロギール観光も全部ビデオに撮ったんですよ。トロギールは小さな島だったけど、あの中世の町もよかったですねえ。これらのビデオを、松江自然ウォッチング協会の会合で上映しますし、退職校長会からも帰ったら是非にとお呼びがかかってるんです」

鈴木さんがワイングラスを片手に得意そうに言った。旅行メンバーの中では四人組の女性たちに負けないパワーを持つこの人は、六十四歳にはとても見えない。奥さんは大学の時の同級生で、ともに定年まで小学校の先生だったそうだ。お互いに「益雄《ますお》さん」「勝美《かつみ》さん」と名前で呼び合い、まるで友達のように仲がいい。奥さんは夕食時には必ずドレッシーな衣装に着替え、雰囲気を楽しんでいるふうだ。

「益雄さん、それだけじゃないでしょう。孫たちがジイジのビデオ、ジイジのビデオと言うもんだから、この人、孫孝行に一生懸命ですの」

鈴木夫人はほろ酔い加減の潤んだ目を夫に向けた。

木材がふんだんに使ってあるホテルのレストランの一角で、添乗員とドライバーを入れて十四名の夕食会がさっき始まったばかりなのだ。世界自然遺産プリトヴィツェ国立公園の只中にあるこの建物は、さすが自然をふんだんに取り入れている。文平はこんな自然の香りのする建物が好きで、これまで自分が手掛けた建築は、大抵木目が見える壁や天井にした。今宵は建物よし、料理よし、メンバーも雰囲気もよしだ。文平もほろ酔い加減の眼で建物のあちこちを撫でていた。

「そりゃあ、お幸せですね。うちは古稀祝いの前倒しとして三人の子供たちが二人分の経費は払ってくれましたけど、写真などあまり見たがらんでしょう。これまでがそうだったから。まあ、ぼくだって人の写真はほとんど関心がないですからね。見たい、見たいって言うのも、案外、外交辞令のことが多いんじゃないかな……」

年長者の丸山さんが本音を出した。一瞬、その場の和やかな空気の流れが止まったような気がした。が、すぐに鈴木さんが流れを戻した。

「ぼくはそうは思わないな。退職校長会のメンバーはぼくのビデオに刺激されて、実際、何人かはそこへ旅してますよ。孫たちは小さい頃からぼくのビデオを見て育ったから、異質な世界への関心はこっちが思う以上に持ってますしね。ま、これからは広い視野に立って世界で活躍する時代ですから、興味付けはジジババもしてやりたいわけですよ。ハハハ」

鈴木さんの笑い声が高らかに響き、文平も釣られて笑った。

「でも、偉いわね。うちにも孫がいるけど、ビデオなんて持って旅に出たの、今回が初めてですの。やっぱり動機付けは大事ですよね。パパ、子供たちと孫たちをみんな集めて、大試写会をしましょうよ」

大谷夫人が弾んだ声で夫に呼びかけた。

「ビデオをきちんと見る見ないは別にしても、それを理由にみんなが集まるってのはいいですねえ。ママの提案に全面賛成です。こんな充実した旅行、有難いと思いますよ。もう一度乾杯しましょう」

大谷さんは奥さんと呼吸がぴたりと合うのだ。文平は羨ましいと思うと同時に、ふっと孤独を感じた。自分は妻との間にいつも何か気持のちぐはぐがあり、どこか違うという思いが付きまとうのだ。自分が大らかさに欠けているのだろうか。これから努力し、お互いに理解をしようと心がければ、巧くいくのだろうか。そんな思いが文平の胸を行きつ戻りつしていた。

「ねえ、マイ　ボーイ。ワイン、もう少しいかが？」

文平と対面していた曾野さんが、ワインを勧めた。四人組はいつもボトルでワインを注文し、飲み干していたが、曾野さんがこれまでの食べ過ぎが祟《たた》って胃腸の調子を崩したらしい。で、今宵は乾杯だけに留めたため、ワインが余りそうだというのだ。

「残しても捨てるだけよ。もったいないから飲んで下さいな。安田さんもお若いんだから、もう少しは大丈夫でしょ」

文平の右隣にいたスリムな古中さんが、さらにけしかけた。旅行中は、アルコール類はワングラスだけと自重していた文平だが、こうまで言われると断るのが悪いような気がして、

「どうします？　少しだけいただきますか？」と左隣の安田さんに問いかけた。

「じゃあ、そうしましょう」

安田さんはすぐ応じた。その順応性が文平はいいなと思った。良心に関わることでなければ、我を張らずに妥協できる、そんな柔軟性を自分は妻に求めているのだ。そのことが今度の旅で日々明白になっていく。そのことが文平は怖かった。

「さあ、三度目の乾杯をしましょう」

曾野さんが音頭を取ると、みんなも応じた。しばらくはそれぞれ食べ、しゃべり、飲み、心地よい時間が過ぎていった。こうした楽しいひと時も九時には終り、それぞれが部屋へ引き揚げて行った。寝るには早いので、文平は久しぶりに星をみようと思ってロビーから外に出た。

「星を見られます？　私もご一緒していいかしら？」

背後から安田さんの声が追いかけて来た。その声を待っていたような気がして、文平の心は一瞬震えた。そして喜びが胸のうちに広がっていった。

「ええ、いいですよ」

「よかった。でも、お一人で静かに星空と対話したかったんじゃありません？　ごめんなさいね」

「いえいえ、そんなことはありませんよ。ご一緒したほうが楽しいに決まってますよ」

それは外交辞令ではなく、本心だった。

玄関前の広場にはベンチもいくつか置いてあった。ホテルは少し高台にあり、森との境に木の柵がしてあった。木々は黒いシルエットを作り、女一人ならばやはり淋しい所である。ホテルを背に文平たちは柵にもたれて星空を見上げた。ネオンもなく、辺りは闇に包まれていた。

「野崎さんは星座にお詳しいんです？」

「それほどでもありませんよ。ただ小学生の頃、親父が毎年家族でキャンプに連れてってくれまして、夜空を眺めながら星のことをいろいろ説明してくれましてね。多分それで中高校時代、一応天文クラブに入ってたんです」

「お父様は今もご健在です？」

「ええ、相変わらず関白亭主を続けていますよ。母がそれを巧い具合に受け止めていますね。それにあの夫婦は絵を見るのが好きという共通点があり、まああの二人三脚ができてるようです」

「羨ましいな。亭主関白であれ、何であれ、お元気でいらっしゃることが」

「まあ、そうですね。平素は親なんて空気みたいな存在で、いろいろ気を遣ってくれるのが煩わしいと思う不心得者ですがね」

「親が生存中は誰だって、そんなものでしょうね。夜空の神秘を、私も父から教わったんです。父は高校で国語の教師をしてまして、何時間でも星空を見ることのできる人でした。私に、星にまつわるギリシア神話をよくしてくれたものです。父はピュアな心をもった理想主義者でした。そんな父を母は理解できなかったのか、よく喧嘩をしてました。父も母には求めるものが大きかったのか、厳しかったですね。そんな父を母は恨み、いつも悪口ばかり言ってました。私もいつしか母の言葉にすっかり染まってしまったんでしょうね。大好きな父だったのに、父に逆らう娘となり、死に目にも会えませんでした」

終りの言葉はややトーンが崩れ、安田さんは必死で涙を堪えているように思えた。文平はただ「そうでしたか」としか言えなかった。一呼吸おいて、文平は続けた。

「うちの父もあなたのお父様も、星空を眺め、語れるなんて、ロマンチストなんですよ。父が七夕の話は無論、蛇座と蛇使い座の話をしてくれた時は、子供心にわくわくしたな。点しか見えていない星を線で繋いで形を作る。そしてギリシア神話の物語をつける。面白いと思いましたね」

「ええ、蛇使い座の話は父もしてくれました。大蛇を操った巨人は医術の神様エスクラピウスで、死者をも蘇らせる凄腕だったから、主神ゼウスに嫉妬され、雷を落とされて殺されたんだって」

「そう、そう。思い出しましたよ。神様でさえ嫉妬するんだと、複雑な気持になりましたね。その他にも、悲しい話、残酷な話、楽しい話、たくさん聞かされました。多分、これがおれの人間を見る目に影響を与えてくれたんでしょうね」

こんな形で父親を評価しようとは思ってもみなかったので、文平は苦笑した。

「こうして星空を眺めていますとね、父がぽつりと言ったことが、ほんとだとつくづく思えます。星は数えることのできないほどあり、大きさや輝きもみな違うけど、それぞれに輝いて、隣を決して邪魔しないって。そんな関係が下界でも築けたらいいんですけど……」

――それぞれに輝いて、隣を決して邪魔しない。文平は口の中でそのセンテンスを繰り返しながら、

「それは、とても難しい課題だなあ……」とつぶやいた。そして話を変えた。

「ところで、明日は二時間半の散策ですよね。森林浴をしながら滝の飛沫を浴びて、マイナスイオンとオゾンをたっぷり吸いましょう」

「ええ。この国立公園はかなりの高度にあるので、スプリットと較べるとウソのようにひんやりしてますね。こんなにのどかでいい所が、わずか十年と少々前まで戦争があったなんて、信じられませんわ」

「ほんとですね。ドライバーはこの近くの出身だそうで、ここも大変だったようです。彼は英語が多少できますので食事前に話したんですが、当時は公園の職員は追放され、代わってセルビア人が支配して、近隣の民家は焼き払われたそうです。森に住む野生動物も砲弾の音に驚いて、姿を消し

たそうです。だからここは一時《危機に瀕する世界遺産》に登録されたということです。けど、一九九五年、クロアチアの電撃作戦によって、やっとこの国立公園を取り戻したんだ、と彼は誇らしげに言ってました」

「まあ……、そうでしたの。そう言えば、ここへの途中で村々の家の壁に弾痕の跡があったり、屋根が落ちていたり、廃虚となっている家があちこちにありましたよね。あれは、持ち主がどこかへ避難してそのまま帰ってこず、棄てられた家だって桜本さんが説明してました」

「それは聞いてないな。おれ、寝てたんだ。残念」

「今、私が言った程度のことを話されただけですから、心配要りませんわ」

そう言って安田さんは笑った。笑い声も涼やかで、大人の魅力を持った人だと文平は改めて思った。

「戦争はいやですね。クロアチアに平和が戻ってきて、世界遺産であるこのプリトヴィツェ国立公園の樹木と動物たちがこうして護られて、本当によかったと思います。平和になったからこそ、私たちもこの国に来ることができたんですね」

安田さんがしみじみとした口調で言った。

「そうですね」

文平も心から共感していた。こんな共感が妻とできたらどんなにいいだろう。妻は、戦争だとか平和だとかは難しい問題だと決め付けて、話題から遠ざけたがるのだ。

少し風が出たようだ。木々の梢がざわざわと鳴っている。そして、鳥なのか、それとも他の動物なのか、甲高い声で鳴いた。

「冷えてきましたね。そろそろ引き揚げましょうか」

文平が促すと安田さんは素直に応じた。

安田さんの部屋は文平の部屋の三つ向こうだった。

「おやすみなさい」と言ったのは同時だった。安田さんが部屋に入るのを見届けて、文平も自分の部屋に入った。いつになく心が満たされているのを感じながら。

（四）

「みなさん、おはようございます。あんないにんのイヴァンです」

そこまでは、たどたどしくはあるが、日本語だった。そして英語に変わった。かなり訛《なま》りのある英語だ。その風貌から、イヴァンさんはおそらく五十歳前後だろう。この公園を護るために野外で働くことが多いのか、顔は浅黒く焼け、文平は衣服の下に逞《たくま》しい筋肉質の体を想像することができた。

イヴァンさんを先頭に九時にホテルを出発し、連結カー乗り場まで歩いた。そこに国立公園全景の立て看板があった。文平はカメラに収めようとして近づいて見て、驚いた。英語の下に《国立公園プリトヴィツェ湖》《上湖》《下湖》《大滝》などと日本語で書いてあるのだ。みんなにも知らせると、みんなも驚いてそれぞれ写真を撮っていた。

「日本ではクロアチアといってもサッカーでその名を知るぐらいだけど、クロアチアからみると、経済大国日本に大いに期待してるんだねえ。まだガイドブックもない状態のこの時期、こちらでは日本語の案内板があるとは、いやはや恐れ入りました」

メンバーの中で最高齢の丸山さんが嘆声をあげた。

連結カーがやって来た。それに乗ってしばらく舗装道路を進み、遊歩道で下車して徒歩に変わった。バスは、この公園に十六ある湖をやり過ごした川下で待っているという。これから二時間半、大自然の中に浸りきるのだ。案内人のすぐ後ろは鈴木夫妻だ。鈴木さんは写真を撮り、ビデオを回し、忙しく立ち回っている。文平は一番後ろを歩いた。隣には安田さんがいた。

樹木のトンネルの下を歩くと本当に心地よい。マイナスイオンが皮膚に直接降り注いでくるような感じを覚える。一番高い湖で標高六百三十七メートル、低い湖で四百八十三メートル。その落差百五十メートルを水は川となり湖となり、湿原をつくり、滝となって留まることなく流れていく。こうしてクロアチアの大地を潤しながら、クバ川、サヴァ川へ流れ込み、ドナウ川へ合流して、黒海へと到達する。

山地の天候は変わりやすく、一週間前には雪が降ったという。すでに雪は解けていたが、そのせいか樹木も草も道もしっとりと湿っていて、しかも枝越しには青い空が見え隠れして、夏の散策には好条件が揃っていた。だから、他のグループや個人の散策者も多く、リュック姿の彼らと時々すれ違う。文平には無謀とも思えるが、背中に乳幼児を背負った人にも何人か出会った。

イヴァンさんが立ち止まって叢《くさむら》を指差した。鈴木さんが「へーえ、これがイグアナねえ」と言ってシャッターを何度か切っている。わずか二十センチほどの黒と黄のまだら模様のトカゲ類だ。色が鮮やかで美しいが、文平は爬虫類は苦手なので、写真は撮らない。安田さんは何でも興味を持ち、シャッターを一度だけ押した。

イヴァンさんが右手を上げて「しゅっぱつ」と日本語で合図したので、みんなは子供のように指示に従った。

平坦な道をかなり歩いて、急な坂を下り、湖の中に渡してある細く長い木道を渡った。水は木道ぎりぎりまで到達していて、長雨が降ったら水没したり流されるのではないかと、みんなで心配した。イヴァンさんは「だからいつも職員が公園内をパトロールして、何かあると救急隊がただちに駆けつけて修理してます」と胸を張った。

木道の両側は吸い込まれそうなエメラルドグリーンだ。二十センチほどの魚が群れて泳いでいるのがはっきり見える。魚釣りが好きだという丸山さんが、「これは鱒《ます》だな。たしか今日の昼は鱒のグリルですよ」と教えてくれた。

よく見ると湖底には倒木なども転がっていて、温泉の湯の花のような白っぽいものが湖底全体を覆っていた。イヴァンさんの説明では《石灰華》と呼ばれ、石灰岩質を流れる湖に含まれる炭酸カルシウムが固まってできるのだそうだ。この石灰華は水を浄化させる働きがあるので、この湖の水はとても綺麗だという。添乗員の桜本さんは地質用語の通訳にひどく難儀をしているようだ。英語のできる文平が時々自発的に助っ人になっている。

木道が少し広くなった所で、四人組の曾野さんが「マイ　ボーイ、カモン。写真を撮って」と声を張った。文平はおばさんたちの写真係になっているなと苦笑いしながら、一眼レフのカメラを受け取った。背景に中程度の滝があり、カラフルな四人の服装と意外にハーモニーを奏でていて、いい写真が撮れそうだった。シャッターを押すと「ありがとう」ではなく「メルシー」と、お礼の言葉が返ってきた。そして、「飴、お食べよ」と言って、袋から一握り取り出してくれた。

四人組は本当に面白い人たちだ。プラス思考で生きているらしい。四人の会話を聞くともなく聞いていると、《生きてるうちが華なのよ》とか、《死んで花見はできないわ》とか、《あの世に貯金通帳は持って行けないから》とか、文平が日頃耳にしないことを言っている。そして、もう来年の旅行先を「ロシアのエルミタージュがいいよ」とか、「大航海時代の遺産がたくさんあるポルトガルもいいよ」などと吟味しているのだ。文平は身内にこんな伯母さんはいないので、驚きながらも、なるほど《死んで花見はできない》な、と感心していた。

前方から車椅子の若い女性が、介護人の青年に付き添われてやって来た。後ろには両親のような初老の男女が続いている。日本人のメンバーは木道の少し広くなった所によけて、一行が通り過ぎるのを待った。

「大丈夫かな？　遊歩道とはいえ、こんな山道」と心配顔で口を開いたのは、鈴木さんだ。

「介護人は大男だから大丈夫でしょ。きっと車椅子の女性のお兄さんだわ。顔が似てるから」と、四人組の中で一番スリムな古中さんが言った。

「驚いたな。こんな所に車椅子の人を連れてくるなんて、日本じゃ考えられないわ」

一呼吸遅れて、曾野さんが溜め息混じりに言った。

「家族はああでなくちゃ、いけないのね。きっと体の悪い娘に美しい国立公園をぜひ見せてやりたい、と両親は思ったのね。息子も親と心を一つにして、介護役を買って出たのよ。パパ、感動的よねえ」

大谷夫人が心から感動して、夫に呼びかけた。

「そうだな。日本に帰ったら、娘や息子にぜひ話さなくちゃ。ママの方が話し上手だから、頼むよ」

大谷さんは妻とすぐ気持が一致できる人だ。いい夫婦だと文平は微笑ましく思う。パパ、ママの呼び方はともかくとして、自分も妻とあんな風に気持を通わせたいと思う。それがなかなかできないのは、なぜだろうか。

妻とは叔父の知り合いの紹介で見合いをした。七つ年下のスラリとして垢抜けした女だった。笑顔がとてもチャーミングで、むしろ文平のほうが積極的で、すぐ交際を申し込んだ。そして半年後にゴールインしたのだ。結婚して明らかになってきたことは、妻は服飾品は無論、ハンカチやタオルやシーツ、下着に至るまでブランド好きで、どちらかというとそうしたことより精神性を大事にする文平とは、違った生き方をしてきていた。

目をつぶると、妻の笑顔が浮かぶ。まだ好きだという気持が胸底に横たわっている。結婚生活は始まって二年にしか過ぎない。お互いに変わる可能性は十分あるはずだ。文平はそう自分に言い聞かせて、グループの最後尾を歩き始めた。

またイヴァンさんが立ち止まって、水辺の叢を指差した。蛇だと言う。見ると、文平がこれまで見たことのない銀色の蛇が頭をもたげて、ゆっくりと水草の中を動いていた。

「ひゃあ、私、大抵の動物はそれなりに一生懸命生きてるのだからと、いたわりの気持を持つんだけど、蛇だけは好きになれないの。怖いのよ。見なかったことにするわ」

そう言ったのは鈴木夫人だ。そして彼女はくるりと反対の方向を向いた。

「けど、綺麗なシルバーですよ。女性のハンドバッグにしたら、高級品でしょうな。高いですぞ」

最高齢の丸山さんがしげしげと見つめている。

「そんなハンドバッグ、あげると言われてもノーサンキュウだわ。ねえ」

曾野さんの言葉にあとの三人も「ああ、要りませんとも。熨斗《のし》つけてお返しします」と口々に言った。

鈴木さんはビデオカメラを回しつづけている。

「あなた、やめてよ。私、そんなビデオ、見ないわ」

後ろに向いたまま鈴木夫人が声を張った。

文平は声も張らなければカメラも構えないが、息を潜めて蛇をじっと見ていた。キラリと光る長い体をくねらせながら動いていく。やはり蛇は苦手だ。だがふっと憐憫の情が湧いた。彼が、――いや、彼女かもしれない――一体、我らに何の危害を加えたというのだ。ただ、広い湖の中を移動しているだけなのに。人間にとって気持の悪い姿形をしているというだけで、多くの人々から忌み嫌われるのだ。

「蛇も可哀想……」

安田さんがぽつりと言った。

イヴァンさんが手を上げて「しゅっぱつ」と日本語で言って歩き始めた。ようやく蛇騒動も収束し、またみんなイヴァンさんの後に続いた。

長い木道だった。やっと湖を出て、通常の遊歩道を歩くのだ。小さな滝があちこちにあった。太陽光線を受けて虹ができていた。

大谷夫人が突然「みなさん、《虹の彼方に》を歌いませんか」と呼びかけた。四人組がすぐに歌い始めた。文平も安田さんもハミングで応じた。

樹木のトンネルをかなり歩き、下り坂に入った。丸太の階段を下りて行き、緑のトンネルを抜けると、また湖が目前に現れた。板が敷き詰められた船着き場へと到着したのだ。ちょうど遊覧船は出たばかりで、しばらく次の船が来るまで待った。水の色がエメラルドグリーン、いや翡翠《ひすい》色といった方が適切かもしれない。本当に綺麗だ。文平は自然の営みの神秘さに打たれていた。

「ねえ、みんないらっしゃい。イヴァンさんも一緒に集合写真を撮りましょうよ」

曾野さんが大声で集合をかけた。いつ交渉したのか、他のツアーの男性にカメラマンになって貰っている。それぞれが彼にカメラを渡している。自分のカメラに八日間を一緒に過ごすメンバーを収めようというのだろう。白人のその男性が「オーケー？」と訊いては、シャッターを押している。文平も安田さんも、遅ればせながら彼にカメラを渡した。彼は嫌な顔一つせず、最後に渡した文平のカメラのシャッターを押すと、「ナイス　ツアー　イーチ　アザー」と笑顔を向け、握手をして、仲間の所へ戻って行った。

「お互いにいい旅をだなんて、しゃれた挨拶ねえ。国内旅行では、こんな言葉はあまり聞かないな」

四人組の中ではウエットな感じの長井さんが感心していた。

次の遊覧船が来るのに十分もかからなかった。遊覧船は一階だけのせいぜい四、五十人が乗れる程度のオープンな船で、動き出すと湖風が頬に当たって心地よかった。水は透き通るように綺麗で、色が美しいことこの上ない。鱒の群れが右に左に動き、つがいなのか二羽の鴨が悠然と浮遊している。先を行く鴨の後ろにもう一羽が寄り添っていて、文平はふっと、彼らは新婚なのだろうか、それとも子育ても終った大谷夫妻や丸山夫妻、鈴木夫妻のような熟年夫婦だろうか、と思った。

湖を囲む木々もまだ淡い緑をあちこちに残し、深緑と織り成して、鮮やかな彩りを繰り広げている。それを目にしただけでも、公園界隈《かいわい》にはマイナスイオンが充満していることが判る。こんな美しい国立公園が戦火の犠牲にならなくてよかった。いや、もう少し戦争が長引いていたら、大自然も砲弾に焼かれ、裸の山になっていたことだろう。文平はクロアチアの人々の奮闘に感謝したいと思った。

遊覧は約二十分で終った。下船の前に、集合写真を撮ってくれた男ともう一度握手して別れた。

船着き場の背後には広場があり、簡易トイレがたくさん設置されていた。売店が一軒だけあり、地元産のみやげ物を売っていた。文平はグリーンの石でできた小箱を妻のために買った。ブランド物ではないから妻が喜ぶかどうか分からないが、この小箱を見ながら湖のエメラルドグリーンの想い出を語りたいと思ったのだ。安田さんもその石の小さな花瓶を買い、父の仏壇に花を飾るのだと言った。

しばしの休憩が終ると、またイヴァンさんについて遊歩道を黙々と歩いた。汗が滲んできたので、文平は長袖のシャツを脱いで、Tシャツになった。みんなも同じように半袖になっていた。時々、逆方向から散策して来た人々とすれ違い、「ハーイ」と挨拶を交わした。

滝があちこちから流れ出ていた。小さな滝、中ぐらいの滝、それらを集合したような大きな滝を眺めながら、かなり長い水辺の木道を歩いた。滝の飛沫が頬に当たって心地よかった。

ついにヴェリコ・スラプと呼ばれる大滝に着いた。滝壺の周りはかなり広くなっていて、こんなにいるかと思うほど、人がいっぱいいた。イヴァンさんの説明によると、滝の長さは七十八メートルという。みんな遥かな上を見上げて、カメラのシャッターを切っている。

「野崎さん、一緒にお願いします」

安田さんが声をかけてきた。すでにカメラは眼鏡の似合う四人組の木村さんに渡してあり、安田さんが文平を手招きした。木村さんは滝と人物を巧く配置するために、あれこれカメラを動かしていたが、構図が決まったのか、「写すわよ。はい、チーズ」と言って、シャッターを切った。

「今度は私たちを撮ってよ」

長井さんが文平にカメラを渡した。文平も木村さんを真似て構図を考え、「滝も人間もバッチリ入りますから」とVサインを出してシャッターボタンを押した。

遊歩道は上り坂になった。上りはさすがにしんどい。九時に出発して、すでに二時間以上経っているのだ。上り詰めた所が展望台になっていて、パノラマの眺望に息を飲む。大滝とその左側にサスタヴツィ滝と名付けられた集合の滝の全貌が見えた。大谷さん夫婦は肩を抱き合って見ている。鈴木さんはビデオカメラを回しつづけている、夫人もカメラのシャッターを何度か切っている。

「きつかったけど、来てよかったですなあ」

メンバーの最高齢者、丸山さんが感無量の声をあげた。見ると、奥さんと手を繋いでいる。それを四人組が後ろから指差して微笑んでいる。

またイヴァンさんの合図で歩き始めた。今度は下り坂だ。もうバスが待つ場所へ一路遊歩道を下って行くのみだ。

「ああ、マイナスイオンと綺麗な空気、美しい景色で、私の心は幸せ色に染まってるわ」

前の方で四人組の曾野さんが歌うように言った。すると負けじとばかりにスリムな古中さんが続いた。

「私の心は水色のワルツが鳴っているのよ。ああ、踊りたいな」

「私の胸には、梢の音と滝の音がモーツァルトの協奏曲を奏でてくれているわ」

「まあ、長井さんたら、高尚なことを言うじゃないの。私の目には木々の緑、湖の翡翠色、滝の白糸が、将来も焼きついて離れないと思うわ。つまり東山魁夷《かいい》の世界をさらに深くしたような、ね」

眼鏡の似合う木村さんが絵画的な印象を述べた。この人も絵が好きなのか、と文平は同類項がいることが嬉しかった。そして、四人組はひょっとしたら主婦ではなく、元教員、あるいは元公務員かもしれないと思った。

緩やかな下り坂を歩くのは楽だった。それぞれが感想など述べながら歩いていると、時間は意外に早く過ぎていき、樹木越しにバスが見えてきた。これから昼食のレストランまでバスで行き、鱒のグリルを食べたら、あとはイストラ半島のリエカへ向けて約三時間走るばかりだ。

「おつかれさまでした。でも、たのしかったでしょう。またきてください」

イヴァンさんのたどたどしい日本語の別れの言葉に、みんなで「フヴァーラ」と、クロアチアの言葉で「ありがとう」を言った。いい人だったので、別れは文平も一抹の寂しさを感じた。

(五)

昨日と今日の宿泊地、リエカ自体の見学はない。昨日、五時過ぎに市の中心街にあるホテルに到着したので、まだ日が高いこの地で、夕食までの一時間半をそれぞれが徒歩で見て歩いたのだ。

学校の先生だった鈴木さんによれば、このリエカは第二次世界大戦まではフィウメと呼ばれていて、所謂《フィウメ問題》を引き起こした係争の地だという。昨夕、ホテルのロビーで夕食の待ち合わせ時間に、隣に座っていた文平に説明してくれたのだ。

「ぼくはね、歴史にも興味がありまして、この辺りのことを少し調べてきました。ここは第一次世界大戦前まではオーストリア領だったんですよ。しかし住民はイタリア系が多く、そしてユーゴ系もかなりいましてね。第一次大戦でオーストリアは敗北しましたから、一九一九年のパリ講和会議でイタリアはここの領有を主張しましたけど、これが相成らず。その年、イタリアの情熱の詩人、ダヌンチオが武力占領したんです。なんか、ややこしいでしょ」

そう言って鈴木さんは文平の顔をのぞいた。

「はい。おれは高校の世界史、特に現代史は真面目でなかったから、今のご説明でもこんがらがりそうです。でも、知らないことに好奇心だけは持ってますので」

文平は正直に応えた。鈴木さんは「そのようですね」と言って、続けた。

「その翌年、イタリアとユーゴの間でラパロ条約が結ばれ、フィウメは自由市とされたんです。それから四年後だったかな、イタリアのムッソリーニ政権がフィウメを併合しましてね。けど、第二次世界大戦で日本の同盟国イタリアも敗北しましたから、ユーゴ領となったんです。ところが、一九九一年にクロアチアがユーゴからの分離独立を宣言しましてね。内戦が始まるんです。今から十一年前、つまり一九九五年、やっと内戦が終結し、この地がクロアチアの領土として確定したんです」

「そうでしたか。おれ、おそらくフィウメ問題を習ったんだろうけど、忘却の彼方にいってました。今度の旅で説明していただいて、少し偉くなりましたよ。ありがとうございます」

文平は笑いながら頭を下げたのだった。


旅の六日目の今日は、アドリア海の最北、イストラ半島の小さな町、ポレチュとロヴィニとプーラを見学する。今回の旅に参加しなければ、そんな町の名前は一生知らないで終ることだろう。

明日は、帰国するためにこの国の首都、ザグレブの空港までバスで二時間半かけて移動するのみ。だ。だから見学は今日だけ。メンバーとも親しくなって、その人の性格まで判りかけてきた頃、もう別れなくてはならないのだ。それは旅の持つ宿命だが、楽しい旅行だけに、文平もいささかセンチメンタルな感情に捕えられてしまう。

「グッド　モーニング、マイ　ボーイ」

ホテルのレストランで、朝食のバイキング料理を取るために並んでいると、四人組の曾野さんがそう言って文平の肩を叩いた。

「おはようございます。また、また、今日も色鮮やかな洋服ですね」

コバルトブルーのシャツに白いジーパン。ネックレスは銀色と黄色を基調とした、おそらくはベネチアグラスだ。

「ここは灼熱の太陽の下、アドリア海とはいえ、地中海の一角だから、地味なものはそぐわないわよ」

曾野さんはそう言って笑った。あとの三人もピンクや赤、そして萌黄色のシャツを着て、ジーンズのズボンとの色合わせも巧い。カラフルで活発なこの人たちがいるので、このツアーは賑やかで、華やかだ。彼女たちは、いかにもブランド物といった標識がついている物は身につけていないので、感じは悪くない。ともかくも、向日性のおばさんたちで、自分の母と較べると、何と自由で自分自身を活き活きと生きているのだろう。文平はおばさんたちに圧倒されながら、自分のテーブルに戻って料理を置いた。イスに座り、習慣となっている食前の黙想を済ませると、背後から声がした。

「ご一緒してもいいですか？」

安田さんが少し屈んで問いかけてきた。

「どうぞ、どうぞ」と言いながら、文平は心が浮いてくるような気持を感じていた。安田さんは料理をトレーにのせてくると、手を膝に置き、俯いて数刻祈っているふうだった。安田さんのその行為が終るのを見届けて、文平は「さあ、いただきましょう」と促した。

文平の二枚の皿にはトースト、ハム、サラミ、チーズ、チェリージャム、スクランブルたまご、ラディシュ、レタスが山盛りのっている。それにヨーグルトとオレンジジュースも取ってきた。安田さんも似たようなものを取っているが、一枚の皿に文平の半分の量だ。

「昨夜はよく眠れましたか？」

ジュースを飲み終えると、安田さんが訊いた。

「ええ、寝すぎるほど寝ました。やっぱり見た目は元気そうでも、プリトヴィツェで二時間半歩いたのが、結構体力を消耗させたんでしょうね。思いのほか疲れていたらしく、バタン　キュウでした」

「私も今朝はすっかり寝坊しちゃって。旅も今日で実質終りなんですね。明日はもう帰国なんだ……」

安田さんは名残惜しそうな口調をした。そして何か思いつめたような表情を向けた。

「私、父が亡くなるまでは、証券会社でファイナンシャルプランナーをしてたんです。父の死をきっかけにお金儲けのことに終始した生活が急に虚しくなって、辞めたんです。遠縁が京都の四条通りで画廊をしていまして、ちょうど人を探してたので、手伝わないかと言われて、この旅から帰ったら四日ほど休養して、七月からそこで働くことになりましたの。京都にいらしたら、ぜひお立ち寄りくださいね」

そう言って安田さんは、バッグの中から一枚の名刺を取り出した。

「じゃあ、おれも」と言って、文平もバッグの中から名刺を取り出して、渡した。

「あら、一級建築士さんですか。去年から耐震偽装マンション云々で、一級建築士って、毎日のように耳に入ってきましたよね」

「あれで急にクローズアップされましたね。おれはビルも建てますが、どちらかと言うと、一戸建ての個人住宅が中心なんです。人々に快適な生活を提供する。外での嫌なことや緊張感が家に帰ったらさっと解けて、本来の自分に立ち返れる。そんな住空間を適正な価格で作ってあげるのが、おれの仕事だと言えば、ちょっとキザかな」

文平は言いながら笑ってしまった。

「いいえ、ちっとも。ディテールばかりに気を取られる人間が多い中で、大前提を持って生きるってことは、すばらしいことですわ。父も、フィロソフィーをもった人でした」

安田さんはやや首を傾げて文平の顔を見つめた。文平は一瞬目のやり場に困ったが、唾を飲み込んで気持を落ち着けた。安田さんは声だけでなく、目も涼やかな人だ。この人もいつかは結婚するだろう。こんな人を妻にする男はどんな男だろうと、文平は嫉妬さえ感じた。

「おれ、帰国したら、一軒、住宅を頼まれてるんです。施主さんは地中海風な家にしたいって言いましてね。今度の旅で、これでも民家を注意深く見ましたよ。大体のイメージは描けたんですが、赤い屋根瓦が日本ではどうかなって。ここは全体が赤だから美しいのであって、まわりが黒やグレイの日本瓦やスレートでは、そこだけが浮き上がるんじゃないかと、今迷ってるんです」

「私は専門的なことは解りませんが、赤い屋根の家って、可愛いですね。うちは和風ですから、そんな家に憧れます」

「そうですか、よし、決まった。赤でやってみましょう」

不思議に文平の気持がこれでよし、と定まった。いろんなものが山ほど盛られた文平の皿も、いつしか空になっていた。頃合を見計らって、テーブルに用意されていたカップに、ウェイターがコーヒーを注いでくれた。

八時半の出発にはまだ時間があったが、安田さんが「片付けがまだできてないので、一度部屋に戻りますわ」と立ち上がったので、文平も自分の部屋に引き揚げて行った。

バスは八時半にホテルを出発し、十時にはイタリアに近いポレチュに到着した。イストラ半島からさらに突き出た小さな半島に、ローマ時代の都市計画に基づいて作られた港町が今に続いているのだ。文平たちはここの世界遺産、エウフラシス教会を目指して歩いていた。

現地ガイドのルチアーノ氏の説明によると、この教会は六世紀半ばにこの町の司教、エウフラシスによって建てられたバシリカ様式で、内陣が美しいモザイク壁画で飾られているという。そして正面玄関に《アトリウム》と呼ばれる屋根つきの回廊があることでも有名らしい。《アトリウム》とは元々はローマ時代、個人の邸宅の玄関に作られた回廊で、古代末期には教会の正面入り口に必ずあったが、キリスト教人口が増えるにつれて礼拝堂の場所確保のために壊された。それが残っているのは極めて珍しいという。

それに、聖書の物語をモザイクで描いた壁画も六世紀のビザンチン時代のオリジナルで、対岸のイタリアはラヴェンナの、サン・ヴィターレ教会のモザイク画に劣らないという。

文平は建築家の立場から教会の構造など結構面白く、勉強になった。安田さんもモザイク壁画に興味をもったようで、カメラに何枚か収めていた。

「偉大なるものを見たという認識はもてるんだけど、聖書やキリスト教のことが解らないと、猫に小判ですねえ」

そう言ったのは、三ヵ月前までは商社マンだった大谷さんだ。するとそばで聞いていた鈴木夫人が、

「確かにそうですねえ。でも、こうして説明を聞いていると、門前の小僧ではないけど、だんだん解ってくるんじゃないかしら。近い将来、そのラヴェンナのサン・ヴィターレ教会にも行きましょうよ。はは あ、そうだったのかと、うなずくこともあるでしょうよ」と、慰めとも励ましともとれることを言った。

外に出て写真を撮った。鈴木さんは相変わらずビデオ撮りに余念がない。最高齢の丸山さんは少し疲れが出たのか、今日は無口だ。代わって夫人がシャッターを切っている。文平は時々鈴木夫人や大谷夫人、そして四人組に「マイ　ボーイ、お願い」と呼ばれて、夫妻のツーショットや四人組の集合写真を撮らされるのだ。いつの間にか、文平がみんなのカメラマンになっている。おれはそんなに気軽に頼みやすい人間なのか。つまり、近寄りがたい威厳というものがないのか、と文平は苦笑した。

バスはイストラ半島を引き返すようなかたちでロヴィニへ向かい、一時間少々で到着した。

ロヴィニの丘にある聖エウフェミア教会を見学して、海辺のレストランで遅めの昼食を取っていた時だった。

「こんな野外テラスで潮風に吹かれてお食事するのもいいわねえ。ここは五百年以上もベネチアに組み込まれていたというから、きっと町のつくりがベネチア風なのね。私、海育ちなの。日本のベ

ネチア、堺の出身なのよ」

文平の右隣で、丸山夫人がいつになくしんみりした口調で言った。珍しく夫君とは別の席だ。夫君は後ろのテーブルで、鈴木さんの隣にいる。そのことに気付いた四人組の古中さんが夫人に訊いていた。

「あら、どうされました？　今日は別々……」

「ええ。毎日、下着からシャツ、靴下に至るまで、どっさり洗濯させるので、昨夜、パンツぐらい自分で洗ってよ、とついに言ったの。そしたら怒って、今日は機嫌が悪いのよ。あなたたちみたいに、自分一人の旅が気楽でいいわ。夫と一緒は、もうご免よ」

丸山夫人は後ろを気にしてか、小声で言った。文平は、丸山さんが無口になっていたのは、そういうことだったのかと納得した。

「エウフェミア教会までの狭い路地の石畳は、ロマンチックでよかったけど、巡礼がたくさん来るから石がつるつるになっていて、雨でも降ったら、滑って大変でしょうね。晴れていても、私、滑りそうになったんですよ」

古中さんが手にしていたワイングラスを置いて、言った。ちょうどその時、海面で騒々しい鳥の喧嘩が始まった。曾野さんや安田さんがパンを千切ってカモメに投げ与えていると、餌の取り合いで喧嘩が起こったらしい。みんなが海を見ていた。

「やっぱり、強いやつが勝ちなのか……」

メガネの似合う木村さんがつぶやいた。

「こっち、こっちよ」

安田さんが自分のパンを千切って、弱いカモメに投げ与えた。文平も残りのパンを同じようにした。気がつけば、野良猫がフェンスの外で恨めしそうに見ていた。大谷夫人が魚料理を与えると、女性たちが次々自分の残り物を持って行ってやった。猫は三匹に増えていた。

「餌をやらん方がええですぞ。食事の場所に、汚い、不衛生です」

それまで口をきかなかった丸山さんが、突然口を開いた。誰もその言葉を聞いているふうでない。丸山さんはさらに仏頂面になっていた。

「あんなこと言わなきゃいいのに。それにあんな顔されちゃあ、みんなも面白くないよね。そろそろ地が出てきたのよ。マイ　ボーイ、あんな爺さんにだけはなっちゃダメよ」

丸山夫人が文平の耳元でささやいた。文平は同意していいものかどうか戸惑いながら「ええ、まあ」としか言えなかった。不意に母のことを思った。父と美術館めぐりをしたり、時々は二、三泊の旅行に出かけるが、元来、関白亭主の父だから、丸山さんと同じように旅先でも母に洗濯をさせているに違いない。やはり、今日のような場面があるのだろうか。大谷さんのような仲のよい夫婦もいるけれど、長い年月をステキな夫婦であり続けることは、文平には至難の業のように思えるのだった。

「あらっ、ローマのコロセウムにそっくり」

バスの車窓からそう叫んだのは曾野さんだった。

「ほんと、ほんと」

あちこちから声が飛んだ。文平もローマでコロセウムを見たことがあるが、目前のコロセウムがあまりに巨大なので、息を飲んだ。通路を隔てた隣の席で、安田さんも驚いている風だった。

「さあ、下車して、ご一緒に三十分程度コロセウムの中に入って見学しますよ。出発は四時二十分です」

桜本さんがマイクから呼びかけた。

日はまだまだ高く、現地ガイドのマリーアさんの話では外気は三十六度だという。風があるので、それでも何とかしのげる。チケットを貰って入場するや、大谷さんが溜め息混じりに言った。

「ぼく、マルセイユに出張のついでに、アルルへ行ったことがありますが、その時、これと同じようなコロセウムを初めて見て、驚きましたよ。ママ、銀婚式の旅行の時も行ったよな」

大谷さんは奥さんに呼びかけて、続けた。

「こんな巨大なものをあちこちに造るなんて、ローマ帝国はとてつもない国家だったんですねえ。ああ、本当に脱帽、恐れ入りました」

「ローマ帝国はねえ、地中海をぐるりと取り囲む国家だったのよ。どこへ行っても公共広場であるフォルム、守護神を祭る神殿、遊興施設としてのコロセウム、上下水道、石造りの道路が完備していて、僻地《へきち》でも、首都ローマと同じような生活形態がとられてたんだもの。それも二千年前によ。私も脱帽だわ」

曾野さんが一気に言った。彼女はローマ帝国に尊敬の念さえ持っているようだ。やっぱり曾野さんは、ただの主婦ではなさそうだ。型破りの元教員に違いない。だが文平は訊かない。秘密にしたいという人の、秘密を敢えて暴く必要はないのだ。

ガイドのマリーアさんの説明によると、コロセウムの高さは三十メートルで、三階建て。楕円の壁の直径はそれぞれ百三十二メートルと百五メートル。外側は美しい大理石の彫像で飾られていた。建設はローマ帝国初代のアウグストゥス帝に始まり、二人の皇帝によって拡張された。剣闘試合や催し物の時は、日除けのために巨大な天幕が張られたという。

「つまり、東京ドームや大阪ドームの走りだな。ハハハ。現代人は、古代の真似をしてるんだ」

鈴木さんが笑うと、みんなも口々に「ほんとだね」と言って、笑った。マリーアさんの説明が終り、集合時間までの十二、三分は自由となった。みんなが散らばる前に、鈴木夫人が声を張った。

「みなさん、集合写真を撮りましょう。桜本さんもマリーアさんも一緒がいいわ。桜本さん、そのへんの誰かにシャッター押してもらって」

桜本さんは「オーケー」と言うや、そばにいた白人の青年を捕まえて頼んだ。マリーアさんが写真のスポットライトという所へ、少し移動した。鈴木夫人、大谷さん、曾野さん、文平のカメラで撮り、その都度「チーズ」と言ってシャッターが切られた。残り時間はもうなくなり、みんなで揃ってバスに戻った。

バスは旅の最後の見学地、ローマ時代の公共広場であるフォルムに行くのだ。そこにはアウグストゥス神殿があり、すぐ近くにはプーラ大聖堂もある。

渋滞もなく、バスは十分少々で着いた。少しばかり石畳の道を歩き、フォルムに到着したが、何か重要な遺跡が見つかったのか、フォルム全体が掘り返されて入れなくなっていた。そして驚いたことに、フォルムに隣接する古い建物の前に人だかりができていて、お囃子《はやし》や口笛が鳴り、大混雑していた。見ると、建物の中からウェディングドレスの若い花嫁と、フォーマルスーツで身を固めた花婿が手を取り合って出て来たのだ。この騒動が結婚式であることは、誰の目にも明白だった。

桜本さんが声を張り上げて、マリーアさんの通訳をした。

「この建物は、十三世紀の終りに建てられたベネチア共和国の庁舎でした。今現在もプーラ市役所として利用され、たった今、結婚の手続きがこの中で行われ、これから隣にあるアウグストゥス神殿の前で記念撮影が行われます。そして、ホテルへ移って披露宴だそうです。マリーアさんは、自分もここでこのような形で結婚式を挙げたことを昨日のように思い出し、とても興奮している、と言っておられます」

「ねえ」と丸山夫人が桜本さんに呼びかけた。

「おめでとうは、英語で何て言うのだったたっけ？」

「コングラチュレーションです」と桜本さんが答えるや否や、「コングラチュレーション。おめでとう！」と、日本人の大合唱となった。花嫁と花婿にそれが自分たちを祝ってくれる言葉だと判ったのか、「サンキュー」と大喜びし、手に持っていた籠からみんなに飴が配られた。文平の手にも数個のっていた。

思いがけず遥かな外国人に祝って貰って、新郎新婦と親族たちはよほど嬉しかったのか、ミニチョコレートも振舞ってくれ、記念写真にもぜひ一緒に入れと言うのだ。日本人もその場の雰囲気に溶け込んで、アウグストゥス神殿の前に堂々と並んだ。

写し終ると、互いに手を振って別れた。披露宴への車が数台用意されていて、新郎新婦を乗せた派手な飾り付けの車を先頭に、けたたましい音をたてて、あっという間に車列は消えた。さっきまでの喧騒がウソのように静かになった。

改めて見るアウグストゥス神殿の円柱が美しかった。文平もいつか公共建築物を建てる時に、このエレガントなコリント式円柱を使いたいと思った。裏側にも回って、そのままプーラ大聖堂へ向かって歩いた。バスはその近くで待っているのだ。

マリーアさんの説明では、大聖堂も元々はローマ神殿があった跡地に、四世紀に建てられたバシリカ様式の教会が起源だという。何度か改築され、拡張され、鐘楼も建てられて、現在の形になったという。この建物にはコロセウムの石材が使われたそうだ。中に入って、文平は祭壇に向かって頭を垂れた。今日までの旅への感謝と、帰国までの無事を祈ったのだ。隣で安田さんも同じように頭を垂れていた。

外に出た。五時を過ぎていたけど、陽射しはまだきつく、明るい。文平は一瞬目が眩《くら》みそうになったが、すぐに明るさに慣れた。

海が見えた。バスは近くに停車しているし、出発の時間には余裕があるので、みんなは写真を撮ったり、海を見ている。

イストラ半島の先端にあるプーラ。海の彼方はイタリアだ。ここには古代ローマの遺跡がたくさん残り、歴史が現代の町と共存しているのだ。文平はこれが《石の文化》なのだ、と改めて思った。この地でいろんな民族が支配と被支配を繰り返し、なお人々は現在をけなげに生きているのだ。悠久の時の流れから見ると、自分は何と小さな存在なのだろう。でも、この自分を、文平は今日ほど愛しいと思ったことはなかった。文平は海に向かって叫びたい衝動を覚えた。その時、安田さんが横から「野崎さん」と呼びかけてきた。

「道中、いろいろとお世話になりました。このクロアチアの旅、とても楽しくて、私にとって忘れられないものとなりそうです。父が急死して、親不孝だったこれまでを後悔ばかりして、悲しい日々を送っていましたが、旅が私を蘇らせてくれました。これからも父の遺影には詫びる日々ですが、さっきの結婚式を見ていて、素直で、ささやかな愛から人生が始まるのだと改めて思いました。何か力が湧いてきて、積極的に生きてみようと思うようになりました」

安田さんは海を見つめたまま一気に話した。そして、また続けた。

「私は、野崎さんのような人が好きなのだということも判りました」

その言葉に文平はすっかり狼狽《ろうばい》して対応ができず、ただ「ありがとう」としか言えなかった。

「今朝言いましたように、七月から画廊で頑張ってみます。絵の勉強ももっとして、お客様に必要な情報をきちんとお伝えできるようになりたいと思っています。京都にいらしたら、ぜひお立ち寄りくださいね。お待ちしています」

そう言って手を差し出した。文平はその手を両手で受けて、力を込めた。暖かい手だった。

「おれは絵が好きだから、ぜひ寄せていただきます。おれの方こそ、あなたがこのツアーにいてくださったので、クロアチアの旅がとても印象深いものとなりました。ありがとう」

そう言って文平は手を離した。

太陽はまだまだ沈みそうもなかった。海を見つめながら文平は、明後日からいよいよ現実の生活に戻るのだな、と口の中でつぶやいた。そして、「さあ、バスに戻りましょう」と安田さんを促した。安田さんに寄り添って歩きながら、文平はふっと、海と空に吸い込まれていくような錯覚を覚えるのだった。

墓参の日に

（一）

「風景だってずいぶん変わってるもんな。人の心や考え方が変わるのも仕方ないか……」

新幹線の車窓から外を見ながら、村上雄平《ゆうへい》は溜め息交じりにそう呟いていた。

会社を定年退職して五年が過ぎようとしている。この間、雄平は第二の仕事としてデパートの駐車場の管理人になった。しかしそれも来年の三月で終りだ。

二人の息子もそれぞれ東京と富山に家庭を築き、どちらも受験期の子供を抱えて経済的にも精神的にも大変なようで、このところ実家にはめったに帰ってこない。現在は雄平と妻の二人暮らし。気楽で呑気とも見える暮らしだが、淋しい老後の生活でもある。

七月の初めに妻がきっぱりと言った。

「広島と言っても、宮島に近いでしょ。六十を過ぎると、行くだけでくたびれるのよ。最近、膝関節も痛くなったし、それに二人分の新幹線やホテル代、弁当代を考えると、家計の面でも大変なの。今年からあなた一人で行ってちょうだい。これから先、お互いに体力は衰えるばかり。収入も増える見込みはないしね。あなただってあんな遠い所へのお墓参り、いつまでもできるわけないと思うな」

「年一度、夫婦二人の、唯一の贅沢な旅だと思えばいいんじゃないか」

そう応えながら、雄平は自分でも歯が浮くような気持を味わっていた。

これまでは妻から愚痴られながらも、ともかくも二人で墓参りのために帰広していた。だが母も八年前に他界していて、親戚の離れを借りていた実家はもはや無い。母の没後三年は伯父の家に泊めてもらったが、その伯父が亡くなり、息子の時代ともなれば泊めてくれとは言いづらく、ホテルに泊まるようになった。ホテル代まで考えると、妻が言うことにも一理あり、雄平は今夏は仕方なく一人で広島へと向かっているのだった。

車窓から風景を眺めながら、雄平は四十七年前を思い出していた。十八歳で生まれて初めて他県で生活するために、広島駅に向かった。母は私鉄の地御前《じごぜん》駅まで見送ってくれ、目にいっぱい涙をためて言った。

――あんたが居なくなると思うと、そりゃあ淋しいよ。でも、あんたは若いんだから、都会で思うように生きんさい。お父ちゃんは戦争のため二十四歳で人生を終えなくちゃあならんかったんだから、可哀想だよ。白木の箱にはただ木片が入ってただけで、遺骨さえ帰って来んかったんだから。あんたにはお父ちゃんの分まで、ええ人生を送ってほしいんよ。どうか真面目に働いて、上役のいう事をよう聞いて、みんなから可愛がってもらいんさいね。体だけは大事にして、病気をせんようにね。遠い所だし、汽車賃も高いから、盆と正月だけ帰ってくればいいから。その代わり、時々手紙をちょうだいね、と。

あれから四十七年が過ぎ去っているのだと思うと、感無量のものがあった。

この度は墓参だけでなく、小学校時代のクラス会がある。担任の大島健吉《けんきち》先生は八十七歳。これが先生出席の最後のクラス会になるかもしれないのでぜひ出てほしい、と幹事の浜本公男《きみお》から連絡があった。浜本公男は地方公務員を定年退職した後は町内会などの面倒をよくみるだけでなく、還暦の時のクラス会の世話役もしていた。見た目も元気そうで、面倒見のいい男だ。

そのクラスには男子が二十二人、女子が十九人いたが、すでに鬼籍に入っている者が六人。地元に残っている者が十八人。この度は出席できる者が雄平を含めてわずかに十五人という。数の少なさに雄平は一抹の淋しさを味わいながら、卒業して五十年以上たっているので、仕方ないよな、と呟いていた。自分だって、数年に一度のクラス会にいつも出席していたわけではない。クラスには父親がシベリアに抑留されて生死が判らない者もいたし、空爆で妹が死んだ者もいた。親族が原爆で亡くなった者もいた。こんな情報は子供の世界でも自然と耳に入ったものだ。

故郷で同級生と会うのは本当に久しぶりだ。風景が変わったようにみんなも変わっているだろうな。会うのは楽しみではあるが、雄平はそれぞれの変化が怖いような気もしていた。

雄平は地元の高校を卒業すると、大阪の電機メーカーに就職した。当時は新幹線などなく、準急〈なうら〉に乗ることさえ夢だった。その宮島の七浦にちなんだ準急に初めて乗り、大阪駅に降り立った日のことが昨日のことのように思われた。あの頃は準急でも数時間かかった。

雄平は、父の顔を写真でしか知らない。父が沖縄に出征して半年後に生まれたのだ。戦争未亡人となった母は地元の牡蠣《かき》打ち場で働いて生計を成り立たせ、近隣の人々から「後家のくそがんばり」と言われるほど頑張ったという。自分も日本育英会の奨学金を貰って何とか高校を卒業した。母と二人で支え合ってきた生活から遠く離れた大阪に就職することは断腸の思いがしたが、高度経済成長が始まったばかりの日本で、将来性のある会社に就職するとなると、やはり地元を離れるほかなかったのだ。急に会社の寮で暮らすことになり、何もかもが新しい出発で、不安と希望が綯《な》い交ぜにされた日々だった。

「半世紀が過ぎたんだもんな。何もかもが変わるのも無理ないか……」

雄平はまた呟いていた。

テレビの組み立て工として研修で一から教えてもらい、自分たちが作るテレビが全国に普及して行くのは快感そのものだった。高卒にしてはいい給料で、ボーナスも弾んでもらった。母から真面目に貯金をしなさいと言われていたので、雄平は映画を観る、雑誌や本を買う以外は貯金をし、盆暮れには母にかなりのお金を手渡した。助かるよ、と母は喜んで受け取り、その中から将来雄平が結婚するときのためと言って貯金をしてくれた。

当時はまだ高かったテレビを雄平は働いて四年が過ぎた頃、母に買ってやった。近隣でもテレビのない家が多い時代、本家である伯父の離れ住まいの母には、唯一の自慢できる贅沢品だった。母が喜んでいる姿は、雄平にも満足感を与えた。

雄平は高校時代、成績は上位にいた。当時、普通科高校では進学組と就職組に分かれていた。雄平は進学したかったが苦労している母のことを思うと、そんな気持はとても言えたものではなかった。早く社会に出て、母に楽をさせてやりたい。そう自分に言い聞かせて就職組を選んだのだが、やはり時として進学組に対して悔しい思いにとりつかれることがあった。あいつらより勉強ができる自分が、何で大学に行けないのだ。そう思うと観念の中にいる父が恨めしくなったものだ。でもそんな言動をすると母が悲しむので、母の前ではおくびにも出さなかった。春、夏、冬の長い休みには雄平も当然のこととして、地元の漁協でアルバイトをして、稼いだお金は少しでも生活の足しにした。

成人式を迎え、勤めにも慣れた頃、夜間大学にいくことや通信教育を受けることも考えた。だが、行きたい大学が職場から離れていたし、通信教育の方は夏にスクーリングがあり、時間が取れそうもないので諦めた。会社でも研修制度があり、雄平はそれに参加することで技術者としての腕を磨くことにしたのだった。一般教養は本を読むことで補うことにした。だから休みには街に出て、本を何冊も買って来ては読んだものだ。

息子二人には望めば大学に行かせてやりたいと思った。息子はどちらも勉強が好きであり、運よく長男は国立大学に、次男も公立大学に入り、アルバイトをして学費も稼いだので、教育費はそれほどかからなかったが、長男は県外なので下宿代などの生活費は親が出してやらなくてはならず、二人の大学生活が終る六年間は生活をかなり切り詰めなければならなかった。これには妻がよく頑張ってくれたと思う。二人とも無事に卒業して、経営状態のいい企業に入り、三十歳になる前にそれぞれ結婚して家庭を持った。

雄平は息子には自分のような苦労はさせたくないと思い、人並み以上の学生生活を送らせたと思っている。二人とも音楽を愛し、レコードを買い、ギターを奏でる姿は、雄平には羨ましい限りだった。当人たちはそれが当たり前と思っているらしく、親に感謝しているふうには見えないのが淋しかったが、ここでも時代が変わったのだと雄平は自分に言い聞かせたものだ。

だが、最近になってもっと厳しく躾《しつ》けるべきだったかと思うところがあった。両親の結婚記念日を知っているにもかかわらず、二人とも電話一本、カード一枚がなかったのだ。これには妻もがっかりして、腹立ちを嫁たちに向けた。

「元雄《もとお》も幸次《こうじ》も優しい子だったのに、電話一本、プレゼントの一つも送ってこないとは、おかしいわよ。息子は働き盛りで忙しいから忘れることもあろうけど、嫁がもっと優しくて気が付く人なら、旅行券とか食事券とか、あるいは金一封とか、送って来るはずでしょ。こっちはこれまでよくしてやったのに、ほんとに恩知らずなんだから」

妻の怒りは収まるところを知らず、二人の嫁に対して悪口雑言を吐き散らした。雄平もせめて親の結婚四十周年ぐらい祝ってくれてもよかろうに、と腹が立ってはいたが、妻を宥《なだ》めることで手いっぱいだった。

「お前の気持はよく解るよ。子が二人もいながら、親の結婚四十周年を誰も祝ってくれないとは、淋しい限りだ。だがな、俺たちの育て方がまずかったのかもしれんしな。それに受験期の子を持つ親だから……」

雄平の次の言葉は妻のヒステリックな声に遮られた。

「何を言ってるのよ。育て方、間違ってませんから。息子は優しい子です。洋子《ようこ》さんと里香《りか》さんが気の利かない嫁なのよ」

妻はそう言って雄平を睨《にら》み付けた。雄平は黙るほかなかった。

墓参りのことでも、雄平はこのところ家族の中で孤立していた。不快な思いをしていた。墓が遠いせいもあって、息子たちはここ数年、墓参りもしない。二人で示し合わせたように、理由を言った。

――私のお墓の前で泣かないでください。そこに私は眠ってなんかいません、なんて歌にもあるように、墓参りなんて、所詮は生きてる者の自己満足だ。どこで祈っても同じことだ。それに、子供を連れてお参りするには遠すぎるから、失礼するよ。父さんたちが代表して行ってよ、と。

息子がこんなことを言うなんて、雄平は思ってもみなかったので、しばらくは開いた口が塞がらなかった。

妻はこの時「そうね。遠すぎるよね。家族全員で行ったら経済的にも大変よ。あんたたちの気持はよう解るから、ま、いいでしょ」と、息子の言い訳に躊躇いもなく賛成したのだ。お前は何の抵抗も感じないのかと、雄平は妻に腹立ちを覚えたほどだった。

あの墓を母と自分がどんな思いで建立したか。妻は分かってくれているとばかり思い込んでいたので、がっかりすると同時に怒りさえ覚えたのだった。

そんなことを思い出しながら、雄平は深い呼吸をして、「俺の頭が古くなったんだろうか」と呟いていた。

「まもなく岡山、岡山に到着します」

車内アナウンスに雄平ははっとした。もう岡山なのだ。考え事をしていたので、神戸も姫路も意識しなかった。広島まであと一時間ばかり。準急〈ななうら〉に乗った頃に比べると、大阪・広島間は二時間足らず。自分にはそう思えるのに、妻も息子も「遠い」「運賃が大変」と言って墓参りを避けようとする。彼らをこよなく愛してくれた祖母が眠っていると言うのに……。雄平は自分だけが家族の中で孤立しているように思えて、虚しい気持に取りつかれるのだった。

（二）

広島の街が見えて来ると、雄平の心が騒ぐ。故郷を離れて四十数年経つというのに、胸が熱くなるのだ。

広島駅に着いたのは三時過ぎ。雄平は在来線に乗り替えるために一番線のホームへと足を運び、乗降口に並んでいる人の列についた。

列車は十分後にホームに入り、すぐ発車した。

進行方向の右手の山側には団地がいくつか開発され、しばらく進むと左手には海を埋め立てた巨大な商工センターが広がる。高層ビルやマンションが年々増え、やはりこの沿線も戻るたびに変化していた。

雄平は六つめの宮内串戸《みやうちくしど》駅で下車し、歩いて墓地に向かった。この駅は山手に大団地ができたので、その交通手段として新しく造られ、雄平の住んでいた場所とは反対側だから馴染《なじみ》はないが、墓まで徒歩で八分程度の距離だから、ここ数年はこの駅で下車していた。道の両側に立ち並んでいた古い民家はモダンな住居に取って代わられ、道路状況もよくなって、街は変化を遂げていた。それは自然の成り行きなのに、このところ変化ばかりが目について、雄平は時が否応なく過ぎて行くのを実感せざるを得ない。

真夏の日差しは強烈だ。三時半を過ぎていても肌を刺し、汗が額から零れ落ちる。背中も汗で濡れているのが判る。

いつものように墓地の入り口の売店で紙灯籠や線香などを買おうとして、雄平は「あれっ」と小声を上げていた。店が閉まっているのだ。お盆の、言ってみれば書き入れ時になぜ、と思って、墓参りに来た老女に訊いた。

「ここ、今日はお休みですか」

老女は人のいい顔を向けて答えた。

「いえねえ、店を閉じたんです。これまで八十歳の方が一人で頑張っておられたんだけど、脚が悪くなって老人ホームに入られたんです。息子さんは他県に住んでおられるから、仕方ないんでしょうね。ほんとに不便になりましたよ。私もね、花や紙灯籠をスーパーで買って来たんです」

予期せぬことに雄平は愕然《がくぜん》とし、このままでは墓参りの形を成さないので、来た道を引き返した。駅の近くに小さなスーパーがあり、紙灯籠がたくさん並んでいたことを思い出したのだ。雄平はスーパーで紙灯籠など墓参りの必需品一式を購入した。それらを持って八分歩くのは少々しんどい。こんなことなら初めからこうすればよかったのに、と苦笑いしながらまた墓地へと向かった。

自分と母が建てた墓は、見た目にも結構立派だが、お参りするのは年に一度だから、夏草が少々はびこっている。と言っても敷地いっぱいに石が敷かれているので、石の外側や隙間から草が伸びているのだ。雄平は雑草の逞しさに感心しながら水汲み場に行き、そこに多数置かれている薬缶《やかん》の一つを選んで水を入れ、墓まで戻った。

「母ちゃん、今日はそっちも暑いだろ」

雄平はそう呼びかけて墓石に水をかけ、石を撫でた。草が生えている所にも水をかけ、土を柔らかくして引き抜き、ゴミ処理場に捨てに行った。大勢の人が墓参に来たのか、草のゴミが山盛りになっていた。その横の空き地に赤と黄色のカンナが今を盛りと鮮やかに咲いていた。あちこちの墓に立つ紙灯籠が色鮮やかだから、その時まで雄平は気が付かなかったが、見事な花だ。誰かが植え、水をやり、管理しているのだろう。野生ではこんなにきれいな花は咲かない。雄平はしばし花に見とれ、優しい気持になっている自分を感じながら、久しくこんな気持を忘れていたような気がした。

道路を隔てた隣には江戸時代からの墓地があり、墓石も見るからに歳月を感じさせる。雄平の本家の墓はそこにある。だが、こちらの墓は戦後のものだ。当時の村長が戦没者のために、広大な自分の土地を寄付して造られたのだという。戦後十数年は棒状の粗末な木の墓が多かったが、高度経済成長につれてぼちぼち石の墓に代わって行った。

裕福とはいえない雄平の家は、雄平が仕事に就いて二十年後にやっと現在の石の墓に換えたのだった。遅いと言えば遅いが、二十五歳で結婚し、子供がつぎつぎ生まれ、建売住宅を購入するなど、生身の人間にお金がかかったし、生命保険や二人の息子のための学資積立貯金など、将来の安定のための必要経費も相当かかり、余裕がなかったのだ。そんな中で、リンゴ箱に白い布で覆いをした臨時の祭壇だけは何とかしないといけない思い、就職して二年目に小さな仏壇を買った。その時の母が喜んだ顔は今も忘れられない。

自宅から歩けば十五分はかかる墓地に母は毎週のように通い、木の墓に庭で咲いた花を手向けてひとしきり頭を垂れていた。雄平も高校を卒業するまではしばしば、母に付き添って墓参した。まだ隣も同じような木の墓で、時々老女が娘とお参りしていた。長男がニューギニアで戦死し、雄平の父と同じように白木の箱には小さな木片が入っていただけだという。そして自分たちは台湾からの引揚者で、本当に苦労したと語っていた。

「満州や朝鮮や台湾、南方からの引揚者は、敗戦で財産など全部置いて引き揚げて来たそうよ。無一物からの出発だから、私たちとはまた違う苦労をされたんだね」

老女が帰った後、母はそう言って同情していた。

その頃、周りにはまだ木の墓がいくつもあった。それだけ戦死者がいたということだろう。そして雄平が二十二歳になった時、墓の一番北側に戦没者慰霊碑が建立された。自治体もこれを建立するのに二十年ばかり歳月を要したのだ。この碑は原爆犠牲者は無論、戦争で没した兵士や民間人を追悼するためのもので、雄平と母は墓参りの度にこちらにもお参りした。

この頃からぼちぼち木の墓が石の墓に代わって行った。雄平の家ではその頃まだ生活にゆとりがなく、墓の建立はもう少し先の目標になった。

木の墓の文字が風雨や日光に晒《さら》されて消えかかると、母は墨汁でなぞって、黒い文字ばかりが目立ったものだ。

——村上武俊、昭和二十年六月十八日、

沖縄戦にて没す、享年二十四歳

母は村上武俊がこの世に確かに存在したことを、みんなに示したかったのだろう。

「結婚して半年で召集されたんだもんね。我が子の顔も見られないままに沖縄に行かされて、戦死したんだもの。激戦だったと言うから、酷い死に方をしたんだと思うのよ。本当に可哀想よ」

こんな言葉を雄平は何度聞かされたことだろう。ある時、雄平がやや面倒臭そうに「もう何度も聞いたよ」と言うと、いつもは穏やかな母が珍しく声を荒らげたことがあった。

「何度だって聞きんさい。それほどお父ちゃんは可哀想だったんだから。したいことのすべてを諦めて、死ぬかもしれない戦地に行くことしか選択はなかったのよ。自分の身に置き換えて考えてごらん。こうして思い出して、無念だったろうねと言ってくれる者がおらんと、浮かばれんじゃないの」

母の言葉が胸に刺さって、雄平は返す言葉がなかった。それ以来、母が同じことを言っても、雄平はただ黙って聞くほかなかった。

墓前に座ると、いつになくいろんなことが蘇った。母がそうしていたように、雄平も亡き母と対話しているのだ。こうしていると意外に時が経つのも分からない。立ち上がろうとして腰が痛むので中腰でいると、

「あら、雄平さんでしょ、村上雄平さん。お久しぶりね。私もお墓参りで佐世保から帰って来たのよ。腰、痛むの？　歳とるとみんな同じね。私、今夜のクラス会に出るけど、あなたも出るんでしょ」

と女性から声をかけられて、雄平は立ち上がり、顔を上げた。同級生の塚本峯子だった。

「ああ出るよ。峯ちゃんは元気そうだね」

「見かけはね。ま、今夜ゆっくり話そうや。これから本家や分家の墓に行くので。じゃ、今夜ね」

そう言って塚本峯子は本家の墓の方へと向かった。

塚本峯子は四十五歳の時のクラス会以来、会ったことが無かったが、まだ顔には幼い日の面影を残していてすぐ判った。父親は原爆で亡くなっていたが、小学校の六年生になる春休み、彼女の母親が再婚したので、新しいお父さんのことがクラス仲間で話題になったことがあった。

「峯ちゃんは新しいお父さんに洋服や靴を買ってもらったり、街の料理屋さんで大ご馳走してもらったんだと。羨ましいね。お母さんも貴婦人みたいな格好して、きれいだったよ」

そんな話が飛び交った。子供心にも身の周りとは違う何かを感じ取って囁《ささや》き合っていたのだろう。

それで雄平は母に訊いたことがある。

「母ちゃんは再婚せんの？」

すると母は雄平の顔をじっと見つめて、改まった表情で言った。

「あのね、母ちゃんは再婚なんかしない。お父ちゃんがいい人だったから、母ちゃんは忘れることができないの。そりゃあ淋しいよ。でも、心の中でいつもお父ちゃんと話をしてるんだよ。それにあんたを見てると、お父ちゃんと過ごした楽しかった日々が蘇ってきて、切ないけど幸せを感じて、胸がいっぱいになるの。お父ちゃんには、雄平を残してくれてありがとう、といつだって感謝してるんだよ」

「ふーん、そういうもんか」

雄平はそれしか言葉が出なかった。子供心に、これが人を愛することの意味を初めて考えた時だったように思う。そして自分が母にとってそういう存在だったのかと、目頭が熱くなった。

母はその後も再婚の話があったそうだが、全部断ったという。

自分は今の妻を友人から紹介されて二年ほど付き合い、性格がよさそうだし、将来母の面倒をみることになるだろうと言うと、「親だもの、当たり前でしょ」と言ってくれたので、結婚に踏み切ったのだった。

妻が家計をやりくりしたからこそ家のローンも定年までに完済したし、二人の息子を大学にやることもできた。妻がしっかり者だから、今の生活が保たれているのだ。雄平は自分には過ぎた妻だと思うし、結婚したことを後悔などしていない。むしろ正解だったとさえ思っている。

それなのになぜかこの頃、雄平の胸の内でざわざわと風が鳴り、何か満たされないものを感じるのだった。母のように未亡人となってもなお、長い年月ただ一人の男に心を寄せ、どんな誘惑をもはねつけて生きる情熱を自分は持っているのか。それほど妻を愛しているか。そう問いかけると、簡単にそうだとは言い切れないものを感じているのだった。

するともう一人の自分が、「バカなことを考えるな。結婚とは妥協の産物だし、人生とはおおよそこんなものだ。これで十分ではないか。そんなことを考えるのは贅沢病だ」と現状を肯定し、揺れる自分を叱咤《しった》するのだ。

「そうだ、そうだよな」としばらくは納得するのだが、またふっと同じような風のざわめきを感じるのだ。最近、雄平は以前のように前向きな思考になれない自分を感じて、胸が重くなることがあった。

「母ちゃん、父ちゃん、また来るからな」

雄平はそう言って立ち上がると、薬缶を水汲み場に返しに行き、手を洗った。薬缶は、十数個はあるだろうか。善意の人々が古くなった薬缶を、墓参の人のために持って来てくれたのだろう。

時計は四時半を指していた。真夏の陽はまだ高いが、すでに陰り始めていた。雄平は道路の向こう側に隣接する墓地に移動し、本家の墓に行って線香を焚き、紙灯籠を立て、合掌した。墓石の文字もかなり摩滅し、かろうじて寛政二年と読める。雄平は自分に累々と連なる見知らぬ先祖に今日あることを感謝し、反対方向の本家へと急いだ。

道路わきの家々はここでも大方が新しく建て替わり、道幅が広くなった代わりに小川はコンクリートの蓋をされ、雄平が鮒《ふな》やドジョウを追いかけながら耳にした、あのせせらぎはどこかへ消えていた。

本家の風格のあった家も数年前に瀟洒《しょうしゃ》なモルタルの家に建て替わり、雄平と母が住んだ離れは無くなって駐車場になっていた。もう想い出は胸の内にしかないのだ。現場に来て、以前の姿形を求めるのは意味のないことだ。想い出のものが消えていることを、嘆いてはいけない。永遠のものはないのだから、これを現実として受け止めなければ、時代遅れのドン・キホーテと笑われるだけなのかもしれない。

本家を継いだ従兄弟は、すでに五年前にあの世へと旅立っていた。今の当主はその長男で、雄平とは馴染も薄い。そんな訳で、雄平は大阪からの土産物を玄関先で渡すと、早々に私鉄の地御前駅へと向かった。母が四十七年前、涙ながらに大阪へと送り出してくれたその駅は位置も変わり、異国の駅のような感じがした。

雄平は今夜の宿を、クラス会が行われるホテルにとっていた。この辺りでは対岸の宮島の大鳥居や厳島《いつくしま》神社が遠望できる一流のホテルだ。普段はこんなホテルには泊まらないが、クラス会と連動して二割安くしてくれるというので、たまには高級ホテルもいいか、と決めたのだった。

宮島口まで電車で三つめ、時間にして数分だった。そこからホテルまで歩けないことはないが、もう疲れていたので雄平はタクシーを拾った。ホテルにはアッと言う間に到着した。ロビーでなぜか、同級生の誰とも会わなかった。デスクに予約表を提示し、鍵を貰って三階へ上がり、部屋に入った。カーテンを開けると、海が目の前に広がり、朱い大鳥居や厳島神社が遠望できた。ロケーションのすばらしさに雄平は感動し、しばらく見とれていた。

同窓会までにはまだ三十五分あった。雄平は汗を流そうと思ってシャワーを浴びた。全身がさっぱりとして、身が軽くなったような気がした。大島先生やみんなは、その後どんな暮らしをしていたのだろうか。変化が怖くて、みんなと会うことが躊躇われたが、雄平の心もようやく小学生の頃に戻りつつあった。

（三）

小ホールを借り切ってのクラス会だった。幹事の浜本公男が司会を担当し、まずは物故者六人に一分間の黙禱を捧げた。そして大島健吉先生の挨拶が始まった。

「今日はご招待ありがとう。見てのとおり、こんなに歳を取りました。みんなと出会った時はぼくもまだ三十代の前半でした。中国戦線から運よく生還し、遅れて新制大学に入り、念願の教師になってまだ数年目の、未熟な教師でした。だが、民主教育や平和教育への情熱だけは人の何倍も持っていた。方法論はまだ確立していないので、みんなといろんなことを考え、取り組み、失敗も多かったけど、本当に楽しかった。あんなに小さかった子供が、もう還暦を済ませて五年になると聞いて、驚きました。みんなの顔には人生の年輪が刻まれているけど、これはぼくだって同じだけど、残りの人生をお互いに最後まで積極的に生きようではありませんか」

拍手が鳴り響いた。雄平ももちろん、力を込めて拍手していた。そして胸が熱くなっていた。この九十近い老教師が誰の介助もなく一人で会場にやって来たことを知って驚いたのに、さらに人生の最後まで積極的に生きて行こうと呼びかける姿勢に、目頭が熱くなったのだ。

乾杯の音頭は雄平が指名された。

「大島先生とみんなの健康、そしてご家族の健康とご発展を祈って乾杯！」

自分でも大きすぎると思えるほど、大きな声だった。雄平は勢いに乗って大島先生にビールを持って挨拶に行った。

「おお、村上雄平君だね。君のお父さんは沖縄戦でお亡くなりになったんだよね。お母さんと二人して、本当によく頑張ったね」

先生はそう言って雄平の手を握りしめた。そんな昔のことをはっきりと覚えてくれているとは思いもかけなかったので、雄平は感激して目頭が熱くなった。このクラス会に出席してよかった、と心から思った。

「覚えていてくださって、ありがとうございます」

雄平は深くお辞儀をしていた。

突然、幹事の浜本公男が大声を張った。「みなさん、ごめん。先生のお言葉に感動して、大事なことを忘れていました。これから一人三分程度で近況を語ってください」

「そうよ、おかしいなと思った。私たち、そろそろ物忘れのお年頃になったんだもんね」

塚本峯子が笑いながら言うと、みんな「そう、そう」と同意した。

名前と簡単な現状だけを話して制限時間に満たない者もいれば、塚本峯子のように、乳がん、胃がんと二度も手術を繰り返して、やっと死神が諦めて出て行ってくれたと、重い話を笑わせながら二分延長する者もいた。

「すべては健康あってこそ。ガンでも健診で早期発見すれば、今は治る時代。それとバランスの良い食事、適度の運動を日課に取り入れて、お互いに健康で長生きして、何年か後にまた会いましょうよ」

ガン体験者の言葉は重みがあった。

数十分かかって十五人の近況が語られた。男は、大抵は派遣や嘱託などで再就職し、休日には孫と遊ぶのを楽しみにしているようだった。女はカルチャースクールで料理や短歌や俳画などを習い、男よりも文化的な暮らしをしているようだった。

やっと食べる時間になった。料理はバイキング形式だが、高齢の大島先生には初めから皿に盛りつけられていた。気の利く浜本公男がホテルにお願いしていたのだろう。先生の傍には教え子がつぎつぎ挨拶に行っていた。

しばらく食事しながら、それぞれが近況や家族のことなど話していた。やはり三分では思いのたけが話せなかったらしい。

千葉から来た深谷友也《ふかやともや》が雄平の傍にやって来て「村上君も、今夜はここに泊まるんでしょ」と訊いた。そうだと答えると、「泊まるのは二人だけらしいよ。久しぶりだから後でゆっくり話そうや」と言った。雄平も異存はなく「うん」と答えた。

いつの間にか塚本峯子が隣に来ていて、

「私ねえ、病気になって人間の本質が見えて来たんよ」と意味ありげなことを言った。

「どういうこと？」

雄平が峯子の顔を覗き込むと、峯子はちょっと躊躇ったようだが、「今夜鬱積したものを吐き出して、スッキリしたいわ」と意を決してしゃべり始めた。

「うちの旦那のことだけど、お前が難しい病気になるから、旅行にも行けないし、ゴルフもよく休むから、メンバーから外れてしまった。俺の老後はお先真っ暗だ。実際、運が悪いよなあ、何でおれがだよ、って言ったの。二つのガンの手術で確かに旦那には心配をかけ、実際迷惑もかけたけど、夫婦なのにあんな言い方ってあると思う？　この人は私を愛してないと、心が冷えたわ。いってみれば家庭内離婚だね」

「えっ……」と言って雄平は言葉を失ったが、何か言わないと正直に話してくれた峯子に申し訳ないと思って、言葉を探した。

「あのなあ……、夫婦は遠慮がないから、そんな言い方をしたんじゃないかなあ。ただ、妻が苦しんでいる時、いくらなんでも言い過ぎだよ。夫婦はもともと他人だから、もっと遠慮しなきゃあいかんよなあ」

「そうよ。ひどすぎる。あれ以来、冷えた心は戻らないの。同じ屋根の下に住んでいても、ただの他人。あんなの夫婦じゃない。娘と息子に話しても、お父さんはそんな人じゃない、と相手にしてくれないけど、私はあの言葉が胸に突き刺さって、今も根に持ってるの」

「そう。で、ずっとそれで行くの？」

「たぶん。離婚したいんだけど、いつガンが再発するかもしれないし、自分に経済力がないので、耐えるしかないのよ。地獄だね」

「そうか……じゃあ、ともかく健康を保持して、もっと気楽に、集まれる者だけでも集まって、平素の鬱憤を晴らし、少しでも楽しく生きるってのは、どうかね？」

雄平は峯子に同情して、そんな提案をしていた。

「それいいかも。娘と息子が盆と正月にはお小遣いをはずんでくれるので、小旅行なら可能性あるな」

「ぼくもあと半年で今の仕事が終るので、これからは自分のために生きないとね。海外などの大旅行は無理でも、二泊三日程度の小旅行を計画して、残り少ない人生を楽しく生きなきゃあ損だよな。子供なりに敗戦後の苦しい時代をがんばったんだから。よし、決まった。浜本君に相談して、具体化してみよう」

「ぜひお願いよ。後何年生きられるか判らないけど。やっぱり言ってよかったわ」

塚本峯子はホッとした表情をしていた。

それぞれが食べ、話し、二時間があっという間に経っていた。浜本公男が「ちょっと、みんな」と声を上げ、続けた。

「大島先生がお帰りになるので、ご挨拶をいただきます。あ、それから今日のクラス会に先生が二万円、ご寄贈下さいました。受け取れませんと何度もご辞退したのですが、どうしてもとおっしゃるので、止むをえずいただきました。みんなのために有効に使いたいと思います。では、先生、ご挨拶を」

「今日は本当にありがとう。光陰矢のごとしとはよく言ったもので、あれから五十数年が過ぎたんだね。敗戦後の苦しい時代、教育環境も整わない時代に、私もみんなも、これからの世の中を作って行くのだと希望に燃えていたよね。その後の豊かな時代はみんなの世代が作り上げたんだよ。だが、これからは体力も衰え、思うように事が運ばないことだって多々あることでしょう。そんな時も自暴自棄にならず、自分らしさを保って生きて行ってほしいな。まだ趣味を持っていない人は、これからでも遅くないので、何か一つ趣味を持ってください。趣味を通して自分らしさが出せるし、交友関係も豊かになるでしょう。この私も短歌を詠み、その仲間と旅に行ったり、同人誌を作ったり、楽しく過ごしています。どうか健康にだけは気を付けて、有意義な日々を過ごしてください」

先生が好きだった赤いバラの花束が、大塚峯子の手から渡され、拍手が鳴った。

「今日は先生から元気をもらいました。おれもそれなりに頑張ります」

これまでおとなしくしていた深谷友也が、突然言葉を発した。みんなも口々に「先生ありがとう。元気をいただきました」と言っていた。

みんなで先生をロビーまで見送った。浜本公男の計らいで、タクシーを待たせていて、先生の自宅までのチケットが運転手に渡された。九十歳は目前なのにボケもせず、自分らしく前向きに生きている先生に、みんなは感銘を受けていた。やっぱり来てよかった、という声が、どこからともなく聞こえてきた。

先生が帰ってからはカラオケになった。デュエットで歌う者、三曲も歌ってマイクを独占する者など、指名されなくても次々と歌い手が出て、歌は途切れることなく続いた。雄平は下手を自覚しているが、雰囲気にのみ込まれて、フランク永井の《夜霧の第二国道》を歌った。まだ二十代だったころ流行《はや》った歌で、歌いながら郷愁を感じるのだった。

十時になったので、クラス会は終った。ビールを飲んでいたので、雄平の目もしょぼしょぼして、睡魔に襲われそうになっていた。後で話そうと言った深谷友也もほろ酔い加減で、目をこすりながら、提案した。

「やっぱり今夜は無理だね。明日、朝食後にどう？　少し時間ある？　今度いつ会えるか判らないから」

「そうだね。折角だから、宮島に渡ってもいいし」
雄平も夕方までに帰ればいいから、久しぶりに話をすることには賛成だった。
その夜は、風呂にも入らず、ベットに倒れるように寝たらしい。

レースのカーテン越しに朝日が射し、雄平は明るさに目が覚めた。一瞬、いつもと違う部屋の雰囲気に戸惑ったが、すぐに宮島の対岸のホテルにいることを認識した。時計を見ると、八時前だった。起き上がってカーテンを引き、パノラマの風景に見入った。大阪の茨木《いばらき》に住居を構えて以来、海とは無縁になったが、瀬戸内育ちの雄平は海を見ると気持が和み、落ち着く。高校までは地御前の海岸で泳ぎ、魚を釣り、貝を掘り、海苔《のり》を取って、そして学校の長い休みには漁協でアルバイトをして暮らしたのだ。アサリも牡蠣《かき》も、地御前のものは特に美味しいと評判だった。その地御前の海岸からも宮島は遠望できた。

懐かしい。この界隈には小・中学校時代に遠足や競泳などで何度も来た。街はすっかり変わってしまったが、弥山《みせん》や大鳥居や海に浮く厳島神社はそのままだ。中学の時、競泳で優勝したこと、弥山登山でも山頂に一番に到着したことなどが思い出されて、雄平はしばらくタイムスリップして、ただ目前の風景に見入っていた。

突然電話が鳴った。深谷友也だった。
「村上君、そろそろ朝飯にしませんか？」

雄平は起きたのが遅かったことを述べ、十分後にロビーでと言って電話を切ると、大慌てで顔を洗い、衣服を整えた。女ならこうはいかないだろうが、化粧をしない男は簡単なものだ。それでも慌ただしさは尋常ではなかった。

ロビーに下りると深谷友也が海を見ていた。雄平の気配を感じて振り向き、言った。

「いいねえ、世界遺産の宮島が海の向こうに横たわっているとは、最高の景色だね」

「本当だねえ。一見千金に値するな」

雄平も調子づいて応えた。二人で悦に入って、レストランに向かった。和食と洋食のバイキング形式だった。二人とも迷うことなく和食を選んだ。

「家ではパンと牛乳と野菜サラダだけど、旅に出た時ぐらいはちゃんと味噌汁におしんこ、焼き魚、海苔、おひたしぐらい食べたいよな」

雄平がそう言うと、友也も「そうそう。うちもかみさんが朝は簡単なのがいいと言って、和食を作ってくれないからな」と、同意した。

窓辺の席に向き合って座ることにし、御飯や味噌汁などトレーにのせて運んだ。それぞれに食前の簡単な祈りをし、「いただきます」と声に出して食べ始めた。

「やっぱし、日本人には朝はこれがいいな。ＤＮＡに組み込まれてるんだろう」

雄平がそう言うと、友也も「そうだな。新婚当初はこんな朝食だったのに、子供が生まれてからは簡単なパン食にかわって、子供が巣立っても、もう元へ戻ることはないな」と笑った。やや他人行儀だった友也も、すっかり幼馴染《おさななじみ》の遠慮のない言葉になっていた。

前方には宮島が見える。悠然と横たわる弥山の前に、朱色の大鳥居と厳島神社があるべき姿で存在している。

「ついてるよなあ、俺たち。お墓参りに来ると、やっぱしご利益があるんかな」

深谷友也が笑いながら言った。

「その墓参りだけど、いつも友ちゃん一人で来るの？」

「うん。千葉から家族で来ちゃあ、これが大変だしさ」

友也は手で丸印を示して、続けた。

「それでも子供が小さい頃はジジ・ババに孫を見せることもあって、みんなで来てたんだけどね。子供が中三ぐらいから受験のこともあるし、かみさんも子供に寄り添うから、俺だけが墓参りに帰ることになったんだ」

「いずこも同じようなもんだな。で、これからもこの形が続くの？」

「そこなんだ。両親はすでに他界してるし、嫁に行った妹が親の家に住んで、墓の面倒も見てくれてるんだけど、あれも婚家先の墓参もあるし、いつまでも任せっぱなしでいいのか、考え中なんだ」

「ぼくも母が亡くなり、実家はもう無いんだけど、墓は母とぼくが苦労の末、やや目立つようなものを建てたんだ。生まれた子の顔も知らないで出征し、二十四歳で戦死した親父はさぞ無念だったろうと思って、せめて立派な墓を、という事しか頭になかったたな」

「地御前のような田舎でも、当時は戦死者の家を子供でも知ってたからな。母が村上君の家は、お父さんは名誉の戦死者だってよく言ってたな。何か尊敬の念を持ってたよ」

「その親父を一途に思って、戦争未亡人として生き抜いてきたお袋の喜ぶ顔が見たい。当時はそれしかなかった。その頃はぼくも三十代だったし、それから三十年、四十年先のことまで考える知恵はなかったな。今まで文句を言いながらも墓参りに付き合ってくれた家内から、これからはあなた一人で行ってくれ、と引導を渡されてねえ。息子二人も東京や富山に家庭を築き、それぞれ受験期の子を抱えて、遠くの墓参りどころではなさそうだし、ぼくも本気で墓の今後のことを考えなきゃいかんかな、と思い始めてるんだ」

「うちも娘は札幌、息子はロンドンに住居を構えてて、雄平ちゃんとこと同じような状態だ。俺が元気なうちは地御前まで墓参りに来るけど、十年後を考えると自信ないな。妹の子や孫にまで墓の面倒を見させるわけにはいかんし……」

「そうだね。墓を移転させることも視野に入れないといかんのかなあ」

「移転しても、子や孫が管理してくれるかどうか、分かったもんじゃないよ。今時の若い者は合理主義で仏壇はおろか、檀那寺さえない者が結構いるらしいから。子はまあ何とか親の墓にお参りはしてくれるだろうけど、孫はどうだか。移転代金も相当かかるらしいから、最近は廃棄処分する人もいるということだ。でね、俺と同じように故郷から遠く離れて暮らす雄平ちゃんはどう考えているか、聞きたかったんだ」

「ぼくも、ここに至ってやっと本気になって考え始めたんだ。新聞の折り込みに墓の移転や樹木葬などのちらしが時々入ってるので、帰ったら本気でそういう所を先ずは訪ねてみようと思う。墓参りに帰って来れるのは、ぼくが元気なうちだからね。無縁墓になる前に何とかしておかなければ、と最近考えるようになったんだ。ただ、思いに思って母と建て、母の遺骨も収めてある墓だから、これをどうとかすると言うのは、断腸の思いだな」

「それでも老衰し、認知症になってからではどうにもならないので、この一、二年のうちに決断した方がいいかもね。江戸や明治の時代なら家族主義が支配してたから、こんなことでは悩まなくてもよかったんだろうに……。民主主義のマイナスの副産物だな」

「そう言う言い方もできるよね。ぼく、今の仕事があと半年で終るから、本気でいろんなところに問い合わせてみるわ。友ちゃんもいいニュースが入ったら、報せてよ。お互いに連絡を取り合おうや」

「うん。ところで奥さんはお元気？」

友也が急に話題を変えた。

「まあまあよ。これから夫婦二人で可もなく、不可もなく、平凡に生きて行くんだろうね」

「まあまあで、平凡ならばいいよ。うちは、熟年離婚するかもしれんよ」

「えっ……」

雄平は驚きのあまり、続く言葉が出なかった。昨日も明るく振る舞っていたし、これまで友也の言動にはそんな気配が全く感じられなかったので、とても信じられなかったのだ。友也は墓のことよりも、本当はこのことを話したかったのだろうか。

「実はもう前から性格の合わない夫婦なんだ。家内は何でも割り切る性格で、自分の思い通りにならないと、ひどいヒステリーを起こしてね。若い頃、一度離婚を考えたこともあったけど、子供がいたから思い留まったんだ。性格というものは、本人がよほど自覚しない限り変わらないね。子供も巣立って行って二人きりになった最近は、夕食もコンビニ弁当ばかり。いやなら自分で作ればいいと言って、食事も別々な状態でね。墓のことや実家のこともあるし、いっそ別れておれが広島に帰ろうかと思ったりもしてね。人生の第四楽章で、同じ屋根の下でいがみ合うより、もう少し穏やかな日々を過ごしたいと、とくに最近思うようになってね」

「そうか……。長い年月で出した結論ならば、他人がどうこういう事じゃあないな」

雄平はただこうしか言えなかった。

「おれも結構優柔不断なところがあって、堂々巡りばかりしてるんだけど」

「そりゃあそうだよ。何だかだと言っても、四十年近く夫婦をしてたんだもの。迷うのは当たり前だよ。うちだって、分からんよ。今回だってぼくが一緒に行こうと誘っても、イヤだと言って拒否されたんだから」

言い終ると、雄平は思わず溜め息をついていた。釣られて友也も深い吐息を吐いていた。

「俺たち、冴えない初老街道を歩いてるんだな。若い頃は、もっとましな人生の晩年を描いてたのに」

「ほんとだね」と言った雄平の唇から、苦い笑いが飛び出した。友也も笑っていた。

朝食はすでに済み、ボーイがコーヒーをついでくれた。

「こんなにゆっくり朝食を取って、友ちゃんと大事な話をしたのも久しぶりだな。ところでこれからどうする？　宮島に渡ってみる？」

雄平が訊くと、友也は「宮島は去年行ったから、パスするわ」と言い、

「それに俺は東京まで新幹線で帰り、さらに乗り継いで千葉まで帰らんといかんから、これから帰るわ。ごめんよ」と、申し訳なさそうに頭を下げた。

「じゃあ、ここでお別れしよう。ま、元気出して。成るようにしか成らないから。墓の件は情報が入りしだい連絡するよ」

そう言って雄平は別れの握手を求めた。

一人になって、もうしばらく対岸を見て過ごしたかった。友也の突然の話に心が乱れ、人生は判らないものだ、と雄平は呟いていた。若い頃は未来を見つめて、幸せな人生を送ろうと誰しも思ったことだろうに……。そして老後のことなんか考えもしなかった。誰かがそんな話題を振りまいても、ただ耳を通り抜けて行っただけだ。老いていく母を見ていても、なかなか自分の老後と結び付けられなかった。愚かと言えば愚かだが、よほどの賢者以外は、みなこうなのだろう。老いることがなければ、墓のことなども考えなくてもいいのだ。雄平は、人間の悲しみをようやく実感できる歳になったのだと思った。

対岸の桟橋に着いたのは十一時前だった。目指すは厳島神社だ。息子がまだ高校生の時に連れて来たので、もう二十年以上も前のことだ。桟橋周辺も随分と変わっていた。鹿がまとわりついてくることだけは、以前と変わらぬ光景だった。

雄平は商店街を避けて、地元の者しか知らない海沿いの近道を選んだ。数メートルおきに石灯籠が置かれた松の並木道をゆっくりと歩いていると、ある思いが胸に蘇ってきた。

小学校の遠足で来た時のことだった。まだ路上写真屋がおり、その向こうには白い衣服を着て軍帽を被った、脚のない傷痍《しょうい》軍人が二人いた。一人は椅子に座ってアコーディオンで聞いたことのある軍歌を弾いていた。もう一人はござに座って頭を深く垂れていて、彼らの前には箱が置かれ、小銭が入っていた。みんな無言でその前を通り抜けた。子供心にタブーのようなものを感じ、悪ガキでさえからかったりしなかった。

雄平は自分の父親も脚がこんなになって死んだのだろうかと思うと心が凍りついて、魔術にかかったように一瞬足がすくんだ。集団行動だったから級友が後から後から来るので、仕方なく前に進みはしたが、あの硬直状態は今も忘れられない。このことは母には言わなかった。子供心にも元兵士が物乞いをしているように見えて、その光景をひとり胸に封じ込めたのだ。雄平は、ぼくの父ちゃんは立派な死に方をしたのだ、と何度も何度も自分に言い聞かせていた。

大人になって本やテレビでその人たちが気の毒な人々だったと思えるようになり、雄平は心で何度詫びたことだろう。

「子供は残酷だよな」
雄平の口を呟きが転がり落ちていた。

厳島神社はあたかも海に浮いているように見えた。回廊の鮮やかな朱色の柱と白い壁。潮風に乗って小波が騒ぎ、いかにも海上にいることを感じさせ、耳に快い。足元の板の小さな隙間から時々飛沫が跳ね上がる。雄平はひたすら足を前に運んだ。

それにしても、平清盛は美的センスが抜群だったのだ、と武骨な雄平さえ思う。全国に神社は数々あるけど、雄平は、こんなに海と和合して、美しいと感じさせる神社を他に知らない。この風景は、はからずも他県に住むことになった雄平の自慢であり、その姓名から平清盛と関わった村上水軍の末裔《まつえい》であるだろう、村上雄平の誇りでもあった。

同じ回廊を戻りながら、雄平は売店で《家内安全・健康》のお守りを四つ買った。自分、妻、二人の息子の家族のために。彼らは「こんなものより、紅葉饅頭の一つでも」と言って、花より団子を好むのが判っていたので、雄平は花も団子も買い、家族の健康と安全を願ったのだ。

昼食は桟橋の近くの和風レストランで取った。朝しっかり食べているので、あっさりとした味の山菜うどんにした。泊まったホテルを遠望しながら、深谷友也のことを考えていた。彼はどんな思いで自宅に向かっているのだろうか、と。

帰りにもう一度、墓に寄った。見た目にも立派な墓だ。母と雄平がこつこつ貯めたお金を全部引き出して、「父ちゃんが恥ずかしくないような墓」を建てたのだった。

これを大阪に移転させるか。それとも父と母が暮らした地御前に拘《こだわ》って、雄平の健康が許す限りお参りして、後は無縁墓になってもよしとするか。いくら考えてもいい案は浮かばなかった。

「母ちゃん、墓を子や孫がずっと守ってくれる、と信じて疑わなかったんだろうに、こんなに逡巡して、ごめんな」

雄平は墓前で三十分近くも頭を垂れて堂々巡りしていたが、帰る時間を考えてようやく立ち上がった。

（四）

新幹線のホームの売店で雄平は缶コーヒーを買って乗車した。煙草を吸わないかわりに、雄平はよくコーヒーを飲む。口の中で香りと苦みや甘みが広がって行くと、気持がちょっと落ち着くのだ。それに、いつかテレビで医者が癌の予防になると言っていた。それを聞いて、安心して一日に三、四杯は飲む。

一号車から三号車の自由席は満席のようだったが、二号車の三人掛けの真ん中の席が一つだけ空いていた。雄平は両隣に会釈して座った。

けたたましくベルが鳴ると、新幹線ひかり号は予定通り発車した。

雄平は早速缶コーヒーを開けた。キリマンジャロと言うだけあって、コクがあっておいしい。ささやかな幸福感に浸っていると、右隣の青年が見ているパンフレットに目が行き、おやっと思って声をかけていた。

「ちょっと訊いてもいいですか？」

青年はパンフレットをたたみ、「はあ」と言って雄平の方へ顔を向けた。

「お若いのに、そんなパンフレットを見ておられたので、不思議に思いまして」

「ああ、樹木葬のことですか。ぼく自身というより、両親のことで只今考察中なんです。実は親父は七十三歳になりますが、去年ガンで胃を全摘しまして、日常生活も少々難しくなりましてね。お袋も脚と腰を痛めて、つまり老夫婦は病で墓参さえ介助者がいないとできなくなり、去年から三男のぼくが帰省して車椅子を押してるんです。ぼくも現役で働いていますので、毎回こうしたことができるだろうかと、いろいろ考えてるんです」

「長男や次男さんは来ないんですか」

「ええ。兄たちは東京と山形ですから、遠方を理由に墓参はおろか、実家にも滅多に帰って来ませんね。親はずっと広島在住ですが、さっき申しましたように病気ですので、そろそろ老人ホームへ入所しては、と話してるんです。ぼくは京都に家庭を持っていますが、親の顔を見に帰るついでに、墓参りという訳です」

「感心な息子さんですね」

「そんなんじゃありませんよ。仕方なしです。でも、これから先、実家と墓を誰が守るかという問題がありますよね。兄たちにはこれまでの様子から、期待できないでしょう。ぼくも妻が京都の人間ですから、広島に引き揚げて帰ることは難しいんです。で、ご先祖様には申し訳ないけど、両親が生きているうちに大胆に発想を転換して、将来困らないようにしておかなくては、とあれこれ可能性を探ってるんです」

「そうですか……」と言いよどみながら、雄平は、これはひょっとしたら社会問題かもしれないと思った。

戦後の高度経済成長によって産業構造が変わり、生まれ育った周辺で生涯を過ごし、あるいは転勤で遠方にいても最後は地元に帰って定年後を迎えるといったことが、もはや過去のことになってしまったのかもしれない。自分だって、結局故郷には帰らなかったではないか。そう思うと、何か虚しい気持に覆われるのだった。

「で、老人ホームの件、ご両親も賛成です？」

「それが、家で暮らしたいと言いますので、悩んでるんです。介護保険を使うと言いましても時間制で、終日の面倒は個人で頼まなきゃあならないし、これには莫大なお金がかかり、親の年金だけではどうにもなりません。それに訪問介護はまだ不十分な地域ですし。両親が自立して生活できなくなる日は目に見えてるんですがねえ。三人息子がいても頼りにならんです。誰かが戻ってくれば事は簡単なのでしょうが、それぞれに生活がありますし……。年老いた親の面倒のことで離婚にでもなったら、目も当てられませんしね。どうしたものかと悩んでいます」

「お宅のような家が最近は多くなったようですね。経済が発展して、一億総幸せになるかと思ったけど、そうではなかった、ということでしょうか」

そう言いながら、雄平は他人事ではないと感じていた。親と子がこんなに悩まなくていい方法はないものか。人類は月に行き、万能細胞さえできたと言うのに、どうして親子が折り合いをつけて暮らせないのか。墓さえ守ることができないとは……。将来は豊かになり、母にも楽をさせて、と雄平は幸せを信じて前を向いて生きて来たのに……。どうしてこんな世の中になってしまったのか。雄平は情けない気持に落ち込んでしまった。

青年がパンフレットをもう見ないようだったので、雄平は「ちょっと見せていただいてもいいですか」とことわって、膝から取った。

パンフレットは両面印刷で、表側には樹木葬を象徴する大きな桜の木が満開の花をつけ、その下には芝生の緑、その中に小さな白っぽい墓石がさりげなく置かれ、周りには赤やピンクや黄色の小花が咲いていて、よく管理された綺麗な公園といった雰囲気が醸し出されていた。その隣の写真には花や緑の植物が生い茂る中に小さな墓石が見え隠れし、その向こうには雄平が建てたような大きめの墓が並んでいた。

裏側には墓石の大きさによる値段や墓のデザインなどが定価とともに示され、雄平が建てた時と比べても、結構いい値段がついていた。説明書きには、遺骨は、一定期間は個別の墓碑の下に埋葬され、その後、永代供養合祀墓に移されるとあった。黒い御影石《みかげいし》の大きくて立派な永代供養墓の写真があり、自分の死後をこうした流れで理解すれば、子や孫に迷惑をかけずにすむ、と多くの者が安心感に包まれるということなのだろう。

また、墓地は交通の便利な街中にあり、市電やバス、徒歩でも行けるし、山の斜面にある墓地とは違って足腰が衰えたり病弱になった時にも、タクシーを使っても知れた料金で行けて、将来の安心を暗示してあった。

墓地全体の見取図では三十台分の駐車場があり、通路を隔てて自由区画と芝生区画に分けられ、自由区画の中に二本の桜の木、傍に永代供養墓があるといった造りだった。

雄平は初めて樹木葬という概略を知り、「なるほどねえ」と呟いていた。

「納得されましたか？」

横から青年が訊いてきた。

「樹木葬という言葉は聞いたことがありましたが、こんなふうだとは初めて知って、そうなのかと思ったんです」

「なかなか、いいでしょ」

青年はこれを前向きに捉えているのか、同意を求めるような言い方をした。

「いいも悪いも、初めて知ったので……」

「ぼくは、これはかなりいいと思うんです。現在は何々家の墓と仰々しく刻んであるけど、あんなこと、江戸時代以前では身分の相当高い者だけでしょ。庶民の墓なんて、聞いたことがないですよね。庶民は真面目に働いて、子孫を残し、そして無名のままひっそりと死んで行く。子や孫の想い出の中にだけしばらく生き、やがて忘れられる。それでいいんじゃないかなあ……。その意味では、樹木葬は庶民に対してかなり丁寧で、環境保護の立場からも是とすべきでしょう」

「自分のことは横に置いて、今のお話を聞けばそうだなあとも思えるんですが、これを実行に移せるかと言えば、そこまではねえ……。あなたのようにすっきり行きませんわ」

「ぼくだって同じです。両親が納得するかと言うと、おそらく否でしょう。ぼくは自分の墓は、これでいいと思いますがね」

「そのご両親のホーム行きと樹木葬の件を、どう説得するかですね。これは難しい」

「ええ、相当に。発想の転換をするしかないでしょう」

「もし、ぼくの息子たちが今のあなたのようなことを言ってきたら、どう対応すればいいのか……、これは大問題ですな」

そこまで言って、雄平は深く溜め息をついていた。

「他人の相談事でしたら、ぼくもあっさりとそうしたほうがいいと言えるんですがねえ。両親が死ぬのを待つしかないのでしょうかね。死者に口なしですから、ことは簡単ですが、気持がスッキリするかどうか……」

青年も自分自身については決めているようだが、親についてはいろいろと迷いがあるようだった。

「いくら悩んだとて、ま、成るようにしか成らないでしょう」

そう締めくくったのは雄平だった。大阪に戻ったら、公営、民営、寺営を問わず、片端から墓の資料を貰い、見学してみようと思った。

「お盆の三日間、親の介護、墓参でくたびれましたね。あまり寝てないので、今頃になって睡魔がやってきました」

そう言って青年は目を瞑《つむ》った。雄平も誘われるように眠くなり、転《うた》た寝をしたようだ。


車内アナウンスの声で目が覚めたのは岡山だった。隣の青年はまだ眠りこけていた。親のためにいろいろと気を遣い、疲れたのだろう。雄平はやはり将来、息子をこんな目に合わせたらいかんな、と思った。そう思う反面、家族がお互いを思いやって多少迷惑をかけ合うことは仕方のないことのようにも思えた。

車両内の人々や乗り降りする客は、雄平や隣の青年のように恐らくは墓参のための里帰りをした人々だろう。今はただ、まだ若い両親に孫を見せたい一念で里帰りする娘や息子もやがて年を取り、遠方の老親の待つ実家に帰り、墓参をすることは苦になるに違いない。現在雄平が抱えているような問題をこの人たちもやがて抱えるに違いない。そう思うと、見知らぬこの人たちが愛おしくなり、雄平は優しい眼差しで彼らを見つめるのだった。


大阪に到着して、茨木に戻り着いたのは六時過ぎだった。

妻はリビングでテレビを見ていた。「お帰りなさい」とだけ言うと、またテレビに視線を戻した。

食卓は綺麗に片付いていて、これから食事をするといった雰囲気ではないので不審に思いながら、
雄平は妻に声をかけた。

「夕ご飯、食べるぞ」

「エッ。食べて来たんじゃないの?」

妻は雄平の予期せぬ言葉に驚いたふうだった。

「外食ばかりじゃ、お金が続きませんわ。帰って来る大体の時間は言っといただろ」

「そうかしら。私はもう済ませたのよ。冷蔵庫開けてみて。いろいろあると思うから、勝手に食べて」

何か面白いテレビがあるのか、妻は画面から目を離さない。

「お前ねえ、おれは広島まで墓参りに行って疲れて帰って来たんだぞ。せめてご苦労さまという気持があれば、勝手に食べてなどと言えんはずだ」

雄平は気持が爆発しそうなのをかろうじて抑えたが、語調は強かったらしい。

「何よ、その言い方は。自分の親の墓参りを、そんなに大仕事したように言わないでよ。私だってね、朝から掃除、洗濯、食料品の買い出しと忙しかったんだから」

「それは主婦として当たり前だろ」

「すぐそんな言い方をするんだから。こういうのって目に見えない仕事だから、ありがたがられないのね。これまで何十年も無報酬で働いてきたのよ。たまにはこうして楽をしたっていいでしょ」

売り言葉に買い言葉になって、喧嘩はしばらく続いたが、雄平はいやになって家を飛び出した。これまでこんなにひどい諍《いさか》いをしたことはなかった。いったい、どうしたのだろう。答えの出ない問いかけをしながら、近所の食事処へ辿り着いていた。

お盆の最終日なのに、この店は開いていた。

客はいつもの半分以下で、がらんとしていた。雄平は定食とビールの中瓶を注文した。ビールは平素あまり飲まないが、妻と諍いをした後なので、飲まずにはおれなかった。

まずビールが持って来られ、鮭の塩焼き、野菜サラダ、卵焼き、味付け海苔、味噌汁がお盆にのせられて、テーブルに置かれた。

「キャベツ、キュウリ、トマトは畑で採れたてで、おいしいですよ」

中年の女将《おかみ》が笑顔を向けて言った。雄平はその笑顔にホッと救われた気がした。女将がビールの栓を開けてくれ、ジョッキに注いでくれた。よく冷えたビールが口の中ではじけるように広がり、喉が鳴った。美味しいとしか言いようがなく、一瞬、嫌なことが吹っ飛んだような気がした。

昼食はあっさりした味の山菜うどんで、その後は缶コーヒーを飲んだだけだったので、お腹がすいていて、雄平は物も言わず食べに食べた。家内があんな態度を取ったので腹が立ったが、そのお陰でこうして至福の時が持てて、却ってよかったのだ、と口の中で強がりを言ってみた。

「しかし、あいつは嫌な女に成り下がったなあ。昔は母にもある程度尽くしてくれたし、家計をやりくりして二人の息子を大学にも行かせることができた。おれは妻に感謝さえしていたのに、今日の態度はなんだ」

ビールで多少愉快になったとはいえ、雄平の気持から不快感は完全には去らなかった。こんなことが続けば、おれの人生は友也が言うように第四楽章で行き詰まりだな。そう思うと、行く手に大きな壁が立ちはだかっているように思えて、また気分が沈んだ。

その時、ケータイの着信メロディーが鳴った。深谷友也からだった。

「そろそろ帰った頃かなと思って。でね、お盆だからか、うちの郵便受けに樹木葬やら何やら、墓のパンフレットが五枚も入っていて、樹木葬もええかなあと思って、早速電話したってことよ」

「そうだねえ。ぼくも新幹線で隣に座っていた青年からその樹木葬のパンフを見せてもらって、考えるところがあったよ」

「そう、じゃあ近いうちの休みにでも会って、食事でもしながら話そうや」

「うん、で、別の件はいい方に進みそうか」

「どうだか。家に帰ってみると、高校のクラス会で信州に三日ほど行って来ます、と家内の置手紙があったよ。事前に何も言わず、こういうふうにいつも自分勝手を押し通す女だからね」

「まあ、あれもこれも今度会って話そう」

そう言って雄平は電話を切った。自分も妻と諍いをして外食している最中とは、いくら何でも言えなかった。

自分はアルコールに強いのか、中瓶のビールぐらいでは酔わなかった。母のこと、墓のこと、墓に関心を示さない息子たちのこと、そして深谷友也の夫婦仲のことなど、頭の中で行きつ戻りつした。初めはみんな良かれと思い、幸せを願って、出会いを喜んだはずなのに、時とともにすべてが劣化するように、人間の関係も色褪せて行くのだろうか。

雄平は青年の話を思い出しながら、自分もこの期に及んで、発想の転換をしないといかんのかなあと思い始めていた。

たとえ地元、茨木の樹木葬の自由区画を購入してそこへ母と建てた墓を移籍するとしても、それを今後子孫が守ってくれるだろうか。移籍には大金がかかるようだが、それを妻や息子が承諾してくれるだろうか。彼らはそんなにお金がかかるのなら、放置して無縁墓となってもいいではないか、と言うかもしれない。これからは入る当てのない老後の生活資金を、むざむざと使えないことも雄平には十分に分かっていた。

ならば、樹木葬の小さな墓石にして、一定の期間が来たらそこから共同墓地である永代供養墓へ移されるというのも、いいかもしれない。これには費用が移籍ほどかからないようだから。あの青年は、自分についてはそれでいいときっぱりと言った。潔い考えだ。

子や孫にもそれぞれ生活があるから、死後あまり迷惑をかけてはいけないだろう。あの青年は発想の転換が必要だと言った。そうかもしれない。墓のことで家族が仲違いするようでは、何のための墓なのか分からなくなる。死は誰にでもやって来る。関わったものの悲しみを大きな石で表現する必要はない。それに、悲しみはそういつまでも続くわけがない。関わった子や孫の想い出の中に死者はしばらく生きればよい、とするあの青年の考えが正しいのかもしれない。

雄平は食事処を出て家路に向かいながら、近いうちに先ずは友也と会い、そしてそう遠くない日に息子を交えて妻と話し合い、地御前の墓のこと、自分たちの没後の墓のことなど、先々みんなが困らないようにするためにはどうしたらいいか、方向性を確認しておかなければならない、と強く思うのだった。

そして、シェルターで暮らす

（一）

原稿が一区切りしたので、林田玲子《はやしだれいこ》はリビングで休憩し、コーヒーを飲んでいた。呼び鈴が鳴ったので玄関に出ると、郵便配達の男が書留だと言って、分厚い大きな封筒を差し出した。差出人は古瀬武司《ふるせたけし》だった。

もう三十年も前になろうか。月に一度、報告会のような、勉強会のような教員の会合が地区ごとに組織されていて、そこで出会って以来、会うこともないままに歳月が過ぎた、かつての同業者で、顔の印象もおぼろげになりつつあるが、年賀状だけはまだ互いにやり取りしていた。社会科の教員でありながら、彼は文芸に一方ならぬ興味を持っていて、短歌やエッセーや教育実践を同人誌に発表して、時々小冊子を送ってくれるので、玲子も自分の著書が出るたびに寄贈していたのだ。

それにしても書留だなんて、一体、何ごとだろう。すぐに開封すると手紙らしい文面なので、玲子はそのまま文字を追っていった。

＊　　＊　　＊

あなたは私の正体を知ると、きっと理解に苦しまれるでしょうね。高校で社会科教師をしていた人間が、人生の晩年に女性歌手の追っかけにうつつを抜かしているなんて……、と。自分でも何か変だなとは思うのですが、今の私にはそれも大きな楽しみの一つで、孤独な人生を豊かにしてくれている、と思えるのです。

十年前、あなたからハードカバーの著書が送られてきたとき、私はショックを受けて、その夜は眠れませんでした。当時のあなたは在職中でお忙しいのに、おそらくは睡眠時間を削って作品を書き続けておられたのでしょう。一まわり半も年下のあなたが、己の内面世界をあのような形になさったことに、ともかく驚き、私の胸を穿《うが》ったのでした。定年退職して九年経っていましたが、家庭の事情に悩み、日常の茶飯事に煩わされる日々を過ごさざるを得なかった私は、人生から置き去りにされたような、埋めようもない空虚さに襲われ、のたうち回ったのでした。

かつて人権学習の教員仲間として月一度の会合を持っていたころのあなたには、他の方とはなにか違う、清々しい香りが漂っていて、私は好感をもったものでした。いつかきっとすばらしい花を咲かせる方だとの予感を持ちましたが、それがこんな立派な本だとは……、想像できませんでした。

実は私もこんな本を出したいと願いつつも諸般の事情で果たせず、あなたの本を目前にして衝撃を受けると同時に、嫉妬を感じたほどでした。とてもおめでとうと言う気になれませんでしたが、時間の経過とともにようやく冷静さを取り戻し、あなたに心から敬意を抱き、遅ればせながら手紙にてお祝いの言葉と感想をしたためたのでした。

そう、あの衝撃の日からかれこれ十年。この間あなたは五冊の本を世に出され、その都度、私にも謹呈してくださいました。ほんとによく頑張られ、もはや嫉妬など失せて尊敬と激励の気持があるのみです。最近いただいた『地中海の孤島にて』を印象深く拝読しました。若い主人公の女性が生い立ちのしがらみを逃れ、自立と自由の生活空間を求めるコスモポリタン的心情と信条は私の深く共感するところで、大いに触発されました。

その孤島に身を寄せた老夫婦が、実はぐれた息子の暴力に絶望しての逃避行であったという悲劇の真相に類似した家庭の不幸を、私も抱えて悩んでいたので、他人事としては読めませんでした。

こう言うと、あなたはまた驚かれるでしょうね。

私の人生は仮面を被って営まれ、今日までやっとたどり着いたような気がします。その人生もあと少しで終ろうとしているとき、これ以上何で仮面の生活を続けなければならないのか。小説家のあなたにはせめて仮面を取り払った素の自分を語ってみたい、との思いが突き上げて来たのです。どうか、ペンを執ることをお許し下さい。

私は灰色の戦時下で中学時代を過ごし、戦場散華を当然視して、展望のない投げやりな気分で暮らしていました。それでも早熟な私はアンドレ・モーロア、アンドレ・ジード、ロマン・ロランなど西欧文化人の人生論や恋愛論を読み漁るうちに、浪漫派思潮に強く惹き付けられました。

歴史の教師であるあなたもご存じと思いますが、当時は〈男女七歳にして席を同じうせず〉と言われ、恋愛は風紀違反で懲戒される時代でありました。それゆえ熱い思いは読書、空想、討論で空転するばかりで、勢い観念世界に己がじし未熟な理論体系、価値基準、好尚趣味の砦を構築し、そこに引きこもって孤独な自由に放浪する性格が定着したようです。古代ギリシア神話や文語訳の旧約聖書、オリエントの歴史や文化にも惹かれましたが、一方で私は神仏や来世の存在を否定する無神論者でもあり、思想も論理も矛盾混沌《こんとん》のまま年を重ねてきたのでした。

若いころの私は洋楽の所謂クラシックと呼称される古典派・浪漫派に心酔し、プラトニック・ラブの恋愛至上主義的フェミニズムの幻想に浮遊した酔生夢死の生きざまで、それをコスモポリタンの心性と粋がってみたこともありました。けれど、私には外国に身を置いてもという透徹した発想も欲求も持つことはなく、ひ弱で移り気な快楽追求に空転した生涯だったように思います。

自由には孤独が、快楽には喪失の寂寥《せきりょう》が背中合わせに随行し、正と負の遺産の秤量《ひょうりょう》はどちらに傾くか。花と月の美の極みに辞世歌の願いのままに生を終えた西行法師のライフスタイルを師表として、世俗に生きて超俗の耽美《たんび》の悦楽に晩年を過ごす程度のコスモポリタンであろうと願っていたものの、夏に快楽を謳歌したキリギリスが秋の凋落《ちょうらく》にアリに情けを乞う、体たらくに似た生き方の己を苦笑しております。

あなたのこの度の著書にあります地中海の孤島に身を寄せた老夫婦が、実はグレた息子の暴力に絶望しての逃避行であった、という悲劇の真相に類似した家庭の不幸を、私も恥ずかしながら抱えて悩んでいます。地獄・極楽は来世ではなく現世にあり、悪因悪果の因縁で、身から出た錆《さび》に他なりませんが、人生の苦は文明社会で大量生産される悪徳とも言えるでしょう。

家庭の悩みを抱えぬ人にとっても八十路を迎えれば迫りくる終末に向けて恐怖感を抱き、不老不死の執念に苦悩するものです。私は十五歳の時に敗戦と重なる終戦を迎えましたが、結核という死病を患い、早世を覚悟しました。その時から万物流転、生者必滅の道理を納得し、虫の息のような状態でも長生きしたいという考えに取り憑かれたことはありません。

そんな訳で私は尊厳死協会に加盟し、ＱＯＬ（生命価値）で延命措置を拒否し、自然死を希求する趣意です。昭和四十二年に来日したアーノルド・Ｊ・トインビーは確か安楽死を容認し、死期と手段（服薬）を自己決定させよと言いましたが、そのあまりに急進すぎる考えに、日本人は度肝を抜かれました。

コスモポリタンの神髄は、家族・社会・国家・宗教などのしがらみから距離を置く自由自在な生き方と同じ重みで、生者必滅を当然のこととして心の自由を得ることではないかと思います。

人間は極限状態に遭遇するとき、真実と最高の美を発見し、享受するとも言われます。狂信者集団やテロリストの自爆は鉄の規律の強制が基盤にあり、自由意志の自決とは言えません。神仏や来世を信じない無神の徒の私は、最近の宇宙科学で解明したビッグバンからブラックホールに及ぶ宇宙の大輪廻《だいりんね》を貫く理法を厳粛に受け止めています。

煩悩・具足の身にとって不死・永続とは、一は己のＤＮＡが子孫に伝わること、二には優れた文化遺産の価値を認識し、享受し、継承し続ける限りにおいて、個体の死を超えた生命を見るべきでしょう。モーツァルトの音楽が感動を与え続ける限り、彼の生命は不死であるといえますが、それは宇宙空間に別世界を形成して存続する実体ではあり得ず、脳活動によって存立するものです。

私は迫りくるその時をクールな思念で認識する傍ら、貴重な残り時間を音楽に、読書に、テレビ映像に、そしてボケに備えて忘備の書き物に集中し、また実るべくもない女性像を求めて、芭蕉の句ではありませんが、夢は枯野を駆け巡り、寄る辺なき我流のコスモポリタンの彷徨《ほうこう》を続けております。

そんな私ですが、あなたにはこれまでの人生を語ってみたい、いや、聞いていただきたいと思うのは、自分でも何故だかわかりません。ご迷惑を顧みず、ペンを走らせることをお許しください。

私は昭和五年の晩秋に、宮島に近い漁村で生を受けました。父は地元の役場に勤めながら画家を志していたようです。母は与謝野晶子《あきこ》の歌を愛し、そのころとしてはモダンな女でしたが、夫と子供に愛を捧げることも嫌ではなかったようです。

そんな家庭の長男として私は生まれました。私より二年遅れて弟が、その二年後に妹が誕生しました。弟や妹とは成人しても仲が良く、独身の私は既婚していた弟妹の家によく招かれました。しかし弟が三十三歳の誕生日の前日に癌で急逝し、妹もその二年後、交通事故に遭ってあっけなくこの世を去りました。我が子に先立たれて父母は嘆き悲しみましたが、それから数年後には父も母も我が子を追うように亡くなったのでした。

戦後の混乱や肉親の相次ぐ死、それに自分のわがままもあって、三十代の終りになっても私はまだ独身でした。両親が生前の時はそれを心配していくつかの縁談を持って来ましたが、私には大学時代に好きだった彼女――恋愛し、結婚の約束までしながら、卒業前に脳腫瘍で急死したのです――の残像が心を占め、見合いによる結婚は考えられなかったのです。とくに母は「長男が所帯を持ってくれて、孫の顔を見せてくれるといいのですが」と近所の人に嘆いていたようですが、これぱかりは妥協できませんでした。

私は親不孝者ではありましたが、工業高校で教員をしていたので、生きる糧だけは保障されており、両親もその点では安心してあの世に旅立ったことでしょう。自分はもはや理想の女性とは巡り会えないのだろう。ならば敢えて結婚せずともよい。四十路に手が届くと、その思いは強くなっていました。

そんな私にもついに残像を消してくれる女性が現れました。彼女は私が月一回、日曜日の午後に主催する十数名ばかりの読書会に参加していて、物語を深く読み取ることのできる人でした。それに綺麗な人で、二十六歳といえば、美しさの盛りにいる人でした。読書会にその人がいるだけで、優しい花の香りが漂ってくるようで、私は密かに恋をしていました。

出会って半年が過ぎるころでした。初夏のある日の読書会が終って、偶然二人だけになりました。私の口からとっさに言葉が飛び出していました。

「お茶でもいかがですか？」

「ええ、いいですね」

そう言って彼女は微笑みました。彼女もその時を待っていたかのような反応でした。私たちは会場の近くの、海の見える喫茶店で時を忘れて話しました。小説のこと、詩のこと、絵画や音楽のことが中心で、彼女も大のモーツァルト好きだと知って、本当に嬉しくなりました。

「私、いろんなことをもっともっと知りたいんです。今日は本当に楽しかったです。ありがとうございました」

そう言う彼女の瞳は本当に輝いていて、口元が愛らしく、吸い寄せられそうでした。

「じゃあ、時々お茶にお誘いします」

私もチャンスとばかり、こう言いました。彼女は「あら、ほんとです？　嬉しいです」と微笑みました。ました。それは外交辞令とも思えず、本心から出た言葉だと私は直感しました。

その日から私の心には彼女が住み着き、学生時代に好きで、早逝ゆえに忘れられなかった女性は、懐かしい、想い出の人に変わっていました。私は実に二十年ぶりに、女性を恋し、この人となら一緒に人生を歩みたいと思うようになったのでした。でも歳が十五も離れていたので、やはり躊躇しました。読書仲間としては快く思ってくれても、結婚となると受け入れてくれるだろうか。そんな俗な不安を抱いて、なかなか私からともに人生を歩みたいとは言えませんでした。

一緒にお茶を飲んだり、たまには食事に誘うようになって半年経ったころのことです。

「秋の縮景園《しゅっけいえん》は紅葉が綺麗だから、それに今度の日曜日は読書会はお休みなので行きませんか？」

彼女が誘ったのです。彼女とともに時間を過ごすことは心地よいので、願ってもないことでした。もちろん昼食をご馳走する予定でした。

真っ赤に燃える縮景園の紅葉は本当にきれいでした。その日の彼女の出で立ちは、淡いピンクの花柄のワンピースで、まるでバラの花がそこに咲いているようで、私の心をホロリとさせ、そんな若くて綺麗な人と一緒に歩けるだけでも、年甲斐もなく有頂天になりました。四阿《あずまや》の前にあるベンチに座って池の鯉を眺めていた時でした。

「先生は私のことが嫌いですか？」

彼女が突然そう訊いたのです。不意を突かれて、私は言葉に詰まりました。数刻、沈黙が続き、そして答えました。

「嫌いだなんて、とんでもない。好きです。心から好きです」

彼女はすかさず言いました。

「よかった。嫌いだって言われたらどうしようと、とても緊張してました」

「ありがとう。こんなに人を好きになるのは、二十年ぶりです」

そう言って、私は大学時代のことを正直に話しました。――好きだった彼女が早逝して、ずっと忘れることができなかった。あなたが現れて、やっと懐かしい、想い出の人に変化した、と。

彼女は池をじっと見つめながら、落ち着いた口調で言いました。

「正直に話してくださって、ありがとうございます。先生が愛された方だから、きっと素晴らしい方だったのでしょう。その方にはとても及ぶべくもありませんが、私なりに頑張って、今日よりも明日が、明日よりも明後日《あさって》がよりすてきな私になれるよう、努力するつもりです」

「そう、あなたはあなたの良さをたくさんもってらっしゃる。とても素敵な女性です。ぼくの方こそ、よろしくお願いします」

私はそう言うと、彼女の手を握りしめました。その手がとても温かく、逆にぼくを包み込んでくれているように思えました。

この日から半年後にぼくたちは結婚しました。もう四十二歳になっていました。彼女は市役所に勤めながら家事もよくこなし、料理の腕は相当良く、独り暮らしの簡単で味気なかった食事が楽しみになりました。もちろん弁当も作ってくれ、私はそのことに十分愛情を感じて、つくづく彼女と一緒になってよかったと思いました。

結婚して一年後には子供ができ、彼女はきっぱりと仕事を辞めて、お袋と同じように夫と子供に愛情を注ぐ道を選んだのでした。長男の誕生から二年後には次男が生まれました。彼女はラファエロが描く慈母のように我が子を見つめ、私にも以前に増して愛情を注いでくれました。そして読書会にもずっと出席して、ちゃんと自分の感想や意見を述べました。いちいち言わなくても、彼女は私の願望や欲求を満たしてくれました。ドライな現代っ子が多い中で、こんな女がまだいたのかと、不思議なほどでした。つまり、目でお互いを分かり合える。そんな日々でした。

教師としての仕事も一番力が出せる時期でした。そのころは工業高校に在職していましたのでいち早くワープロが導入され、やがてパソコンに代わり、それらを使って授業ノートはむろんですが、クラスの生徒に毎週「学級通信」発行し、生徒たちがそれを受け止めてくれているのが目に見えるので、充実感がありました。

このころ、県や市の人権教育も力が入れられ、あなたのような私立高校や、実業高校、そして定時・通信高校が一つのグループとして編成され、毎月会合がもたれるようになったのでした。私はその最初から学校の人権委員会の代表として出ましたが、数年後にあなたが学校の代表として出席されるようになりました。男性ばかりの参加者の中に若いあなたが加わったことで、会は華やぎました。意見もはっきりおっしゃるし、ふっと亡き妻と重なって見えることもあったほどです。

その数年前までは家庭でも平穏と愛情に満ち、職場でも自信に溢れて、充実した日々を送っていました。職場の大事な文章はほとんど私の手により、上司や同僚からも信頼されていたように思います。仕事以外にも読書会は無論ですが、複数の同人誌にエッセーや短歌、そして教育の小冊子には実践を載せ、今思い出しても、あんな充足感とやる気に満ちていた日々は、その後味わうことがありません。

しかしそんな日々も結婚四年が過ぎるころ、突然崩壊しました。

忘れもしません、四月七日。夕食を済ませてテレビを見ている時、隣に座っていた妻が「苦しい」と言ってソファーに倒れたのでした。私は抱きかかえてそのまま横たえさせ、すぐに救急車を呼びましたが、うつろな目の表情にだめかもしれないと直感しました。十分後には救急車が来てくれました。読書会仲間の栗田夫人に電話を入れて事態を説明し、すぐ家に来てくれるよう、そして子供のことを頼みました。救命士が「これは厳しいな」と呟きながら応急の救命措置をしてくれ、ともかく市民病院へと急ぎました。

医者はいろいろ手立てをしてくれましたが、やはりだめでした。栗田夫人に妻が亡くなったことを電話で伝えると、彼女はすすり泣いていました。妻を病院が手配してくれた葬祭業者の車で家に連れて帰りましたが、突然の死は受け入れがたく、悪夢ではないかと信じられず、次に何をすればいいか、狼狽《うろた》えて涙も出ませんでした。号泣したのはしばらくしてからでした。三歳と一歳の息子に母親の死をどう伝えるか、悩みました。それにたちまちこの幼子をどうやって育てていくか、進退窮まれりの状態でした。

ともかくも通夜と葬儀を済ませ、さし当たってベビーシッターを雇いました。ベビーシッターと言っても専門の人ではなく、近所の子育てが終った、中年の青木夫人でした。半年ぐらいなら、という条件でみてくれることになり、何とかその場をしのぎました。三歳の長男には「ママは遠い所に出かけて、当分帰ってこないので、青木のおばちゃんに面倒を見てもらうことになったから」と説明しました。しかしそんな状況の変化をまだ理解できるはずもない息子は、母親を恋しがって泣きました。無理もないことで、私も忍び泣きしたものです。

こんな状態が半年続き、その先のことが不安になっている時でした。青木夫人がいい人がいるので、その人に子供の面倒をみてもらったらどうかと言ってきました。小さな会社で経理をしていたが、ちょうど辞めたばかりだという三十代半ばの未婚女性で、青木夫人は結婚を視野に入れていたようです。

私は再婚など到底考えられませんでした。まだ妻が心にどっしりと生きていたのです。

そのことははっきりと、青木夫人に伝えていました。ただ子供の面倒は誰かにお願いしなければならず、その女性、佐和麻子《さわあさこ》が子供好きというだけの理由で、会ってみることにしたのです。

彼女は五人兄弟の一番上で、小さいころから弟や妹の面倒をみてきたので、子供の世話に馴れていると言いました。それに、穏やかな話しぶりに、いい人のように思えました。で、早速お願いすることにしたのです。朝七時半に私が保育所に二人の息子を連れて行き、午後一時に彼女が保育所に迎えに行く。家に連れて帰って私が帰宅する六時半まで、面倒をみてもらうことにしたのです。

そんな日々が三カ月続いたある日、彼女が「行ったり来たりは子供が可哀想だし、自分も保育所に連れに行くのも少々辛いので、住み込みで面倒をみることにしてほしい」と申し出たのです。私も務め前に子供を保育所に連れて行くのが少し辛くなっていた時期でした。部屋は一階に二LDK、二階に三部屋あるので、一階の六畳を使ってもらえばお互いに楽になるかもしれないとふっと思いました。心には妻が住んでいるので、男女関係に陥ることはあるはずもなかったのです。

こうして住み込みの保母が子供の面倒をみてくれることになり、私も一安心したのでした。彼女は子供に昼食を作って与えることもしてくれたので、給料も値上げしました。そのうち夕食も作ってくれるようになり、私がお礼を渡そうとすると、これは自分が勝手にしていることだから、と言って受け取ろうとしませんでした。そうは言っても彼女の善意に甘えるわけにもいかず、食材の費用だと言ってお礼を含めて余分に渡しました。

世間の目は、私たちの関係を疑わしいとみていたようですが、何のやましいこともないので、私は堂々としていました。息子たちも彼女によくなついておりましたし、料理も上手なので、彼女は本当にいい保母でした。私は安心して仕事に向かうことができました。

そんな関係が崩れたのは、一年が過ぎるころでした。ある夜、彼女が二階の私の部屋に上がって来て、「先生が好きです」と告白したのでした。不意打ちに私は苦慮しましたが、詰め寄って来る彼女の誘惑についに負けました。ただ男女関係を結んでも、私は彼女を愛しているとは思えませんでした。私の心を占めていたのはやはり亡き妻だったのです。

しかし長男が小学校に入学する前に、結局入籍しました。息子二人が彼女を慕い、彼女も息子を可愛がってくれていました。私も教師をしている手前、彼女との関係にけじめをつけねばならないと思い、入籍したのです。愛情よりも義務感のほうが強かったのです。

こうして出会って三年後に私たちは夫婦となったのでした。私は現状を肯定し、「これでよかったのだ」と何度も己に言って聞かせました。だが、亡き妻との時に感じた、あの高揚感、充足感は得られませんでした。人は顔が違うようにそれぞれ個性も違うのだから、結果も違って当然だ、と自分に言い聞かせ、何とか心の平衡を維持していたのでした。

（二）

長男が小学校四年生の時でした。授業中に席を離れて勝手にトイレに行く。居眠りをよくする。時々大声を張り上げ、理由なく隣の子の頭を叩く。そんな理由で、保護者呼び出しとなりました。教職にある自分としては、あたかも我が子の躾もできていないのかと言われているようで、恥入りました。担任の教師から、家庭に何か原因があるのでしょうか、と質問を投げかけられ、返す言葉もありませんでした。

実はこのころ、家庭内は最悪の状態でした。後妻の麻子は息子たちの面倒はよくみてくれ、息子も彼女を慕っていましたが、私との距離は開くばかりでした。初めから気持が燃え上がらない関係でしたが、決定的な理由がありました。その一年前に、私にとっては大事なもの、亡き妻の形見ともいえるある原稿が、知らない間に捨てられていたのです。その原稿が亡き妻のものと知っての行動だったので、どうしても許せなかったのです。

麻子は息巻きました。

「あなたの部屋は乱雑そのもの。だから大掃除してたら、あれが私の目に触れたのよ。紙は黄ばんでるし、大した内容でもなさそうだから、要らないと判断したのがどうして悪いの。大体、私と結婚する前に、あんなものは処分しておくべきでしょ。私に対して失礼千万だわ」

私も大声を張り上げました。

「おれの部屋は掃除しなくていいと言ってあるだろ。机の上をいじられると、迷惑だ」

「そうもいかないでしょ。あんなに乱雑な机の上を生徒さんが見たら、どう思うでしょうね。それに、家の中に秘密の場所があるなんて、妻としては許せません。あなたこそ、おかしいわよ」

その言葉に私の怒りは天に達し、拳を振り上げましたが、ぐっと堪えました。学校でも仁徳のない教師が生徒に暴力を振るうことがありますが、そんな教師を私は常々軽蔑していたのです。その孔子《こうし》の教えが頭をよぎり、振り上げた拳を降ろしたのでした。けど、どうしても言わずにはおれませんでした。

「よく聞け！　あの原稿は、彼女が我が子のためにと思って書いた童話なんだ。未完のまま亡くなったので、おれが完成させて、近々小冊子にして息子に読ませようと思ってたんだゾ。きみには不快なことだろうから、よく話し合って、理解してもらってからと思っていた矢先に、捨てるとは何事だ。許せない」

そう言うと私は自分の部屋に閉じこもり、当分の間、口をききませんでした。どうしても用がある時は、長男を介して伝えたり、メモを食卓の上に置いておく、という変則的な状態でした。今から考えると私も大人気ない行動をとったのでしょうが、その時は本気で許せないと思いました。男女関係を結んでも、もともと心が燃え上がらない状態でしたので、この件を境に気持がさらに冷え込み、麻子の体に触れるのさえ嫌でした。食事時にも会話もなく、寒々とした、淋しい限りの家庭となりました。

そんな状況の中でも私は教師としては教材をよく研究し、人権学習や平和学習にも熱心に取り組みました。あなたと出会ったのはこのような時期だったでしょうか。いろんな研究会でお顔を拝見することがあり、言葉を交わして私は清々しい気持になったものです。

その後の麻子との関係は、諦めに似た心境でした。これでは共に人生を歩む者としていけない。何度もそう思い、自分を責めました。けれども、モーツァルトの曲をかけて一緒に聴こうと思っても、「喧《やかま》しい曲」としか聞こえないのか、すぐ席を立ち、他のことをしているのです。亡き妻は共に感動して聴いていたのにと思うと、砂を噛むような気持になったものです。美術館に誘っても、用事があると言って、行こうとしませんでした。花より団子、を好む人でした。

そんな状態ですから、私もそうしたことでは麻子に一切期待しなくなり、青春時代から追い求め、習癖となっていた精神的放浪、つまり芸術や文学に快楽を求める孤独なエキピュリアン（ご存じかと思いますが、古代ギリシアの哲学者で精神的快楽を追い求めた人、エピクロスの信奉者）として、観念世界に逃避するのでした。時々は現実を見つめ、父親をさぼっているぞと己を叱咤するのですが、戦争の時代を生き抜き、戦後は肺結核を患って一命を取りとめた身でもあるので、自分を優先して生きることが許される、と内心では思っていました。夫婦の亀裂が深くなるにつれ、その思いは強くなり、そんな家庭に息子たちはしだいに居場所を失ったのでしょう。私にはあまり口もきかなくなりました。

夫婦仲は悪いのに、麻子は不思議なほど息子たちを可愛がっていたので――それは猫可愛がりであったかもしれませんが――、彼らも麻子にはなついていました。息子二人がまだ小・中学生の時には、誰か面倒をみてくれる人が必要でした。私もそのことは重々承知しており、気持の合わない夫婦でもその一点で麻子を受け入れ、我慢もしたのです。保母のままでいてもらえばよかったものを、結婚したために、ことが複雑になったのです。

今から思うと、私のエゴが成した結果で、麻子にとっても辛く、腹立たしく、楽しくない日々だったのでしょう。だからつい息子の前で愚痴り、父親の悪口も言ったようです。息子は父親が悪い、といつのまにか思い込むようになったのです。こんな家庭では安らぐこともできなかったのでしょう。

中学に入るとただでさえ反抗期に入るのに、息子は私に対していっそう反抗的になり、外の世界に興味を持つようになりました。ゲームセンターや公園をたむろするようになり、警察に補導されることもありました。教師としての私が一番困ることを息子はしでかし、私も深く傷つきました。学校では生徒たちから慕われても、足元でこんな状態では恥ずかしくてなりませんでした。

しかし長男は高二になると、進路のことで私に相談せざるを得なくなって、久しぶりに対話ができる状態になりました。上級校へ行くべきか、社会に出るべきか、相当悩んだようです。結局、経済的に親の世話にならなくてもいい防衛大学を受験することになり、猛勉強して合格しました。

長男が高三の一年間は、我が家に大きな波風が立たなかったのですが、今度は次男が大波をもたらすようになりました。本を万引きして、私はまたその書店と警察に頭を下げました。本を買うぐらいの小遣いは十分与えていたのですのに……。おまけにパン屋でアルバイトをして、オートバイを勝手に買って、暴走行為を始めたのです。幸い警察に検挙されることはなかったのですが、学校にばれて、二週間、家庭反省となりました。

この間、私も時間割を変更してもらって、家庭訪問してくれる教師に会いました。家庭反省の期間、私も次男の様子をよく観察し、将来、何になりたいのかと問いかけました。すると次男は兄の影響からか、自衛隊に入りたいと言うので、担任も私も今の状態では入れないと諭すと、彼もようやく目覚めて、勉強するようになりました。自衛隊の試験に何とか合格し、高校を卒業すると同時に陸上自衛隊の空挺部隊に入隊したのでした。彼も親の世話になりたくない一念から、授業料の要らぬ道を選んだのかもしれません。

私は教え子たちや保護者からはいい先生と慕われましたが、家庭人、父親、そして夫としては落第生だったのです。長い年月、仮面の生活がよくもばれなかった――、いや、みんな知っていても、知らぬふりをしてくれたのかもしれませんが……。

次男が高校を卒業すると、息子たちはもはや家にいなくなり、私も定年退職して一年が経っていました。定年後も三年間は二つの学校で非常勤講師をしましたので、まだ通勤感覚は残っていましたが、息子のいない、麻子と二人だけの生活は耐え難いものとなりました。――きみも何か趣味をもったらどうか。まず手始めに地域の合唱団に入ってては――と勧めてみたものの、全く反応なし。

近所のおばさんたちや中高校時代の友人と食べ歩き、飲み歩き、噂話をすることが大好きで、私との心の接点がないままに歳月が過ぎて行きました。

私が芸術や文学にうつつを抜かすエピキュリアンでなければ、そして妻たる者は炊事と洗濯をしてくれればそれでよしと期待しなければ、それなりの穏やかな老後が過ごせたのでしょう。けれど私も、青春時代からの文芸への憧憬を捨て去るわけにはいかなかったのです。それらを理解しようともしない麻子との生活は単なる同居人の生活であり、苦痛以外の何物でもありませんでした。グルメ好きの麻子はブクブクと太り、一緒に歩くのは勘弁してくれと思うほどでした。残り少ない人生を、こんな女とこんなふうに暮らしたくない。息子たちも巣立って行ったし、離婚を本気で考えるようになりました。

麻子にこのことを話しても、応じようとしないので、ほとほと困りました。挙句の果て、離婚してあげてもいいが、高い慰謝料を請求すると言うのです。退職金はたくさん貰いましたが、自分の老後を保障するためにも、これを全部渡すわけにはいきません。弁護士が間に入って何回も話し合いました。

結局、退職金の半分を譲渡すること、さし当たっての生活費として三百万円を渡すことで、何とか協議離婚に応じてくれました。これだけのことに三年半もかかってしまい、精神的にも疲れ果てた歳月でした。私はこの時六十五歳になっていましたが、これで自由になれると思うと、久しぶりに心が晴れました。麻子は、弟が継いだ実家の離れに居を構えたようです。

浪費家の麻子が以後の生活で私の名を語って借財でもしたら困るし、何も知らない友人や知り合いには協議離婚したことを報告したほうがいいと判断して、異例の離婚通知書を送ることにしました。多分、あなたにもその通知書を差し上げたかと思います。きっと困惑されたことでしょうが、当時はそうすることでけじめをつけ、初めて自由になれると思い込んでいたのです。不快な思いをされたのであれば、どうかお許しください。

こうした両親の長期にわたる離婚騒動を、息子たちは意外と冷静に受け止めていたようです。幼少時から可愛がってもらったので、麻子に対してはそれなりに愛情を感じていて、離婚後も時々は住まいを訪ねて、小遣いも渡していたようです。

息子たちも仲の悪い両親の元を離れて、一人の人間として初めて独立心をもったのでしょう。長男は横須賀の三浦半島の先端にある防衛大学で、富士山を仰ぎながら理系の勉学に励んでいました。全寮制ということもあって、広島にはほとんど帰って来ませんでした。近況報告のハガキが来るのも、年二回くらいでした。次男は広島での研修期間を終えると、千葉県舟橋市の陸上自衛隊の空挺部隊で訓練に励んでいました。二人とも経済的に自立し、私はその点では全く心配は要りませんでした。いろいろ問題のあった息子たちですが、全寮制のスパルタ式教育で鍛えられ、皮肉なことにこんな形で親孝行をしてくれたのでした。

私の方も元来の放浪癖が復活して、短歌作りのために国内のあちこちに出かけました。一人旅のこともあったし、短歌仲間とツアーを組んで行くこともありました。息子には私が死んだら家を売って、二人で折半せよ、と言ってありましたので、退職金の残り半分と年金は全部自分のために使うつもりでした。息子も別に文句は言いませんでした。経済的に恵まれていると言えば恵まれた老後ですが、それまでの二十数年間、家庭不和で悩み、忍耐に忍耐を重ねて過ごしたのだから、これぐらいは許されるだろうと思っていました。

やっと自由の身になれたのだから、また恋をしたいと思いました。私は青春時代から恋愛至上主義の心情を持っていましたので、残り少ない日々、純粋な恋ができたら、汚れ多い自分の人生は浄化されて終えることができる、と思いました。朗らかにして神秘的、魅惑的にして内面も豊かな、若く美しい女人と出会えたら、どんなにステキだろうと、自分の年齢も顧みず夢見たものでした。その夢を実現するためには、こちらも日々向上心を持って生活し、そして外面もダンディーでなければいけないと思って、服装や髪形にも気を配りました。

そんな自分に時に苦笑しましたが、大学時代に早逝した恋人と亡き妻が思い出の中で笑っていました。

「あなたの人生も黄昏時《たそがれ》を迎えてるんだもの。私たちの時よりもっとエレガントでステキな恋、黄金色に輝く恋をなさいよ」

二人がそんな声援を送ってくれているような気がしました。しかし短歌仲間は男女とも年齢が高く、現実はなかなかチャンスがありませんでした。ある時期、同年齢の女性が私にやけに親切にしてくれ、登山に誘い、弁当を作って来て、誕生日にはシャツなどのプレゼントもくれましたが、恋心とは別物で、相手が友人以上の感情を抱かぬよう、気をつけたものです。

独り身の生活は時間が経たなくて困る、とよく言われますが、私の場合、意外に早く時は経ちました。炊事、洗濯、掃除もきちんとしていると、午前中はあっという間に過ぎています。エピキュリアンとしては、料理にも時間をかけました。定年後しばらくはスーパーマーケットで買い物をするのが珍しかったので、店を毎日のように覗いてみました。惣菜もよく買いましたが、数年が経過すると何か物足りなく思えて、週に一度、〈男の料理教室〉に通うことにしました。先生も男性で、春夏秋冬の主な料理を教えてもらい、その日のうちに家で実践して、食前酒としてワインを口にしながら、作ったおかずを味わうのも乙なものでした。

料理教室に私より三歳年上で油絵を描いている男、久坂雅夫《くさかまさお》がいて、妙に気が合い、二人で旅をすることも何度かありました。久坂はその五年前に妻を亡くし、息子と娘も他県で家庭を持っていたので、独りで暮らしていました。地元では名の知れた画家で、絵画教室を開き、三十人ぐらい教えていました。男前のせいもあり、生徒は女性がほとんどで、ずいぶんもてたようです。画家になる前は大手化粧品会社の営業部にいたといい、身のこなしも粋でした。一緒にバーに行っても、いつの間にか女が彼を取り巻き、その場を盛り上げていました。どの程度深い付き合いなのか定かではありませんが、いつも若い女性が傍にいました。

大勢にもてなくてもいいから、一人の麗しい女人に出会いたい。これが私の願望でしたから、久坂をそう羨ましいとは思いませんでしたが、彼と同伴する女性がみな美しく、品がいいので、何が女を惹きつけるのかと、久坂を密かに観察したものです。

それで判ったことは、先ずはさりげないお洒落がダンディーであること。そして優しく、相手の話をじっくりと聞いてやり、髪形や服装もそれとなく褒めてやる。絵にしても、どこかいい箇所をみつけて評価し、いまいちと思うところは「ここをもう少し直すと、もっともっと素晴らしくなるよ」と励ますので、みんなは元気になるようでした。

つまり、男でも身だしなみ程度のお洒落なセンスを持ち、広く寛容な心で相対する。そして、その人のいいところを必ず見つけて褒める。おかしいところはストレートに批判するのではなく、相手が「なるほど」と思えるような言葉を発する。そして、その道のプロとしての深い知識がある。これらが久坂雅夫の魅力となっているのでした。これは教員にも通じることで、及ばずながら私も生徒に対してはこうした接し方をしておりました。

恋をしたい。そしてエロスの愛を感じたい。二十数年の空白を埋めたい。そう思うと、改めて久坂雅夫がいい男に見えるのでした。職場ではこんな男になかなか巡り会えなかったので、とても新鮮に思えました。よい友を得て、色鮮やかな老後が展開するような予感を覚えたものです。

(三)

「たまには受講生抜きで、旅行に行ってもいいな。おれは写生、きみは短歌を作ってさ」

久坂雅夫の言葉で、私も男の二人旅に出かけることに賛成しました。短歌のためだけでなく、エキピュリアンでいたい私は家族を振り切って、夏休みや冬休みによく旅をしたものです。独り身になった当時は、数日であれ日帰りであれ、思い立っては出かけたものです。久坂が「薩摩《さつま》にまだ行ったことがないし、冬は暖かいらしいからそこにしよう」と言いました。私は三十数年前に行ったことがありましたが、印象が薄れてきていましたので、もう一度行ってみたいと思いました。

その旅支度をしていると、長男が不意に綺麗な女を連れて二年ぶりに帰省しました。すでに防衛大学を卒業して四年が経ち、防衛庁に勤めていました。職場の友人と飲みに行った店でたまたま隣席にいた女性客四人の一人に、快い酔いが回ったころに息子が声をかけると、笑顔で応じてくれ、気が合ったので付き合うようになったと言います。

「結婚したいので、親父に一度見てもらおうと思って、桑田淑子《くわたとしこ》さんを連れて来た」

息子は藪《やぶ》から棒にそう言いました。

「お前が選んだ人なら、それでいいよ。けど、いくらなんでも前以て言ってくれないと、何の用意もしてないじゃないか。それに俺だって予定がある。明後日、鹿児島に行くことになってるんだ。取り敢えず料理屋に行こう」

私は有無を言わさず、近所の料理屋に連れて行きました。海の見える、京仕込みの高級店でした。先ずは淑子さんに食べたいものを聞くと、にぎり寿司が好きだと言うので三人分、上にぎりを頼みました。他に海鮮サラダ、店のオリジナルな豆腐のデザートも注文して、楽しい会食となりました。

息子のどこが気に入ったのか訊くと、「何事も決断力があること。性格があっさりしていること」だと言いました。問いかけにはきちんと答えるし、容貌もいいし、可愛い人だと思いました。私は「息子をこの人に託すよ」と、亡き妻に胸の内で言いました。

「これで一安心だ。めでたし、めでたし」

私はそう言って息子の肩を叩きました。すると息子は「あのなあ」と、ちょっと淀んだ口調をしました。

「明日、二人で麻子ママの所にも行って来るよ。父さんは不快かもしれないけど、二十数年間、ぼくのお母さんをしてくれた人だからね。お土産もちゃんと買ってある」

私には嫌なやつでしかない麻子だけど、息子にとってはやはり可愛がってくれた母親だったのです。私は「そうか、行っておいで」としか言えませんでした。

翌日彼らは麻子に会いに行きましたが、息子は私に気兼ねしてか、「元気だったよ。淑子さんを連れて行くと、喜んでくれた」と簡単な報告しかしませんでした。私は「そう」と聞き流しただけでした。

「で、いつごろ式を挙げるんだ？　もう大人だからお前たち中心に考えなさい。父さんはいつだって都合つけるから」

「まだ付き合って間がないし、お互いの勤めのこともあるし、早くても一年そこらは先かな。決まったら連絡するから」

息子はそう言いました。

次の日の早朝、私は久坂と広島空港で落ち合って、鹿児島に向かいました。息子は私が出てから、東京に帰ったようでした。

鹿児島の加治木《かじき》にある空港には約一時間で到着し、そこから市内までまた一時間。中心街にはお昼に着いたので、料理屋を見つけてすぐ食事にしました。昼はアルコールなし。久坂はスケッチを、私は短歌を詠むので、頭をクリアに保ちたかったのです。

食後は西南戦争と関係深い、西郷隆盛らの私学校跡の界隈《かいわい》を散策しましたが、やはり桜島に惹きつけられて明るいうちに島に渡りました。タクシーを雇って適当な所で止めてもらいました。溶岩が固まって原野を成している様は迫力があり、久坂は無言でスケッチし、写真も数々撮っていました。黒神《くろかみ》という所では、溶岩に埋まった部落を久坂が「日本のポンペイだな」と興味深そうに見ながら、鉛筆を走らせていました。短時間に角度を変えていとも簡単そうに数枚のスケッチを描き、さすがにプロだと感心したものです。私も、心に浮かぶ言葉を連ねて歌を詠んでいきました。

火の山は　マグマ吹き上げ　冬空に
きのこのような　雲つくりおり

私は文字通り、噴煙を上げる南岳に見入っていました。すると、噴煙のきのこ雲が八月六日のあの朝の雲と重なって見え、一瞬、眩暈《めまい》を感じて、久坂の肩をつかみました。

「どうした？」

久坂は絵筆を止めて、私の体を気遣ってくれましたが、すぐ正常に戻ったので、安心したのか、また画帳に向かいました。そしてしばらくすると、独り言のように言いました。

「この山と対面していると、地球はまさに生きていると感じるよな。我の存在など、ちっぽけなもんだ。ほんとにちっぽけだ」

「そのちっぽけな我が、心に大宇宙を取り込んで哲学したり、交響曲を作曲するかと思えば、愛だ、恋だ、失恋だ、嫉妬だ、憎しみだ、と懊悩《おうのう》するんだから、健気《けなげ》でもあるよな」

私がそう言うと、久坂は「そうだな。今、この小さな胸に地球の自転の音が響いているよ」と真顔で言うのでした。

一日目の宿は市内に、二日目は指宿《いぶすき》にしました。夕食で酒を飲むまでは一緒に過ごしましたが、寝る部屋は別々にとりました。寝姿など互いに見せない方がいいという美学が働いたのでしょう。

二日目、コニーデ式火山の開聞《かいもん》岳の形のよさには、二人して感動しました。かつて特攻機が知覧《ちらん》の旧飛行場から出撃するとき、まずはこの開聞岳へと進路をとり、富士山にも似たこの山に故郷の家族や恋人を思い、別れを告げて南方へ向かったと知って、美しい山がまた違って見えてくるのでした。

そして、知覧では出撃を明日に控えた若者が一夜を過ごしたという半地下の宿舎を見学しましたが、私も久坂もしばらくは無言のままで時を過ごしました。まさに私や久坂の世代は、戦争があと少し長引けば、場合によっては自分が特攻要員として、この宿舎で一夜を過ごしたかもしれないのです。明日の死を覚悟した若者の胸中を察すると、目頭が熱くなるのでした。

あといくつかの歴史的建造物など見て歩きましたが、久坂は明治維新に活躍した人物の多さに驚いていました。画家は何でも絵にしますね。ちょっとしたものでも心に食い入って来るようで、描いたスケッチの数は相当なものでした。私も歌を詠みましたが、その数にはとても及びません。久坂は、来年の秋の個展は薩摩シリーズにすると言ってましたから、本気度が違うのでしょう。

ともかくも楽しい旅でした。その十ヵ月後に遭遇する悲しい出来事を、二人とも予想だにできませんでした。

個展が始まる一週間前、久坂は肺炎で急死したのです。無理に無理を重ねていたのでしょう。風邪を引いても医者にも行かずに、個展の準備をしていたそうです。弟子たちが医者に連れて行こうとしますが、風邪ぐらい大丈夫だ、あの戦争にだって生き延びたのだ、最後の仕上げが先だ、と言って頑張ったのです。結局風邪ではなく、急性の肺炎で、医者にかかった時は手遅れだったのです。

私は長年の麻子との不仲や離婚騒動、そして問題を起こす息子たちの苦労からやっと解放されて、これまでに出会ったことが無いようなよき友に出会って、充実した生活を送っていましたのに、半身をもぎ取られたような、耐え難い寂しさに襲われました。「七十になったばかりで死ぬとは、早すぎるよ」そう言って、三日間は泣き明かしました。

けれど、気が付いたのです。旅の間、あんなに一生懸命に絵筆を動かしていた久坂の姿が脳裏に蘇って、「泣いている場合か、彼の弟子たちと遺作展を成功させなくては」と熱い思いが吹き上げて来て、行動を開始したのです。旅を共にしていたので、彼の気持が解り、作品の位置、隣り合わせにする作品はどれかなど、弟子たちに伝えて、会場を彼が望むだろう形に整えたのです。勿論、受付も手伝いました。この遺作展を成功させようと私も夢中になり、悲しみを何とか乗り越えることができたのでした。

中心街の画廊で行われた久坂の遺作展は、大盛況でした。久坂の息子と娘も遠方から駆けつけて来ました。彼らは父親の作品をすべて県立美術館に寄贈し、地元の新聞で大きく取り上げられました。ともかく主のいない個展は成功裏に終り、そのことが私にとって、せめてもの慰めとなりました。

亡き妻といい久坂といい、命があまりにもあっけなく終ることを、私は思い知らされました。自由の身となってこれから本当の意味でエピキュリアンとして生きようと思っていた私は、自分の命の時間もそう長くはないとはっきり自覚し、いっそう己の欲望に忠実に生きるべし、得心した人生を送るべしと、改めて認識したのでした。

久坂とは四年未満の付き合いでしたが、一生の友となりました。四十年近く教員をしていたのに、職場の仲間に久坂ほど濃密に付き合う友ができなかったことは、淋しい限りです。独り身となった私を時々教え子が訪ねてくれましたが、なかなか本音では物が言えませんね。やはりどこまでも教師ヅラをしている自分がいて、己の弱さや愚かさを曝け出すことはできません。人生の黄昏時を生きているにもかかわらず、まだプライドを捨てることができないのでしょう。

久坂が鬼籍に入って三ヵ月が過ぎ、私の気持もようやく鎮まったころ、ふと長男に電話してみる気になりました。久坂と薩摩に旅する前々日に突然彼女を連れて来て、挙式は早くて一年先頃かな、と言っていたのを思い出したからです。その後何も言ってこないので、放任主義の親としても気になり始めていたのです。電話に出た息子の声が冴えないので、変な予感を覚えました。彼女は元気か、結婚はいつになったのかと訊くと、「別れた」と一言返ってきたので、私は「エエッ」と驚きの声を上げていました。

「春休みに女友達四人でハワイに行って、そこで知り合ったアメリカ人が好きになったので、婚約を解消したいと言ってきたんだ。だから別れるほかなかった」

息子はそう言いました。

「そうか……。ならば仕方ないな。ま、女なんて星の数ほどいるから、心配するな」

私は何の保証もないのに、そんな強がりを言ってしまいました。

「けどさ、人は信じられないな。あれほど俺のことを好きだと言ってたのに……」

「その時は本気で好きだったんだろ。でもな、人の心は状況によって変わり得るんだよ。そんな時は、潔く諦めるしかないいな」

「うん。ただ……、やっぱりあの変心は信じられない。俺、人間不信になりそうだ」

息子は鼻水をすすりあげるような、涙声になっていました。

「失恋ぐらい、何だ。蚊に刺されたか、蚤に喰われたほどのことぐらいに思え。元気出すんだぞ」

私はそう言って電話を切りました。そうは言いましたが、私も息子同様にあの彼女がそんな変心行為をするなんて、とても信じられませんでした。私は大恋愛を二度しましたが、その後何度か恋愛もどきを経験して別れを繰り返していたので、抗体ができていました。が、息子は初めて恋愛し、相思相愛の後に失恋したのですから、相当な打撃を受けたにちがいないと心配しました。けれど国防を担う自衛官だから、仕事に打ち込んで乗り切ってくれるだろうと信じ切っていました。

その年の桜の花も終るころ、突然、長男の死が上司から知らされました。どこで薬品を手に入れたのか、服毒自殺でした。まだ二十六歳の若さなのにと思うと私はその場に座り込んで慟哭《どうこく》しました。彼が失恋で苦しんでいるのを知りながら何もしてやれなかったことを、心から悔やみました。ただ防衛大学に入学以来、八年近くも一緒に暮らしていなかったので、死んだという実感がなかなか持てず、盆には休暇を貰って帰省してくるような気さえしました。だが日が経つにつれて喪失感は大きくなり、半身をもぎ取られたような痛さ、淋しさに襲われました。私が毎夜、寝酒するようになったのは、その頃からでした。

一年間に久坂雅夫と長男の死を経験して、私は打ちのめされていました。短歌を詠むこともままならず、気が付けば溜め息をついてボーッとして一日を過ごしているのでした。モーツァルトの音楽が私を慰めてはくれましたが、いまいち昔のようにファイトが湧いてこないのです。古稀は目前に迫っているというのに、私という人間ができそこないだから、こうなのだ、と己を叱咤する日々でしたが、なかなか元には戻れませんでした。

そんな時、ふっと通りがかりにあったパチンコ店に足が自然に向いておりました。これまでは社会的敗残者が行く所と軽く見ていて、入ったことはなかったので、やり方もよく分からず、隣の人を盗み見て、私もマシンを押しました。が、これも本気でないので一向に球が出ません。やけ気味になって親指をひたすら押しまくっていたら、一度だけ球がジャラジャラと出てきました。それで小休止していると、かかっていた流行歌が不意に胸にスーッと入ってきたのです。

何から何まで真っ暗闇よ
すじの通らぬことばかり
右を向いても左を見ても
ばかと阿呆のからみあい
どこに男の夢がある

いつかどこかで聞いたことがある、鶴田浩二の〈傷だらけの人生〉という歌でした。最初のフレーズが私の心境と合致して、胸に沁みました。これまでクラシックばかり聴いていた私にしては異例のことで、不思議な感覚を覚えました。この時より私は、これまで見向きもしなかった流行歌にも気持を寄せ、とくに鶴田のＣＤを何枚も買うようになったのです。私は偏見に満ちたエピキュリアンだったのでした。これをきっかけに、美空ひばりや都はるみ、ちあきなおみなど、女性歌手のＣＤもたくさん買いました。所謂、演歌を聴きながら寝酒をする、そんな暮らしが身に付いていきました。

（四）

俺はバカになったのではないか。規則正しい生活がいつの間にかだらしない生活になり、掃除もサボり、食事を作るのも億劫《おっくう》になって、いわば虚脱状態に陥っていました。だからコンビニで弁当を買ってきたり、近所の食堂に行ったり、服装もあまり構わないようになり、入浴さえ面倒になりました。以前なら考えられないほど惰性に流れる生活が続き、さすがにこれではいけないと思うのですが、体が動かないのです。だらしない生活は慣れると気楽なものですから、なかなか元に戻れませんでした。

が、ある日、戸棚の上に飾っていた亡き妻の顔写真が泣いているように見えたのです。よく見ると埃にまみれていて、角度によっては泣いているように見えるのです。私はティッシュペーパーで埃を拭き取り、ごめんな、と謝りました。あれほど愛していた妻の写真さえ、何日も見ていなかったのです。これにはショックを受けました。

でも写真の妻は微笑んで言いました。——あなた、エピキュリアンでしょ。生活を楽しみ、歌を詠み、理想の女人を求め続けなくちゃあ、だめよ、と。

このことがきっかけで、私はようやく部屋を掃除し、食事を自分で作り、服装にも気を遣うようになりました。無論、短歌をまた詠み始めたのです。

こうして何とか生活を立て直したころ、また問題が起こりました。突然、次男が自衛隊を辞めて帰って来たのでした。彼にとっても仲の良かった兄の死は相当な衝撃となり、これまでの生き方に疑問が湧いたり、自信もなくしたり、生きる意味を見失ったのでしょうか。そうだろうと思いながらも、私は理由を聞かずにはおれませんでした。

「自衛隊には自分から入隊を希望したのに、どうして辞めた？」

「辞めたいから、辞めただけだ」

その言い方があまりにも乱暴なので、私はつい言ってしまいました。

「そんな言い方はないだろ。ちゃんとした大人なら、父さんに解るように、きちんと説明してくれ」

「うるせえーなあ。さっきも言ったように、辞めたいから辞めた、それだけだ」

そう言って息子は二階へ上がり、自分の部屋に籠りました。私はむかつきましたが、その日はぐっとこらえて引き下がりました。

翌日、息子は十時過ぎに起きて私が用意した朝食を食べ、どこかへ出かけて行きました。帰って来たのは夜七時のテレビニュースが終ってからでした。私は夕食を一緒に取ろうと思い、待っていました。息子は黙って二階へ上がろうとするので、呼び止めました。

「おい、夕飯は食べんのか。待ってたんだよ」

「誰が待ってくれと言った。てめえが勝手に待ったんだろ」

高校のころ一時ぐれてこんな言い方をしたことがありましたが、ここ数年、たまに会う時はごく普通の状態でしたので、私は本当に驚きました。

「そんな言い方はいけないな。父さんも古稀を迎えた。もうあまりお前の面倒を見れない年齢だ。お前は、これからどんなふうに生きて行こうとしてるのか。父さんはどれだけ手助けができるのか。そんなことを話し合いたいと思うんだがね」

「話し合ってどうする。俺の人生だ。うるさいこと言って、説教するな」

息子は毒づくような口調をして、私を睨み付けました。いい大人の我が子からこんな言い方をされ、私は情けない気持で頭に血がのぼりましたが、ぐっと堪えました。

「じゃあ、話し合いは中止だ。その代わり、お前の人生だから、自分で先々のこともよく考えなさい。腹もすいただろうから、まあ、食ってくれ」

すると息子はテーブルに近づき、「こんなものが、食えるか」と皿や茶碗をひっくり返したのです。それらは音を立てて床に落ち、割れて飛び散りました。

「何をするんだ」とまで声に出て、私はその後の言葉をぐっと飲み込み、床に散らばった陶片やおかずなどを拾い集めていきました。息子は荒々しい足音を立てて二階へ上がって行きました。折角それなりにいい方向へ変わってくれていた息子に、一体、何があったのだろう。兄の自死が影を落としているのは間違いないのでしょうが、それにしても二十五歳になろうとして、こんな駄々っ子ぶりでは情けない限りでした。

ただ、再婚した麻子と私の関係が悪く、それが長く続いたので、彼の小・中・高校時代は家庭的に幸せとは言えず、その原因を作ったのが私なので、息子を強く責められませんでした。

その後も息子は、朝は十時ごろ起き、食卓に私が作って置いた朝食を食べていたようです。捨てた形跡がないので、食べたのだと思います。朝食といっても食パンにハムやチーズを挟み、野菜サラダ、牛乳、ヨーグルトを添えただけの質素なものですが、必要カロリーは満たしていたと思います。

朝食が済むと息子は毎日どこかに出かけ、夜の七時、八時ごろに帰って来るのでした。放任や無視もいけないと思い、時には「どこに行ってたんだ」「何をしてたんだ」と訊くと、「てめえに関係ないだろ」と、乱暴な返事が返ってくるばかりで、私はそれ以上言わないことにしていました。

毎日こんな状態が続き、気持が沈み込んでしまいました。私は青年時代から無神論者でしたが、一応小さな仏壇はありました。最初の妻が死んだ時、彼女の実家からのたっての願いで、小さな仏壇が持ち込まれたのです。仏壇は開け放しにして、妻の遺影はそこに飾られました。長男の写真も妻の隣に置いてやりました。

私も歳をとり、気持が多少は変化したのでしょう。時々、仏壇の前に座るようになりました。諸行無常の体験を重ねるうちに、古人《いにしえびと》がなぜ人間の上に神仏という絶対者を置いたのか、多少は理解できるようになったのです。人として自主独立の精神を保つことは大切ですが、弱く愚かしい己を認め、傲慢にならないように生きていくために、神仏という絶対者が必要だったのでしょう。人生で信念を持ち続けることは大事ですが、歳月の経過の中で考えが変化していくのもまた現実なのだ、と思うようになったのです。

次男との関係がうまくいかず、浴びせられる乱暴な言動に傷ついた私は、仏壇の前に座ることが多くなりました。次男が歳相応の、まっとうな人間に立ち返ってくれるよう、妻と長男に助けを求めているのでした。二人の遺影の前に座っているだけで、不思議なことに気持が少しは落ち着きました。

一つ屋根の下に住みながら、息子と一緒に食事をすることはほとんどありませんでした。もはや私もそれを仕方のないこととして受け入れていました。自分のためでも息子のためでもあるので、私なりに栄養のことも考えて、肉や魚を煮たり焼いたり、味噌汁も魔法瓶に入れて冷めないように工夫し、野菜サラダは朝晩作りました。それらを食卓に置いておくと、息子は恐らく仕方なしに食べたのでしょう。外食ばかりでは無職になった彼には経済的な負担が大きいので、父親の下手な料理でも、食べないよりはましだったのでしょう。

息子がどれだけお金を持っているかも判らず、訊いても答えてくれないので、私は月に三万円、食卓の上に黙って置いてやりました。無くなっていたので、使っていたのでしょう。自衛隊に入って八年近くが経過しているので、それなりに貯金もあったはずです。そんな息子に対して、私の対応は第三者の目には甘いと映るでしょうが、息子の思春期に家庭不和で、温かい場所であるはずの家が冷たい空気で満たされていたのですから、彼の歪《ゆが》みの一端は私にも責任があるので、これくらいはしてやってもいい、と思ったのです。

こうして息子と顔を合わせることも少なくなり、時が来ないと解決しないのだろうと、私も悠長に構えることにしました。無責任のように聞こえるかもしれませんが、十分に大人の彼にいくら説教しても、受け入れるどころか反発するばかりなのです。私は諦めの境地に達し、エピキュリアンとしての自分を取り戻そうと思いました。私から短歌を取ると、何も残らない。もっと本気で頑張らなくてはいけない。悩み事があっても、それさえ歌のネタにする。また家にばかりいてはいけない。取材も兼ねて、外に出よう、と思うようになったのです。

食事も、息子がいないことが多い昼は外で取ろう。食後は喫茶店でコーヒーを飲んで、頭に浮かぶ言葉を連ねて歌を詠もう。できるだけ楽しいことを考えて暮らそう。こんな考えを復活しました。

短歌の会にもできる限り出るようにしました。私に好意を持ってくれている高齢の女性がやはり親切にしてくれましたが、無理に避けるのではなく自然体で受け入れ、受け流すようにしたので、あまり苦と感じなくなりました。数少ない三十代、四十代の若い女性が居ましたが、――短歌の世界も高齢化が進みこの世代は若いと形容詞をつけてもおかしくないのです――、私の好みのタイプではなかったので、恋心は起きませんでした。歌会では十首のうち大抵五首は採ってもらったので、私の自尊心はかろうじて保たれました。中には批判のための批判をして優越感に浸る者がいて、それに躍起になって反論する者もいましたが、私は「ワン　オブ　ゼム」だと一応受け止め、そして受け流しました。

短歌の会は年に三、四回、日帰りも含めて小旅行をします。気を晴らすためにも、私は可能な限り参加しました。仲間の中には、息子夫婦と一緒に住んでいても嫁に気兼ねして過ごすより、みんなどいる方が楽しいと言って、どれもこれも参加する者もいました。出雲路の三刀屋《みとや》町に行ったとき、城跡に咲く桜があまりに見事で、そこでお花見をしたことがありました。私は古のエピキュリアンを思い出し、一首詠みました。

花びらを　受けて酒杯を　酌み交わし
西行想いて　歌を吟ずる

これは判りやすい歌なので、みんなで吟じてくれました。

こんなふうに、外では私も楽しそうに見える老人でした。だが家に帰ると、次男との冷たい戦争の最中で、顔が合えば腫物に触るような雰囲気がありました。彼が日中は家にいないということは、アルバイトにでも行っていたのでしょう。私は祈るような気持で、彼をただ見守るばかりでした。

こんな状態が二年は続いたでしょうか。私が間もなく七十三歳を迎えるころの晩春、突然、自衛隊時代の元上司だった人を頼って、県北の果樹園に勤めることになりました。

「元の上司が三次《みよし》で果樹園をやってるんだ。すぐにでも来て手伝ってくれと言うので、しばらく行って来る。これが住所だけど、よほどのことがない限り、電話など掛けられては困るから」

久しぶりに正面から、長い言葉が発せられました。彼は私の知らないうちにフォークリフトの免許を取ったようで、風来坊の彼を見兼ねた元上司が、呼び寄せたのでしょう。父親には拒絶的な態度しか見せない彼にも、他者と連絡を取ることができていた。つまり人間的な営みがあったのだと思うと、私は胸を撫でおろし、餞別として十万円やりました。

そして言いました。

「もし新しい生活で困るようなことがあったら、俺のような父親でも役に立てることはあるだろうから、相談してくれ。ただ、年金生活者だから経済的にはたいそうな援助はできないけど、少しぐらいならいつでも用立てできるから」

「ああ、分かった。そんな時には頼むから」

彼はただそう言って、ボストンバッグ一つを持って家を出ました。その後ろ姿を見送りながら、私はホッとしました。彼もやっと再出発してくれる。これで息子の呪縛からも解放される。私は安《あん》堵《ど》の胸を撫で下ろし、彼をただ見守ることしかできなかった二年間が、無駄ではなかったような気がしました。私は仏壇の前に座り、亡き妻と長男にこの出来事を報告しました。妻の遺影が心なしか笑ったように感じました。

そして二年が過ぎました。息子は正月休みに二度帰って来ただけでした。果樹園で取れた果物をジャムにした瓶詰を手土産に持って帰り、麻子にも同じようにそれを持って挨拶に行ったようでした。この二年間は私にとって、久しぶりに息子との確執のない穏やかな歳月でした。

朝は自動的にセットしたモーツァルトの曲で目覚め、自分で作ったサンドイッチやサラダや牛乳の朝食をとり、その後はソファーに座ってゆっくりと新聞を読む。読み終えると洗濯や散歩をして、午前中が過ぎて行く。昼は近在の食堂やレストランを日替わりで巡り、定食やラーメンや寿司やイタリアンを食べました。店主やウエイトレスとも顔見知りになって、それなりに人との関わりが持てました。夜は自分で食事を作りました。これでも男の料理教室に二年も通ったのですから、ある程度、美味しいものが作れました。

短歌、読書、音楽鑑賞（クラシックだけでなく、鶴田浩二や園まり、ちあきなおみなどの演歌もよく聴きました）が日々の生活を豊かにしてくれました。町内会の班長も引き受け、近所の人たちとも程よい関係を結びました。また短歌仲間と、あるいは独りで、日帰りや泊を伴う小旅行にも出かけました。

京都に独りで出かけた時のことは、今も心に残っています。近代美術館でシャガールの特別展をやっていて、私は童画とも思えるこの画家の色彩が好きで、画集も買っておりました。シャガールを鑑賞し、ついでに紅葉狩りをするのもよかろうと思ったのです。宿は御所の近くに予約しました。昼前に京都に着き、タクシーで近代美術館に直行して、館内のレストランで昼食を取りました。食後のデミタスコーヒーを飲み、ゆったりとした気分でシャガールの絵を丁寧に観て行きました。ギリシア神話の《オデッセイ・シリーズ》の版画を見るのは初めてでしたが、英雄オデッセイがトロイ戦争に凱旋して故郷のイタケー島に辿り着くまでに遭遇した数々の苦難が色鮮やかに描かれていて、それぞれにおもしろかったです。また《ニースとコートダジュール・シリーズ》は南欧の明るい太陽の輝きや乾いた空気まで伝わって来て、とくに《バラの花束のあるアンジェ湾》は印象に残りました。

ふと横を見ると三十代の初めでしょうか、ハッとするほど美しい女がその絵をじっと見ているのでした。私は求めていた理想の女人がそこにいるように思えて、心を奪われました。密かに盗み見し、胸が高鳴りました。ああ、もっと早くこんな女人と出会いたかった。久しぶりに恋心が体中を駆け巡りました。でも、たびたび彼女に視線を向けるのは気が引けたし、それに絵の魅力も私を惹きつけ、気が付けば彼女を見失っていました。急いで隣の部屋に移動してみましたが、彼女を見つけることはできませんでした。まるで幻のように立ち現れて、瞬時に消えて行った天女のような人でした。それゆえに、私は急に淋しさに襲われたのでした。

そんな気持で近くの平安神宮に向かいました。

ここは夏の花菖蒲《はなしょうぶ》で有名のようですが、紅葉も綺麗で、花木とかかわる万葉の歌のプレートが所々に立ててあり、なかなか乙な庭園でした。ふと前方に目をやると、ベンチにあの美しい女性が独り座っているではありませんか。偶然とはいえ、何か運命のようなものを感じて、声をかけずにはおれませんでした。

「あのー、さっき美術館でシャガールを観ていらっしゃいましたよね」

女性はやや驚いたような表情をして、

「ええ、シャガールが大好きですから」と応えました。そして「あなたもシャガールがお好きですか」と訊き返しました。

「もちろんです。そのために、広島からわざわざやって来ました」
「すばらしいことですわ」
彼女は微笑をたたえてそう言いました。私は「好きなことに時間とお金を使うのは、楽しいものですね」と応じながら、この女人にこれ以上言わせてはならないと咄嗟に思ったのです。素敵な時間はそのまま凍結したほうが、もっとステキになると思ったからです。彼女に別れを告げて、順路に従って池の周りを歩いて行きました。歩きながら、天女のような女人の顔や言葉を思い出し、快い気持がずっと続きました。

その夜は、バックグラウンドに箏曲《そうきょく》が静かに流れているホテルの料亭で、懐石料理を張り込み、リッチな気分に浸りました。そして私なりに、ある結論に達したのです。私も七十五歳になっていました。肉体的にも精神的にも〈無限・永遠〉という言葉からは遠ざかる日々でした。そうありたいけれど、それは願望にすぎず、現実は体力も精神力も衰えつつあること、避けようにも避けられない死の壁が前方に立ちはだかっていることぐらい、分かっていました。

だからエピキュリアンとして理想の女人を求めても、それはプラトニックなものでなければならない、という結論です。現実の生々しい行動をとれば、たちまちに美は崩壊し、幻滅の悲哀を味わうだけだと、深く認識したのでした。これからは、内心で密かな、叶わぬ恋をすることだな。そう呟いて、私は苦笑しました。

この京都の独り旅は、本当に心に残るものでした。大学時代に早逝した恋人、最初の妻、そして京都の天女が重なり合って、理想の女人は私の胸の内でいかようにも膨らみ、いつもモーツァルトのヴァイオリン協奏曲のような心地よいメロディーを奏でるのでした。

（五）

次男が再出発して二年間は、これまでにないほど穏やかな日々が過ぎて行きました。だが、そんな日もあっけなく終りを告げたのです。五月の連休明けに、息子が突然帰って来て、負の結論を伝えたのです。

「果樹園、辞めたから」

「エッ……」

私は驚きのあまり二の句が出ませんでした。

「あんな田舎じゃ、パチンコしか楽しみがない。それに果物が実るまで待つのはじれったくて、俺の性格には合わんし、給料も安い」

「そんなことは、初めから解ってたんだろ。二年間何とかやってこられたんだから、もう少し辛抱できないのか」

私はできるだけ優しい口調で言いました。

「それができんから、帰って来たんじゃないか。俺が帰って来たら困ることでもあるんか」

息子はだんだん苛立ってきました。

「そうじゃあなくて、何事も耐える期間があって、やがて本物になると言ってるんだ」

「そんな説教は聞きたくもない」

そうヒステリックに言うと、息子は二階に駆け上がって行きました。またか……、私は砂を噛むような思いを味わっていました。どうしたら、この二十七歳になる息子を再生せることができるのか。まだ完全に無神論を捨てたわけではない私が仏壇の前に座り、手を合わせ、妻や長男の遺影と向き合って、次男の再生を願っているのでした。

その夜はやはり眠れませんでした。息子の幼少期から高校時代にかけて、つまり人格形成期に、二度目の妻との長きにわたる不仲が続き、彼の性格と人格を歪めてしまった。その張本人が私なので、つけが私に回って来たとしか言いようがなかったからです。それでもやはり、何故……息子は自分の人生を切り開いて行こうとしないのか。いや、切り開いて行こうとしても、忍耐が続かないのか。私は教育者として足元がぐらついているのを知りながら、なぜ早い時期に本気で立て直そうとしなかったのか、と自分を責めたのです。

息子はまた遅く起きて、日中はどこかに出かけ、夜の七、八時ごろに帰宅する生活を始めました。食事を一緒に取ることはほとんどありませんでしたが、朝食も夕食も私が作ったものを食べていたようです。顔が合うこともあまりなく、合ったとしてもすれ違うだけで、会話のない生活が戻りました。

ある時、久しぶりに一緒に夕食を食べました。黙っているのも苦痛なので、私が口火を切りました。

「自衛隊はサバイバルを考えて、ある程度カリキュラムに料理も義務付けられていたんじゃないのか」

「嫌だから辞めた所の名前を出すな」

そう言って、息子は明らかに不快な顔をしました。

「悪かったな。おれの料理は年寄向きだから、お前の口には合わないだろうから、食べたいものを自分で作ればと思って言ったまでだ」

そこで止めておけばいいものを、私の口から言葉が滑り落ちました。

「今の人は結婚しても共働きが多く、男も家事や育児を分担するようだから、お前もその予行演習だと思って、時には料理をしてみたらどうだ」

すると息子は私に向けて茶碗を投げつけ、

「結婚など、考えてもいない。二度とそんなことを言うな」と凄んだのです。我が子ながら、怖いほどの見幕でした。親心で何を言っても拒否される。腫物に触るような接し方しかできないとは、実に情けないことでした。

またある時はこんなこともありました。

「お金を三十万円用意してくれ」と言うのです。年金生活者として三十万円は大金ですが、息子の再生に必要であるならば、貯金でも下ろすつもりでした。何に使うかと訊いても、

「要るから頼んでるんだ」としか言わないので、「それでは説明になってない」と私も拒みました。

するとと息子は大声を張り上げたのです。

「お前は、俺が子供だったころ、家庭を不幸にしたじゃないか。償う気持はないのか」

私もここで言わないともうチャンスはないと思い、彼を不快にしてもいいと覚悟して言ったのです。

「その点は謝る。しかしお前も親になってもおかしくない年齢で、いつまでもそんな気持でどうする。自立した大人になってくれよ。お前はさっき結婚など考えてもいないと言ったが、今のままじゃ、結婚もできないよ。嫌でも忍耐して、ちゃんと定職に就くべきだ」

彼は逆上して、私を殴りつけました。

「いい加減にせんか」

私も大声を張り、彼を殴っていました。中学時代に柔道をやっていたので、私もまだ殴られっぱなしではありませんでした。翌日、鏡で見ると、無残にも顔や腕に青黒い痣《あざ》ができていました。このまま外に出ると何事かと思われそうで、私は数日家に籠り、料理も在る材料をすべて使って、何とか賄いました。

次の夜、帰って来た息子を捕まえて、結局、銀行から下ろしてきた三十万円を渡しました。

「どうしても必要な三十万円なら、今回に限って理由は言わなくても、出してやろう。しかし次は無いものと思え」

息子は礼も言わず、その袋を持って二階に上がりました。

実はその後もこういう事が何回かあり、私は息子の性根のなさに絶望して、ホテルに身を隠す日もありました。さらに半年後に私のシェルターとして、一ＬＤＫのマンションを借りたのです。経済的には損失が大きいけど、一時的にも息子と離れないと、新聞沙汰になるような事件にでもなれば、第一巻どころか全巻の終りなので、共倒れするよりはいいと思ったのです。

私は、息子宛に次のような手紙を書き、食卓の上に置いて家を出ました。

――お互いの関係が険悪状態なので、しばらく離れて暮らした方がいいと思う。冷静に話し合えるようになったら、また一緒に暮らそう。給料がそれほど高くなくても、まじめに働けば、道はそれなりに開けて来るだろう。この家と敷地は、将来はお前に譲るので、大事に使ってくれ。料理も自分で考え、バランスのとれた食事をして、健康にはくれぐれも気を付けるように。遠くからではあるが、父は、お前の本格的な自立が一日も早く訪れるよう、祈っているから。七十路の半ばに達した父だが、ほぼ健康なので心配は無用だ。お前は、今は自分の立ち直りだけを考えて生活するように。

父より

この手紙をどう読んだか判りませんが、息子の自立を希求すると同時に、老親としての私もこれを機に、新しい生活のスタートを切ったのでした。住所や電話番号は知らせませんでした。区役所に息子を名乗る者が私のことを訊いても、教えないでほしい。息子は自己改造の途上にあるので、しばらくは里心がついてはいけないのだ、とよくよく頼んでおきました。

私の住む十階建てのマンションは偶然にも警察署のすぐ傍で、五階の私の部屋とは道路を隔てて斜交《はすか》いに対面していました。防犯上はこの上ない物件でした。一ＬＤＫは前の広い家に比べると手狭どころか圧迫感がありましたが、もっと広いフラットは家賃が高いので、受け入れるほかありませんでした。

仏壇の遺影はそのままにして、私は想い出の詰まったアルバムから数枚の写真と、数枚のレコードとＣＤ、オーディオデッキ、幾冊かの書籍、それにパソコンを持って家を出たのでした。年老いてこんなことになろうとは、想像だにしませんでした。内心で亡き妻に、身から出た錆だろうね、と言って笑いました。

マンションにはいろんなタイプのフラットがありましたが、私の階は一人住まい用の一ＬＤＫが並んでいました。両隣にはビールのつきだしにもなるチリメンジャコを持って、挨拶に行きました。右隣は千葉から単身赴任している大崎さんで、歳は三十四歳。妻と三歳と一歳の娘に会うために月一度は必ず帰省していて、大手銀行の行員という事でした。長男が生きていれば、こんなふうな家庭を築いているのに……と、私はつい、ない物ねだりをしているのでした。左隣はバツイチの内藤さんで、もう五十を出ていて、保険会社に勤めているということでした。二人とも気さくないい人のように思えましたが、あまり親密にならないように、と自分に言い聞かせました。毎晩ビールでも飲もうと誘われては、私の自由な時間が台無しになるので、一定の距離を保つことを自らに課したのです。

こうして、私にとっても新しい生活が始まりました。部屋はコンパクトながら、使いやすい構造になっていました。家具は作り付けで、買ったのは勉強机だけです。家から持ち込んだものが少ないので、初めは不便を感じましたが、これもそのうち慣れました。市街地なので食堂やレストランもたくさんありましたが、節約のために食事はできるだけ自分で作りました。でもあまりつつましい生活では先もないのにつまらないので、週に一度は豪勢に、と言っても知れていますが、外食を採ることにしました。

自炊生活となると、男の料理教室に通っていて本当に良かったと思いました。包丁を握りながら、そこで出会った親友の久坂のことがしばしば思い出される日々でした。薩摩の旅の楽しかった情景が思い浮かび、涙が零れることもありました。あんないい友達が今はいない。それだけは淋しい限りでした。短歌を詠み、モーツァルトを聴き、本を読むことで淋しさは幾分慰められましたが、マンションの独り暮らしは、自由はあるが、やはり淋しいものです。その淋しさの隙を突いて、私の心にスーッと入って来たのが、コンサートに行って、生演奏を楽しむことでした。

ちょうどマンションの裏手から歩いて数分の所に、大ホールがあり、歌手や演奏家のコンサートがよく行われていました。外国のフィルハーモニーが来ると、私は欠かさず聴きに行ったものです。

ある日、新聞のチラシで歌手の八代亜紀《やしろあき》が来るということを知り、不意に行って見るか、という気になったのです。その顔写真の眼差しが私の瞳を直撃し、おいでよ、と呼びかけられているような気がしたのです。鶴田浩二の《傷だらけの人生》が心に沁みて以来、クラシック好きの私も演歌の良さを発見して、時々CDを買って来て、寝酒しながら聴いていたのです。でも、実演を聴きに行こうとまでの熱意はありませんでした。この時が初めてで、歌姫の歌も雰囲気もとてもよかったし、何よりもその時間が楽しかったので、癖になったようです。

生演奏はCDと違って迫力がある。きらびやかな服装の歌手が笑顔を向け、優しく、そして悩ましげに歌う。周りの見知らぬファンたちと一体感が生まれる。自分がまるでステージで歌っているような錯覚に陥る。この経験はその場にいないと解らないものです。ひと時にせよ、他の諸々を忘れてその場に埋没できる。私のような立場にある者は、こんな夢を見ることが必要なのでしょう。

それと、エピキュリアンとしての私は未だに理想の女人を求め続けて、心の旅をしているのです。でも京都の旅以来、現実にそれは不可能に近いことだと悟り、プラトニックで、叶わぬ恋をすることこそ失望しない最良の方法だと思うようになったのです。その意味では、美しく着飾って、魅惑的な声を響かせ、ひと時の夢を与えてくれる歌姫は、叶わぬ恋の相手としては申し分ないのでした。以後、私は十代の女性歌手や、大人の歌手のコンサートに通いつめ、好きな歌手は神戸だろうが、大阪だろうが、博多だろうが、いわゆる追っかけをしていたのです。

あなたのように自分の才能を花開かせ、それを形あるものにできる人を羨ましく思います。私もこれまで詠んだ数多くの短歌や、同人誌・教育界の小冊子に発表したエッセーなど、近い将来にまとめてみたいと思いますが、その編集へのエネルギーが残っているかどうか、不安です。何せ、来年早々に八十路に踏み込むのですから。もしもそれが可能になったら、これまでのお礼として、あなたにも一冊、献本させて下さい。そんな日が来るといいのですがね……。

私の新しい生活も、気が付けば八年目を迎えようとしています。歳月の速さに驚くばかりです。これまで私は、新しい住所や電話番号を親戚や元同僚などにも一切、知らせませんでした。荒れ狂う息子からの隠れ家、シェルター生活ですから、都会の中で孤立して、匿名に近い生活をしなければならなかったのです。けれどあなたには何年お会いしなくても、何故か、はがき一枚でも繋がっていたい。そんな思いがあって、転居のお知らせをしました。この住所であなたの著書を三冊を受け取ったのでした。最初のご本をいただいたのは元の家でしたが、郵便物を開封して本当にびっくりし、素直に喜べなかったことはすでに書きました。私の周りにはこんな本を出すような友人も同僚もいなかったので、とにかく驚いたのです。

私は本屋によく行っていましたので、書架にずらりと並ぶ本を見て、自分もいつかこんなふうに本が出せたらいいな、と憧れに似た願望を持っていました。ですから、私よりずいぶんお若いあなたが立派なハードカバーの本を出版なさったことは、大ショックだったのです。胸に五寸釘が打たれたような痛さとともに、何とも言えない気持に陥ったのでした。そして先を越されたとの思いが強く、素直に喜べなかったのです。でも、今は違います。心から応援しています。これまでのような胸に響く作品を、これからも書き続けてください。

さて、近況を少しお知らせしておきます。

その後、息子がどうなったか。私は年に三回、探偵を雇って、息子の生活を知らせてもらっています。しばらくプー太郎だった息子は、いろいろアルバイトをしていたようですが、あのような性格ですから、自分の思いが通らないと上司や職場の仲間とすぐ喧嘩して、仕事は半年も持たず、転々としたようです。ただ家に引きこもるのではなく、アルバイトにせよ働きに出る、つまり働く意欲は持ち続けていたことを知って、私は嬉しかったです。

息子に欠けているもの、それは忍耐力なのです。「鉄は熱いうちに打て」と言われるように、彼の幼少年時代に私がもっと家庭を大事にし、二度目の妻、麻子との関係を改善して、忍耐することを含めて、人としての躾をきちんとつけてやれば、ああはならなかったのではないか。そう思うと胸が痛みます。あのような息子が、それでも自衛隊に数年間も在籍できたのは、奇跡としか思えません。

現在、息子は長距離トラックの運転手になっているようです。あの家で一年前から同じ年ごろの女と暮らし、女はひと月前、女児を産んだそうです。息子も間もなく三十五歳になろうとしています。妻を娶《めと》り、人の親となって、これまで見えなかったものが見え、理解できなかったことが理解できるようになっているのではないかと、期待しています。もうそろそろ私とも冷静に話し合える状況になっているのでは……、と思います。近い将来、手紙でも出して、家庭を築き、子を持った祝いをしてやりたいと言ってみましょう。

息子が穏やかな夫、優しい父親になっていたとしても、私は一緒に住もうなど、さらさら思いません。数年もここに暮らせば、住めば都で、すっかりシェルター住まいに馴れました。最近、新聞などで私と同年齢の著名人の訃報をよく目にします。ああ、自分もそういう年齢になったのだなと、痛感します。あとどれだけ生きていられるかは、神のみぞ知ることですが、あなたの創作意欲に刺激されて、私もせめて自分の歩みを短歌やエッセーなど鏤《ちりば》めて形にしてみたいと思います。

ご本のお礼を述べるつもりが、自分のことをこんなに長々と書いてしまいました。小説家のあなたに甘えてしまった感があります。そしてパワーをいただきました。大切なお時間を奪ったことは、深くお詫びします。次なるご本を期待しております。ますますのご健筆を心からお祈りしています。

古瀬武司

二〇一〇年三月五日

林田玲子は読み終えて深い溜め息をついていた。自分は古瀬武司と三十年も年賀状で細々とつながっていたが、彼のことを何も知らなかったのだ。あの会合で隣り合って座っていたころ、彼は苦しみの只中にいたのに、片鱗《へんりん》さえ見せなかった。彼は仮面を被って生きていたと言うが、この手紙でそれを取り払って懊悩した過去を語ってくれたのだ。いつか自分は彼の代弁者となって、その生涯を過不足なく描くことができるだろうか。林田玲子はまた、溜め息をつくのだった。

あとがき

一つ悲しい事が起きると、何かの予兆のように思えることがある。こう言うと運命論者かと思われそうだが、今年は新年早々から禍が続いた。近くの公園で拾って来て十二年も飼っていた雌猫の〈マリ〉が、鼻腔癌で半年の闘病も虚しく亡くなった。その一月後、同じ公園から連れ帰った〈愛〉と名付けた雌猫が白内障で盲目となり、七月末に生涯を終えた。十九年近く私のベッドで共に寝起きした愛猫で、その名の如く外見も性格も愛らしく、半身をもぎ取られたような痛みに耐えかねて涙の日々を送っていると、三週間後、マリより少し遅れて同じ公園のマンホールから救急隊に救出されてうちで飼うことになった雄猫の〈キュウ〉が突然肺炎であの世へと旅立って逝った。元気そのものだった彼の死は信じ難く、未だに受け入れられない状態で、こんなに悲しいのなら猫なんか飼わなければよかったと、私は今も落ち込んでいる。所謂ペットロスに罹っているのだろう。

犬や猫が嫌いな人にとっては、たかが愛玩動物が死んだぐらいで大袈裟な、と笑うかもしれないが、私にとってはそれぞれ名前も付け、可愛がり、我が子に等しい存在だったのだ。だから折に触れて愛らしい仕草がちらついて、目が潤んでくる。

こんな日々、思い出すのは夏目漱石のことだ。引っ越した家に黒猫が迷い込み、猫嫌いの夫人が何度追い払っても舞い戻って来るので、困っていた。すると猫の熱意にほだされた漱石が、置いてやればいいじゃないか、と一言発して飼うことになった。この猫が『吾輩は猫である』のモデルという。「吾輩は猫である。名前はまだ無い」で始まり、作中では主人の肩に乗り、子供の布団にもぐり込むなどするが、実生活でも漱石は「ねこ、ねこ」と呼んで可愛がっていたようだ。

その猫が飼って四年目に死んだ。すると漱石は昵懇《じっこん》な門下生たちに《死亡通知》のハガキを送った。いわば喪中ハガキで、ていねいにその縁を黒く塗り、文面は一人一人に手書きした。現在ならば複写機で何枚でもコピーできるが、明治時代のことである。猫によほどの愛情がないと、できることではない。ハガキの文面を口語に要約すると、――飼い猫が病気のところ、療養が叶わず、昨夜いつの間にか裏の物置のヘッツイの上で死んでいました。車屋に埋葬を頼み、箱に詰めて裏庭に埋めてやりました。自分は『三四郎』の執筆中につき、ご会葬には及びません――とあり、墓標を立て、猫の好きな鰹節などを供えたという。

二週間後、門下生の寺田虎彦が先生の筆も進んだ事だろうと見計らって訪問すると、漱石は猫の墓まで連れて行った。そこには漱石直筆の〈猫の墓〉と書かれた墓標が立ち、左右の罎《びん》には花がさしてあったという。一一一年も前の事である。これらの優しさに私は打たれるのである。私も庭に穴を掘って花々の中に猫を埋葬したが、それでも気持の区切りがつかず、思い出しては胸が疼くのだ。漱石は偉大だから悲しくても『三四郎』の筆を進めた。凡人の私は水スマシの如く悲しみの地点を堂々巡りするばかりだが、これではいけない。諸行無常を心に徹して少しでも前に進まねば。

こんな状態の下で、何とか十三冊目の本を刊行することになった。巻末を借りて、鳥影社編集部の北澤様、矢島様、スタッフの皆様、そして帯の文を書いてくださった勝又先生に心からの感謝とお礼を申し上げたい。

二〇一九年八月二十一日　　葉山　弥世

初出一覧

ストラスブールは霧の中　「水流」24号（二〇一四年）
二〇一六年、夏の日々　「広島文藝派」32号（二〇一七年）
潮風の吹く街にて　「広島文藝派」21号（二〇〇六年）
墓参の日に　「水流」25号（二〇一六年）
そして、シェルターで暮らす　「広島文藝派」30号（二〇一五年）

〈著者紹介〉
葉山　弥世（はやま　みよ）
1941 年　台湾花蓮市生まれ
1964 年　広島大学文学部史学科卒業
1964 年より 2 年間、福山暁の星女子高校勤務
1967 年より広島女学院中・高等学校勤務
1985 年　中国新聞主催「第 17 回新人登壇」入賞
1986 年　北日本新聞主催「第 20 回北日本文学賞」選奨入賞
1996 年　作品「遥かなるサザンクロス」が中央公論社主宰、
　　　　平成 8 年度女流新人賞の候補作となる。
2000 年　広島女学院中・高等学校退職
「広島文藝派」同人（広島県廿日市市）

著　書：『赴任地の夏』（1991 年）『愛するに時あり』（1994 年）
　　　『追想のジュベル・ムーサ』（1997 年）『風を捕える』（1999 年）
　　　『春の嵐』（2001 年）『幾たびの春』（2003 年）
　　　『パープルカラーの夜明け』（2006 年）『城塞の島にて』（2009 年）
　　　『たそがれの虹』（2011 年）『夢のあした』（2013 年）
　　　『かりそめの日々』（2015 年）〈以上、近代文藝社刊〉
　　　『花笑み』（2017 年）
　　　『ストラスブールは霧の中』（2019 年）〈以上、鳥影社刊〉

ストラスブールは霧の中

定価（本体 1500 円 + 税）

2019年9月20日初版第1刷印刷
2019年9月26日初版第1刷発行
著　者　葉山弥世
発行者　百瀬精一
発行所　鳥影社 (choeisha.com)
〒160-0023 東京都新宿区西新宿3-5-12トーカン新宿7F
電話 03-5948-6470, FAX 03-5948-6471
〒392-0012 長野県諏訪市四賀229-1(本社・編集室)
電話 0266-53-2903, FAX 0266-58-6771
印刷・製本　モリモト印刷

ISBN978-4-86265-771-8　C0093

日本音楽著作権協会(出)許諾第1909797-901号

葉山弥世 著　好評発売中

花笑み

いつも〝大人の物語〟で読者を魅了する作者だが、「花笑み」は、両親の離婚以来会うことのなかった息子と母、そういう不幸な人生の上に咲いた奇跡のような物語だ。こんなに手放していい気持になった読書体験は最近では珍しい。この仕合せな気持ちこそ文学のありがたさだと改めて思った。

（文芸評論家・勝又浩）

一五〇〇円＋税

鳥影社